성리학 펑크 2077

성리학 펑크 2077

이준

민경하

전삼혜

김현재

호인

유파랑   진산

오경우   하늘느타리

브릿G
단편
프로젝트

황금가지

차례

상자의 주인

브릿G에서 2018년 1월 발표

호인

홀로 글쓰기 공부하며 브릿G에서 활동 중. 단편집 『야운하시곡』에 「호식총을 찾아 우니」로 참여.

나는 그것을 단번에 알아보았다. 사방 한 뼘, 두께 한 치의 네모난 상자. 세상을 물들인 어둠 속에서도, 그것을 싸고 있는 것이 오방색 조각보라는 걸 나는 한눈에 알 수 있다. 그것은 사람 키 정도 깊이로 묻혀 있었다. 집이 헐린 구덩이 한 면에 튀어나온 그 상자를, 나는 넋을 잃고 바라보았다. 교훈동 방울상자 집에 대한 이야기를 처음 알게 된 순간이 어제 일처럼 떠올랐다.

*

서울특별시 강상구 교훈동에 조선 시대 큰 부자가 살았던 한옥집이 있다. 그 집 어딘가에 방울이 든 상자가 있는데, 상자 뚜껑 안에 이름이 하나 적혀 있다. 그 이름과 같은 사람이 상자를 열면 큰 복을 받고 부귀영화를 누리게 된다. 하지만 이름이 다른 사람이 열면 큰 화를 입고 온 집안이 불행해진다.

교훈국민학교 학교신문 '우리 동네 전설'란에 실린 이야기를 보자마자 내가 소리를 질렀다.

"이거 우리 집이 틀림없어!"

"흥, 그런 거짓부렁에 홀라당 넘어가다니 코흘리개들은 어쩔 수 없어."

기사를 거짓부렁이라고 무시한 삼촌은 웬걸, 내가 들고 있는 신문을 빼앗으려 했고.

"믿지도 않으면서 왜 뺏으려고 해!"

내가 반항하자 때리려 들었고, 뒤돌아서 도망치자 머리 꽁지를 잡아당겼다. 결국 나는 신문을 넘겨주어야 했다. 고등학생 삼촌이 국민학생 조카의 학교신문을 빼앗아도 할머니는 아무 말씀이 없으셨다. 그 옛날에 여학교를 나온 신여성으로 누구에게도 꿀리는 일이 없이 당당하고 대찬 할머니셨지만 삼촌에게만은 예외이다. 할머니는 삼촌에게 한 번도 싫은 소리를 한 적이 없다. 나이는 나보다 네 살 많고 철딱서니는 나보다 다섯 배 더 적은 참 한심한 삼촌이었다. 그랬다. 그 순간까지만 해도 철딱서니 없고 참 한심한, 그런 삼촌이었다. 정확히는 엄마의 이복동생이니 외삼촌이다. 할머니 역시 엄마의 어머니이니 외할머니셨지만 내게 친가 쪽 친척은 아무도 없으니 굳이 '외' 자를 붙일 의미가 없었다.

　나는 동네 전설 속 그 집이 우리 집이 틀림없다고 믿었다. 교훈동에 한옥이 많이 남아 있을 시절이었는데, 그중에서 제일 크고 오래된 것이 우리 집이었다. 조선 시대 큰 부자가 살기에 제일 어울린다. 그뿐만이 아니다. 우리 집에는 전부터 전해 오는 괴담들이 많아서 믿거나 말거나 저 괴담 역시 우리 집에 속하는 것이 당연해 보였던 것이다.

　할머니가 교훈동 우리 집에 이사 오신 건 1950년대 중반이라고 했다. 그 이전에는 오랫동안 빈집이었다나. 할아버지가 처음 그 집을 사서 이사 오시던 때의 이야기는 하도 여러 번 들어서 마치 직접 본 것처럼 기억하고 있다.

　혼자 집을 보고 온 할아버지는 "집은 마음에 들어."라고 말씀하셨다고 한다. 할아버지의 집사 격인 춘자 아범이 "집값도 마음에 듭니다요."라고 맞장구를 쳤고. 집도 좋고 집값도 싸지만 할아버지가 꺼림칙해하신 이유는 집에 달려 있는 괴담들 때문이었다. 괴담은 조선 시대에 어느 양반이 이 집을 지은 데서 시작했다. 젊은 사대부가 과하다 싶게 큰 집을 짓자 질투를 한 왕실의 종친이 간악한 흉계를 꾸몄다. 역모를 꾸민 자들 명단의 이름 하나를 집주인의 이름으로 바꿔 넣은 것이다. 집주인은 네 대의 수레에 사지를 묶고 찢어 죽이는 거열형에 처해졌다. 마지막 순

간에 모함이 밝혀져 '멈추시오, 어명이요'를 외치며 달려왔
으나 이미 다리 한 쪽이 뜯어져 나간 후, 집에 돌아온 그
는 끔직한 고통 속에 며칠을 더 보내고 죽어 다리가 하나
뿐인 독각(獨脚) 도깨비가 되었다는 무서운 이야기였다. 큰
부자가 그 집을 샀으나 패가망신했고, 이후 대대로 집주인
들은 비슷한 운명을 밟았단다. 그것이 집이 팔리지 않고
비어 있는 이유였다.

"아무래도 기분이 좋지 않아서 말이야."

할아버지는 망설였다. 그러나 그 이야기를 들은 할머니
는 달랐다.

"집이 비어 있으니 온갖 괴담이 생긴 거겠지요. 그 값으
로 그만한 집을 어디서 구하겠어요, 세상에 귀신 같은 게
어디 있다고. 만약 있으면 내가 싸워 쫓아내고 살 터이니
당신은 걱정 마세요."

할아버지는 집을 계약했고, 할머니는 이삿짐을 싸기 시
작했다. 할아버지는 시골에서 할 일이 많으니 할머니 혼자
이사를 할 참이었다. 할머니의 딸, 그러니까 당시 세 살이
었던 우리 엄마는 시골에서 할아버지와 지내다 할머니가
서울 살림을 다 장만하면 서울에 오기로 했다. 집안일을
거들던 춘자 아범은 할머니를 웃겨 주고 싶었나 보다. 혼자
빈집에서 하룻밤을 자고 왔다면서 괴담을 하나 더 보탠 것
이다.

"어이구 선생님, 글쎄 그날 밤 제가 혼자 심심파적으루다 화투점이나 쳐 보는데요."

춘자 아범은 할머니를 선생님이라고 불렀다. 오래전 춘자 아범의 딸인 춘자가 할머니의 제자였기 때문이다. 그 인연으로 할머니와 할아버지가 결혼을 하게 되었고, 춘자 아범은 평생 할머니를 딸의 선생님이자 모시는 사장님의 부인, 그리고 자신이 돌봐 주어야 할 책임이 있는 젊은 새댁으로 대접했다.

"글쎄 손에 들고 있던 오동껍데기 하나가 휘익, 하고 없어지지 않겠어요? 어찌나 놀랐는지 가슴이 벌렁벌렁하더라고요. 그래도 심호흡을 한 번 하고, 대감님 그러지 마십시오, 돌려주십시오, 했죠. 그랬더니 아 글쎄, 없어졌던 오동 껍데기가 공중에서 툭, 하고 떨어지는 거예요!"

춘자 아범의 별명은 '글쎄 영감'이다. 할머니가 피식 웃자 춘자 아범은 어험, 하고 속편을 시작했다.

"무서워서 화투고 뭐고 할 수가 있어야 말입지요. 그냥 이불 푹 눌러쓰고 누워 있다가 잠들어 버렸지요. 눈을 뜨고 보니 동도 트기 전이더라고요. 세수를 하러 마당에 나가 보니 밤새 가는 비가 내려 땅이 죄 젖었는데, 아 글쎄, 저녁에 쓰고 놔 둔 대야가 없는 거예요. 그래서 사방을 둘러보니 글쎄, 마당 저만치에 키가 껑충한 사내놈 하나가 대야를 들고 가는 게 아니겠어요? 그게 양은도 아니고 제대루 만든 놋대야, 엄청나게 무거운 건데 그걸 한 손에 번쩍 들고 가는데, 아 글쎄, 걸음이 어찌나 빠른지, 따라잡을 수가 없어요. 앞마당 뒷마당 뱅뱅 돌며 쫓아다니다 그놈이 딱 멈춰 서는 바람에 마빡을 된통 부딪치고 뻗어 버렸지 뭡니까. 눈을 떠 보니 날이 훤하게 밝았는데, 키 큰 놈은 간 데 없고 놋대야는 글쎄, 마당 한가운데 얌전히 놓여 있지 뭡니까."

"꿈을 꾸셨구먼."

할머니가 무안을 주셨다.

"꿈을 꾼 건 아닌 게, 마당을 뱅뱅 돌며 쫓아다닌 발자국이 고대루 찍혀 있는데?"

"춘자 아버지 몽유병이라도 걸리셨나 보오."

춘자 아범이 목소리를 낮췄다.

"그런 게 아닙니다요. 발자국을 보니 제 발자국은 구두 발자국 두 개씩인데, 그놈 발자국은 구두 발자국 같기도 하고 짐승 발굽 같기도 한 게, 글쎄 두 개가 아니라 딱 한 개씩 덤벙덤벙 찍혀 있더라니까요……."

할머니가 보탠 괴담은 춘자 아범과는 딴판으로 성숙하고 음울하다. 내게 들려준 이야기, 춘자 아범에게 한 이야기들이 그때마다 조금씩 다르지만, 가장 기억에 남는 것은 내가 잠든 줄 알고 춘자 어머니와 두런두런 나누던 이야기이다.

"보통이 몇 개를 지게에 지워 이사를 오니까, 동네 사람들이 흘끔거리며 귀엣말들을 하더라고요. 저리 고운 새댁 혼자 저 집에서 어떻게 산다고 그래…… 어찌어찌 혼자 짐을 풀고 문단속을 하고 잠자리에 들었는데, 잠이 오질 않아요. 내가 새댁인가. 새댁이긴 한 건가……."

이북 출신의 할머니는 여학교를 마치자 가출을 감행했다. 어른들이 혼인을 강요했기 때문이었다. 아는 사람도 없는 시골 마을에 와서 초등학교인지 소학교인지 선생님을 하던 중 육이오가 터졌고, 할머니는 집으로 돌아가지 못한 채 남한에 혼자 남겨졌다. 그리고 춘자의 담임이 되었고, 가정방문을 갔다가 할아버지를 마주쳤고, 할아버지는 춘자 아범을 꼬드겨 할머니를 소개받았다. 할아버지에게는 어른들이 혼인을 시킨 구식 아내가 있었지만 결국 그분은 절에 들어가 공양주가 되었고, 할아버지는 우리 할머니와 결혼했다. 할머니는 두 번째 결혼한 헌 신랑의 새댁이었다.

"홍가나 다름없는 집 안방에 혼자 누워 내 인생을 돌아보니…… 우리 집 양반하고 나, 한눈에 반해 열렬한 연애를 하고 역경을 헤치고 결혼하고, 금쪽같은 딸도 얻었지요. 하지만 춘자 어머니도 아시다시피, 그리는 사이 우리 두 사람은 조강지처를 밀어낸 천하의 몹쓸 인간들이 되어 있더라고요……."

"아휴, 선생님, 누가 뭐라는 사람 아무도 없어요……."

"마을 사람들 대부분이 그이 땅을 부쳐 먹으니, 대놓고 욕을 하지야 않겠지요. 하지만 내가 바보도 아니고, 명색이 선생이라는 여자가 착한 조강지처를 내쫓았다며 뒤에서 손가락질하는 거 왜 모르겠어요. 집 안에 틀어박혀도 욕하는 소리가 담장 밖에서 들려오는 것만 같았어요. 나 하나는 어떻게 버틴다 해도 자식이 겪을 일은 두렵지 않을 수가 없더라고요. 딸아이에게 그런 꼴을 겪게 할 수는 없잖아요. 그렇다고 시골 마을 유지가 뿌리를 뽑아 서울로 올 수는 없고……

결국 할아버지를 붙들고 말했죠, 당신이 사업차 서울에 자주 가니 서울에 집이 하나 있으면 좋지 않겠어요? 집을 구해 주면 나 혼자 올라와 아이를 키울게요. 애들도 서울에서 학교를 다니니 일거양득이잖아요?"

할머니와 할아버지는 그렇게 기러기부부가 된 것이다.

"그렇게 시골 마을 사람들의 눈총에서 겨우 떠나왔는데, 서울 동네 사람들의 흘끔거림 속에 첫날을 보내고 나니, 착잡하더라고요. 이 큰 집에서 대부분의 시간을 남편 없이 살아가며 이웃 사람들 호기심의 대상이 되고 평생 소문과 질시 속에 살아가느니, 차라리. 그런 생각이 들더라고요. 그때 그냥 어른들이 시키는 대로 혼인했더라면, 그랬다면 당당한 안방마님으로 살아갔겠지."

"아이고, 선생님, 배울 만큼 배우신 분이 그리 살면서 행복하셨겠수?"

"그건 그래요. 아무 남자나 결혼해서 시집살이하면서 살긴 싫었으니까. 하지만 도망쳐 나와서 다른 곳으로 갔더라면, 아니 그때 가정방문을 가지만 않았더라도……"

춘자 어멈과 눈이 마주친 할머니는 말을 멈추었다. 길게 한숨을 내쉬고 허심탄회하게 털어놓는 것이었다.

"솔직히, 원망도 들었어요. 춘자 아버지가 만나 보라며 소개하는 것만 거절했어도, 이렇게 눈총 받는 인생은 살고 있지 않을 텐데……"

"에휴, 춘자 아범이 괜히 쓸데없는 짓을 해설랑……"

춘자 어멈이 어쩔 줄 몰라 했지만 할머니는 그런 건 상관없다는 듯 이야기를 이어 갔다.

"내가 잘못한 걸까. 처음으로 할아버지와의 결혼을 후회하는 순간……"

할머니는 말을 멈추고 뜸을 들였다.

"콰아앙…… 솟을대문이 부서져라 닫히는 소리가 들리는 거예요. 분명히, 분명히 대문을 닫고, 빗장까지 단단히 채웠는데 말이에요."

낮고 숨죽인 목소리에 소름이 끼쳤다. 춘자 이멈도 작은 비명을 질렀다.

"에그머니나……"

"춘자 아버지 말하던 대감마님인지 도깨빈지가 장난질

을 치는 건가……. 대문간에 나가 볼 엄두가 나지 않더라고요. 이불을 머리끝까지 뒤집어썼어요. 겨울이 다 지난 초봄이라 아궁이에 활활 태운 군불에 아랫목이 후끈했어요. 두터운 이불 속이 찜통처럼 더웠지만 무서워서 머리조차 내놓을 수가 없었어요. 어서 그 사람이 오셨으면, 누구라도 함께 있어 준다면 얼마나 좋을까. 그런데 이번에는 콰아앙…… 대문이 활짝 열려 벽에 부딪히는 소리가 울리는 거예요. 콰아앙…… 콰아앙…… 그렇게 밤새도록 대문이 콰앙 열리고, 콰앙 닫히고, 콰앙 열리고, 또 콰앙 닫히고……."

더 이상 자는 척 누워 있을 수가 없었다. 나는 벌떡 일어나 할머니에게로 달려갔다. 에그머니, 영주 안 자고 있었네! 춘자 어멈이 부산을 떨었다. 할머니는 나를 안아 달래며 급히 이야기를 맺었다.

"새벽이 되어 물장수 다니는 소리가 나자마자 대문간으로 뛰어나가 봤지요. 그랬더니 밤새 그 난리를 치며 열리고 닫히고 한 대문이 빗장을 단단히 지른 채 굳게 닫혀 있는 게 아니겠어요?"

그렇게 대감마님과 싸워 승리한 할머니 인생은 그 후 승승장구, 할아버지의 시골 사업은 크게 성공했고 할머니는 아들 딸 많이 낳아 훌륭하게 키워 훌륭한 사위 착한 며느리를 보고 나처럼 예쁜 외손녀를 비롯, 자손이 번창하고 온 집안이 번성했다……

이렇게 이야기를 맺으면 얼마나 좋을까.

그러나 현실의 결말은 그렇지 못했다. 할아버지의 사업은 크게 번창했지만 할머니는 우리 엄마를 끝으로 더 이상 자녀를 두지 못했다. 엄마가 성장하고 더 이상 자녀가 없을 것이 확실해질 무렵, 할아버지의 발길이 뜸해졌다고 한다. 하늘 같은 자존심을 꺾고 시골집에 내려가 보았지만 배가 남산만 하게 부른 여자에게 수모를 당했을 뿐만 아니라 할아버지는 그 천한 여자를 끼고 돌며 할머니를 쳐다보지 않았고, 마을 사람들은 지은 죄를 그대로 돌려받는다고 들으라는 듯 쑥덕거리며 손가락질했다. 서울로 돌아온 할머니는 다시는 시골집에 가지 않았다고 한다. 작은 가게를 내서 혼자 살림을 꾸려 나갈 준비를 했다. 두 달 후 시골의 여자가 아들을 낳았고, 할아버지가 손자뻘인 갓난쟁이에게 논밭을 넘겨주었다는 소식이 들렸다. 그리고 할머니의 외동딸인 우리 엄마는 가게 일을 보던 김 군과 혼인했지만 나를 낳은 지 얼마 안 되어 가게에 불이 났고, 내 부모님은 화마 속에서 돌아가셨다.

할아버지는 장례를 치르러 서울에 오셨다. 할머니는 그간에 쌓인 것을 모두 터뜨렸고, 그것으로 두 분의 인연은 완전히 끝나 버렸다. 할머니는 잿더미가 된 가게 터를 팔아 나를 키웠다. 나는 할머니의 모든 것이었다. 이따금 춘자 아범이 시골집 마당의 앵두나 감을 싸 들고 와서 내 손에 쥐여 주며 "아 글쎄 사장님은 이렇게 귀여운 손녀를 두시고 어쩌다가 그런, 쯧쯧." 하고 혀를 차곤 했다. 행랑채에서 자고 난 아침이면 대감마님이 화투 훼방 놓은 이야기나 밤에 뒷간에 가다가 외다리 괴한하고 씨름을 하느라 오줌 쌀 뻔한 이야기 따위를 늘어놓곤 했지만 나 혼자 신기해할 뿐, 할머니는 웃지 않으셨다.

국민학교에 입학하던 해 늦은 가을. 할머니 손에 끌려 기차를 타고 낯선 시골에 갔다. 춘자 아범이 역에서 통곡을 하며 우리를 맞았다. 시골 집 마당에는 과실수가 풍요롭고, 하늘에는 잠자리가 가득했던 기억이 난다. 할아버지 초상을 치르고 돌아올 때는 삼촌과 함께였다.

"아니, 선생님은 속이 없으신 거유, 정신을 놓으신 거유, 사장님 쓰러지신 거, 저 망나니 애새끼가 바락바락 대들면서 밀쳐서 그런 거, 다 들으셨잖아요. 아니, 애초에, 사장님 사업 망한 거, 그것도 그 여시 같은 여편네가 재산 해 먹고 도망가서 그렇게 된 거 다 아시면서, 그 여편네도 버리고 간 애를 왜 선생님이 거둬요오……."

춘자 아범이 눈물을 쏟으며 만류를 했으나 할머니는 고집스러웠다.

"내가 안 거두면? 명색이 영감 자식인데 거지 만들게요? 어쨌거나 영주 어미에게는 동생인데, 그 애가 살았으면 제

동생이라고 거뒀을지도 모를 일이고."

"아이구 선생님, 그 애가 사장님 아들이라고 믿는 건 사장님 한 분뿐이우. 그때 사장님 연세가 몇인데, 그게 사장님 자식이겠어요?"

"어허. 영감 가신 지 얼마나 되었다고 사람을 바보로 만드시네."

춘자 아범이 찔끔 풀이 죽자 춘자 어멈이 나섰다.

"선생님은 아가씨 키우던 생각 하고 만만히 여기실지 몰라도, 글쎄 그 아이는 아가씨하고는 전혀 다르다니까요. 지어미를 꼭 닮아서 욕심 많고 버릇없고 막되어 먹기가 이루 말할 수가 없는데, 선생님 혼자 어떻게 감당을 하려구 그러시우."

삼촌의 생모라는 여자가 재산을 몽땅 빼돌렸고 시골집조차 그 여자가 진 빚에 넘어가 버려서 할아버지의 유산이라고는 서울 우리 집 한 채뿐이었다. 할아버지는 생전에 유일한 재산인 그 집을 삼촌에게 물려주고 싶어 하셨다고 한다. 춘자 아범은 삼촌 쪽을 힐끗 보더니 낮은 소리로 말했다.

"아무튼 우리 사장님 그놈의 아들 상성은, 쯧쯧. 상속 포기라니 누구 좋으라고 이 집 명의를 넘겨줘요. 엉뚱한 여편네가 생모랍시고 아들 앞세워 홀라당 먹어 치울 게 뻔한데. 아무 말 말고 지분대로 상속하세요."

예전에 할아버지가 사업하실 때 우리 집을 춘자 아범 앞으로 무슨 설정을 해 놓았다고 했다. 그때는 이런 일이 있을 줄 알고 한 게 아니지만 불행 중 다행이라면서 비장하게 덧붙였다.

"그 여시가 아무리 수작을 부려 봐야 내가 있는 한은 어림없을 테니까."

그렇게 할아버지의 유언은 슬며시 무시되고 교훈동 우리 집은 할머니와 나, 그리고 삼촌 공동명의로 상속되었다. 시골에서 할 일이 없어진 춘자 아범은 춘자가 있는 서울로 올라왔다. 이후로도 가끔 우리 집에 들러 이런저런 일을 챙겨 주었지만 더 이상 대감마님과 화투 따위는 치지 않았다.

그때 나는 일곱 살, 삼촌은 열두 살. 삼촌은 그렇게 교훈동 우리 집에서 함께 살게 되었다. 할머니는 삼촌을 내가 다니던 학교에 전학시켰다. 삼촌이 전학 와서 처음 한 일은 여교사 화장실에 숨어든 것이었다. 학교 호출을 받은 할머니는 삼촌에게 말했다.

"처음 와서 잘 몰라서 그랬다고 해라. 시골 학교에서는 남자고 여자고 학생이고 선생님이고 다 같은 변소를 써서 그랬다고 해."

우리 할머니가 저런 거짓말을 가르치다니, 상상도 못 했던 일이었다.

"시골 학교에서도 변소 다 나눠 쓰는데?"

멍청한 삼촌이 반문하자 할머니는 한숨을 푸욱 내쉬고

다시 일렀다.

"그냥 그렇다고 말씀드려라. 공손하게. 반말하지 말고 꼭 존댓말로 하고."

학교에 다녀온 할머니는 입을 굳게 다물고 내 눈을 피했다. 일이 잘되었는지 삼촌은 아이스케키를 물고 폴짝폴짝 뛰고 있었다. 그런 삼촌을 보던 할머니가 얼굴을 풀고 씨익 웃었다. 할머니는 삼촌에게 물었다.

"그래 여자 선생님들 응뎅이 구경 좀 했나."

"아우, 봤지, 2학년 2반 젊은 여자 선생님, 궁뎅이 봤지. 달덩이처럼 허어연 게 크기도 엄청나게 크더라. 그리고 5학년 몇 반이더라? 할매 선생 궁뎅이는 시커멓고 쭈글쭈글한데 모양이 이렇게, 앗."

두 손으로 넓적한 네모를 그리려던 삼촌 손에서 아이스케키가 툭 떨어졌다.

이튿날 삼촌은 운동장 구석에서 고학년 남학생들을 모아 놓고 여선생님들의 엉덩이에 대해 떠들어 인기를 모았고, 학교 짱인 6학년 오빠의 심기를 거슬렀다. 옥상에서 한판 붙은 삼촌은 납작하게 얻어터졌고, 할머니는 그날로 삼촌을 격투기도장에 데려갔다.

"선생님, 영주는 피아노 하나 못 가르치면서 저 망나니는 무술 도장에 보낸다면서요. 영주는 남이 입던 옷 얻어다 입히면서 엉뚱한 아이는 철철이 새 옷이 말이 돼요? 내가 저놈의 자식 새 옷 입히라고 영주 입힐 헌 옷 얻어 오는 줄 아시우?"

춘자 아범이 화를 냈으나 할머니는 오히려 춘자 아범에게 반문했다.

"나더러 친어미 아니라서 구박한다 소리 들으라고 그러세요?"

삼촌이 말썽을 부릴 때마다 할머니는 수시로 학교에 불려와 선생님들께 머리를 조아려야 했는데 그래도 삼촌에게는 싫은 소리 한마디 하지 않았다. 삼촌이 해 달라는 것은 무엇이든지 들어주었다. 삼촌이 커 가면서 할머니 대하는 태도는 점점 더 무례해졌다. 어떤 때는 친엄마도 아닌 충직한 하녀에게 하듯, 만만히 대하고 거침이 없었다.

"어허, 큰어머님께 반말지거리를 찍찍……."

춘자 아범이 삼촌을 나무랐으나 할머니는 그것조차 역성을 들었다.

"놔두세요. 친어미 대하듯 허물이 없으니 나는 좋네요."

"선생님, 머리 검은 짐승은 거두는 게 아니랍디다……."

춘자 아범은 걱정을 했지만 할머니는 씨익 웃곤 했다.

*

내게서 뺏은 학교신문에서 동네 전설 방울상자 집 이야

기를 꼼꼼히 들여다본 삼촌은 할머니에게 물었다.

"엄마, 방울상자 본 적 있어? 이 집에서 몇십 년이나 살았잖아. 대청소하거나 집수리하면서 상자 나온 거 없었어?"

할머니는 그 질문에는 대답하지 않았다. 대신 나와 삼촌을 불러 앉히더니 말씀하시는 것이었다.

"우리 집에 무서운 대감마님이 있는 건 잘들 알고 있지? 착하고 바르게 살지 않으면 대감마님에게 벌을 받는다. 특히 물건 중에 못 보던 것은 대감마님 것이니 함부로 욕심을 냈다가는 큰일 난다. 내 것이 아닌 것은 쳐다보지도 말고, 아예 찾아볼 생각조차 하지 말아야 해. 알았지?"

할머니는 엄숙한 표정으로 나를 바라보셨다. 나는 숙연한 기분이 들어 고개를 끄덕였다. 할머니도 만족스럽게 고개를 끄덕였다. 삼촌은 삼촌답게 눈치 없는 질문을 되풀이했다.

"또 잔소리. 그래서, 엄마, 본 적 있냐고?"

할머니는 삼촌 쪽으로 고개를 돌렸다.

"내 말 안 들었니?"

할머니가 삼촌에게 싫은 소리를 한 건 그게 처음이었다.

"어? 엄마야말로 내 묻는 말 안 들려?"

할머니가 애매한 표정으로 삼촌을 쳐다봤다. 잠시 눈이 마주친 후 삼촌이 외쳤다.

"아무 말 못 하는 거 보니 본 적 있네. 엄마도 그 상자

열어 봤어?"

할머니는 바보 같은 삼촌을 말없이 쳐다봤다.

"상자 안에 이름이 뭐였어? 엄마 이름 아냐? 아, 그렇구나, 그래서 처음에는 잘나가는 듯하다가 아버지한테 소박맞고."

할머니의 안색이 창백해졌다. 고등학생이나 되어서 어쩜저렇게 멍청한 소리를 할까. 나는 삼촌의 팔을 꼬집었다. 삼촌은 "아야, 왜 꼬집어!" 하고 소리를 지르고 나를 밀쳤다. 할머니가 삼촌 팔을 잡자 삼촌이 펄떡거렸다. 할머니는 이를 악물고 삼촌을 눌러 앉히고는 천천히 말했다.

"나는, 상자를 열어 본 적 없다. 상자 같은 건 본 적도 없어. 정말이다."

그러자 삼촌이 나를 쿡쿡 찌르며 주절댔다.

"영주야, 지나친 부정은 긍정이라는 거 아니? 삼촌 생각에 어머니가 상자를 열어 본 게 틀림없어. 그래서 니 엄마도 죽고, 울 아버지도 죽고, 우리 집이 다 망한 거네."

삼촌이 악마 새끼처럼 낄낄거리는 동안 할머니는 파랗게 질린 채 고개를 숙이고 있었다. 삼촌의 팔을 잡은 손끝이 떨리는 게 보였다. 할머니가 고개를 들었다. 그 눈동자가 흔들리고 있었다. 한참 동안 망설이던 할머니가 결심한 듯 입을 열었다.

"30년 전에 내가 처음 이사 왔을 때 동네 사람들이 수군

거리는 걸 들었다. 이 집 어딘가에 방울상자라는 게 있다고. 가로 세로가 한 뼘씩 되는 네모반듯한 모양에 깊이가 한 치인데, 뚜껑 안쪽에 이름이 쓰여 있다는 건 신문에 나온 그대로고, 그 안에 방울이 들어 있다는 것도 그대로다."

삼촌이 잠잠해져서 눈을 빛내며 듣고 있었다. 삼촌이 그렇게 진지한 것을 본 적이 없다. 할머니는 방울상자에 대한 이야기를 계속했다.

"방울은……."

신문에 나지 않은 자세한 사항도 할머니는 알고 계셨다.

크기는 포도알만 한 순금의 방울인데, 개수는 그때마다 다르다고 한다. 방울 한 개가 1년을 뜻해서 방울이 한 개면 1년 동안, 방울이 열 개면 10년 동안, 행운이 계속된다. 사업을 하면 큰돈을 벌고, 공직에 나가면 출세를 하고, 도박을 해도 돈을 따고 마음에 드는 사람을 만나면 그게 다자기 사람이 된다. 심지어 범죄를 저질러도 잡히지 않는다.

처음에는 아닌 것 같더라도 믿고 기다리다 보면 다 잘 풀려 있고, 영 안 되던 일들도 결국 그 기한이 끝나기 전에 다 해결이 된다. 기한이 지나면 방울상자의 효험은 끝나고 상자도 제자리로 돌아가 버린다.

방 안에 할머니의 목소리가 낮게 울리고 있었다. 갑자기 문이 열리기라도 한 듯 냉기가 느껴져 소름이 돋았다. 어디선가 차갑고 습한 공기가 뿜어져 나와 방 안을 스멀스멀 기어 다녔다. 삼촌은 숨을 죽이고 듣고 있었다. 할머니는 제한 사항에 대해서도 설명했다.

어린애가 꺼내면 소용이 없고, 스무 살이 넘은 성인에게 만 효험이 있다. 아무 때나 꺼내도 안 되고 꼭 섣달 그믐날 밤에 혼자 마루 밑에 들어가서 꺼내야 한다. 상자를 보자 마자 바로 열어야지 미리 들락거리며 자꾸 건드리면 그것 역시 효험이 사라진다. 꺼내 온 상자를 다른 사람이 보아 도 효험이 사라지고.

"그리고 무서운 건 그 기한이 다 지난 다음인데, 이름이 맞으면 아무 일 없이 그간의 복을 누리고 살게 된다. 하지 만 이름이 틀릴 경우에는 번 돈을 모두 잃는 건 물론 그만 큼의 빚을 지게 된다. 입신양명한 것은 오히려 재앙이 되 고, 만난 인연도 다 악연으로 바뀐다. 모든 게 다 사라져서 패가망신한다는 거야. 그러니까 아예 처음부터 욕심을 내 면 안 된다. 사람은 내 것이 아닌 복을 바라지 말고 열심히 일해서 일한 만큼 살아야 해."

나는 무서운 생각이 들어 고개를 끄덕였지만 삼촌은 눈 을 반짝이며 또 물었다.

"그걸 막는 방법은 없대?"

나는 삼촌이 너무 한심해서 쳐다봤다. 대체 삼촌은 할머 니 말씀을 듣고도 느낀 게 없는 걸까? 같은 이야기를 듣고 배운 게 어쩜 이렇게 다른 걸까? 할머니는 우리를 번갈아

보더니 다시 말했다.

"방법은 없다."

삼촌이 너무 대놓고 실망해서 픽 웃음이 나왔다.

"왜 웃어, 이 기집애야."

삼촌이 내게 화풀이를 하려 들었다. 할머니는 내 머리를 쥐어박으려는 삼촌 손을 잡았다. 그 손을 꽉 쥔 채 천천히 말을 이었다.

"방법이 하나 있기는 하지. 방울이 남아 있는 상자를 원래대로 싸서 원래 있던 자리에 갖다 놓으면 모든 일이 그 자리에서 멈춘다고 한다. 더 이상 성공은 못 하지만 패가망신할 일도 없다고 해. 그냥 그때까지 이룬 게 그대로 남는 거지. 그러니까 마지막 순간까지 이득을 보려고 버둥거리지 말고 조금 미리 포기하면 된다는 거야."

삼촌이 낄낄거렸다.

"아항, 그렇단 말이지."

"그런데 그게 쉽지 않다지. 한번 재미를 보기 시작하면 마지막 한 순간까지 끝장을 보려고 드는 게 사람 욕심이라. 방울이 열 개면 9년만 누리면 되는데, 그걸 꼭 마지막 하루까지 채우려다가 사달이 나기 마련이다."

"흥, 난 안 그럴 자신 있어."

삼촌이 코웃음을 쳤다. 이내 웃음기를 싹 지우고 협박하듯 물었다.

"그런데 그게 어디에 있지?"

할머니가 한 박자 대답을 망설이며 엄격한 눈으로 나를 쳐다보았다. 눈길을 돌리고 깊은 숨을 길게 내쉬더니, 삼촌을 향해 천천히 말했다.

"대청마루 밑에. 마루 밑 한가운데에 가마니가 한 장 덮여 있다. 그걸 들추면 오방색 조각보에 싸인 채 상자가 놓여 있다."

*

삼촌은 점차 완벽한 비행청소년이 되어 갔다. 불량배들과 어울려 친구를 괴롭히며 물건을 뺏는 건 일상이 되었고, 도둑질을 하다가 걸려 경찰서에 불려 가는 일도 심심찮게 있었다. 그때마다 할머니가 배상을 해 주고 선처를 빌어 겨우 고등학교를 졸업할 수 있었지만 대학 입학은 무리였다. 재수 끝에 지방 전문대에 등록은 할 수 있었으나 한 학기를 겨우 다니고 가을이 되자 서울 집으로 돌아와 눌러앉았다. 집에 돌아온 삼촌은 대낮까지 방에서 잠을 자다가 저녁이면 외출해서 밤새도록 친구들과 돌아다녔다. 할머니는 매일 삼촌을 위해 해장국을 끓였다. 삼촌은 온갖 핑계로 짜증을 내다가 저녁이면 다시 친구를 만나러 나갔다.

해가 바뀌던 마지막 날, 삼촌은 할머니에게서 돈을 뜯어

내더니 양복을 새로 사 입고 들어왔다. 건달 친구들과 싸 돌아다니며 새해를 맞을 줄 알았는데 웬일인지 초저녁에 들어왔다. 손에는 비닐봉지가 들려 있었다. 집 앞 가게에서 소주를 몇 병 산 모양이었다. 할머니는 옷이 잘 어울린다 며 칭찬을 했지만 삼촌은 쳐다보지도 않고 방으로 들어갔 다. 혼자 소주를 얼마나 퍼마셨는지 초저녁부터 행패를 부 리기 시작하더니 새 양복은 물론이고 내의까지 벗어 던지 고 대청마루에서 코를 골았다. 할머니는 삼촌에게 두터운 이불을 덮어 주고는 나를 데리고 안방으로 들어가 자리 를 폈다. 삼촌 치다꺼리에 지쳐 방송대상이고 보신각 타종 이고, 눈썹이 세건 말건 깨어 있고 싶은 생각 따위는 멀리 사라졌다. 나는 금방 잠이 들었다.

눈을 뜬 것은 대청마루에서 들리는 소리 때문이었다. 삼 촌이 옷을 다시 주워 입는지 부스럭거리는 소리가 났다. 발소리가 마루를 가로질러 가더니 댓돌 위의 신발을 신었 다. 할머니는 아무런 기척 없이 돌아누워 있었다. 나는 숨 을 죽이고 귀를 기울였다. 마루 밑에서 무슨 소리가 울려 오는 것만 같았다. 나는 살그머니 일어나 문가로 갔다. 오 래된 한옥 집, 안방 문은 창호지가 발라진 미닫이 문이었 다. 나는 문을 가만히 열어 손가락 한 마디 정도의 틈새 를 만들었다. 눈을 갖다 대는 순간, 시커먼 것이 시야를 막 았다. 검은 옷을 입은 기다란 다리 한 짝이 문틈을 막고

서 있다. 삼촌이 이렇게 키가 컸나? 눈을 들어 위를 쳐다본 나는 악 소리를 지르고 주저앉았다. 키가 큰 사내가 문밖에 서서 부리부리한 눈으로 방 안을 들여다보고 있었다. 내 비명에 섞여서 챙그랑챙그랑 방울 소리 같은 것이 귀를 울리고, 나는 정신을 잃었다.

그날 이후 너무나 많은 일들이 너무나 빠르게 일어나서 세세히 기억할 수가 없다.

해가 바뀌고 삼촌이 처음 한 일은 역시나 할머니에게서 돈을 뜯어낸 것이었다. 삼촌은 동네 건달 친구들하고 호프 집을 차렸다. 가게는 잘됐지만 삼촌은 곧 손을 털어야 했다. 건달들에게 사기를 당해 가게를 빼앗긴 것이다. 가게에서 난동을 부리다가 경찰에 연행된 것을 할머니가 겨우 빼 왔다. 그 꼴을 당하고도 삼촌은 멍청한 소리를 중얼거렸다.

"역시나 범죄를 저질러도 감옥에는 안 가는군."

그 후 삼촌은 방구석에 틀어박혀 매일 복권을 긁어 댔다. 복학을 하라고 등록금을 주었으나 그 돈으로 주식투자를 시작했다. 운이 좋았는지 큰 수익이 나자 할머니를 졸라 돈을 더 투자했다. 엄청 예쁜 여자도 사귀기 시작했다. 주가가 곤두박질치자 물타기를 할 때라며 또 돈을 요구했지만 할머니는 돈이 없었고, 빈털터리가 된 삼촌은 할머니를 저주하며 군대에 가야 했다. 미모의 여자 친구는 삼촌을 헌신짝처럼 차 버렸다.

　제대를 한 삼촌은 여자를 찾아내 성폭행했다. 할머니가 여자를 만났으나 할머니가 상대할 수 있는 여자가 아니었다. 할머니는 삼촌의 생모를 찾아내 연락했다. 처음 만난 삼촌의 생모는 삼촌의 여자 친구와 막상막하 호적수였다. 막장 싸움을 벌인 끝에 합의를 보았다. 풀려난 삼촌은 부쩍 초조해했다. 주식 시장이 좋으니 투자를 해야 한다며 또 할머니를 달달 볶았지만 할머니에게 돈이 있을 턱이 없었다. 삼촌은 사채를 얻어 주식을 샀지만 크게 물려 버렸다.

　삼촌은 생모를 찾아갔다. 생모에게 돈을 얻지 못한 대신 무슨 말을 들었는지 다짜고짜 할머니에게 집을 팔자고 하는 것이었다.

　"우리 아버지가 나 주려던 집이잖아! 니가 뭔데 이래라저래라야!"

　삼촌은 악을 쓰며 할머니의 멱살을 잡았다. 할머니는 침착하게 말했다.

　"팔 수도 없고, 팔아도 소용없다. 춘자 아범 앞으로 근저당설정이 되어 있으니까."

　삼촌은 이를 갈면서 할머니를 밀치더니 집 밖으로 뛰쳐나갔다.

　그 후의 기억은 선명하지 않다. 너무 끔찍하고 무서워서 무슨 일이 일어나고 있는 건지 제대로 알 수조차 없었으니까. 기억하는 건 춘자 언니에게서 전화가 왔고 전화를 넘겨 받은 할머니가 큰 비명을 지르고는 쓰러졌다는 것뿐, 전화 의 내용은 기억나지 않는다. 할머니가 가슴을 쥐어뜯으며 통곡을 할 때 삼촌이 들이닥쳤다. 무서웠다. 삼촌의 옷은 피투성이였고 시뻘겋게 충혈된 눈이 사람 같지 않게 번들 거렸다. 삼촌은 쓰러져 우는 할머니를 일으키더니 댓바람 에 집을 팔자고 했다.

"너 대체 무슨 짓을 한 거니! 왜 그런 미친 짓을 해!"

할머니가 울며 소리 질렀지만 삼촌은 태연했다.

"영감탱이 인감하고 신분증도 다 가져왔다고! 이제 아무 문제도 없어!"

"집 팔아먹으려고 사람을 죽여? 춘자 아범이 누군데!"

삼촌이 낄낄거렸다.

"누군 누구야. 딸내미 선생을 유부남 주인에게 바친 뚜 쟁이 영감이지. 그 주제에 우리 엄마를 그렇게 무시하고 온갖 방해를 해? 벌 받아 마땅하지."

할머니가 울음을 멈추고 삼촌을 노려보았다.

"벌은 네가 받아야지. 춘자가 경찰에 신고했다. 지금쯤 경찰이 널 쫓고 있을걸? 이번에야말로 제대로 벌을 받을 거다."

삼촌이 폭소를 터뜨렸다.

"엄마도 알잖아? 죄를 지어도 감옥은 안 가. 춘자 년이 넘겨짚었나 본데, 글쎄요? 춘자 아범인지 글쎄 영감인지, 늙은이 부부 다 처치했으니 증인도 없어. 방울이 다섯 개 였으니 올해 안에 다 해결된다고. 섣달그믐 전에 상자를 돌려놓으면 돼."

할머니가 비명을 질렀다.

"입 다물고 인감이나 내놔. 엄마 거하고 영주 거. 이 집 은 원래 내 거야. 울 아버지가 나 주려던 건데 너희가 끼어 들었잖아!"

삼촌은 계속 비명을 지르는 할머니를 내팽개치고 내 쪽 을 돌아보았다.

"도장 어디 있어!"

"난 몰라……."

내가 고개를 젓자 삼촌이 품 안에서 시퍼런 칼을 꺼냈 다. 손잡이와 칼날에 핏자국이 선연했다. 춘자 아범 부부 를 찌른 칼이리라. 삼촌이 할머니를 향해 외쳤다.

"영주 죽는 걸 봐야 말을 들을래?"

삼촌이 내게 달려들었다. 그리고 어디서 그런 기운이 났 는지 할머니도, 마치 짐승처럼 삼촌에게 달려들었다.

*

집을 팔아 할머니의 장례를 치르고 남은 것은 모두 삼

촌의 생모에게 주었지만 그 여자는 다시 한번 삼촌을 버리고 돈을 챙겨 도망쳤다. 나는 몸통과 머리 곳곳에 구멍이 뚫린 삼촌의 병원비와 간병을 떠맡아야 했다. 할머니가 목숨을 바쳐 구한 손녀로서, 할머니의 죄는 내가 갚을 수밖에 없다.

삼촌은 한쪽 눈을 잃고 코와 입술 반쪽이 떨어져 나간 흉측한 몰골로 남은 삶을 살아야 했다. 목구멍을 찌른 칼자국이 엉망으로 들러붙어 음식을 삼키지도 못했다. 몸통에는 음식물이 들어가고 나오는 장치들을 달고 끔찍하게 나를 괴롭혔다. 삼촌과 나, 우리 둘 중 누가 더 고통스러운지 알 수 없는 세월을 살아가는 동안, 교훈동은 재개발 조합이 결성되었다가 깨지기를 반복하며 점점 쇠락해 갔다. 살던 이들은 모두 교훈동을 떠났다. 투기꾼들이 몰려들어 집을 사고팔며 분양권을 쪼갰다. 그러다 마침내 재개발이 시작되던 날, 그 소식을 들은 삼촌이 죽었다. 혼자 몰래 몸속에 소주를 퍼 넣다가 죽었다. 마지막까지 고통스럽고 험악한 죽음이었다.

늦은 밤, 나는 삼촌의 유골함을 안고 교훈동 우리 집 앞에 서 있다. 집이 있던 자리에 커다란 구덩이가 파여 있을 뿐 우리 집의 흔적은 남아 있지 않다. 삼촌의 생모가 선산까지 팔아먹은 지 오래라 할머니도 납골당에 모신 참이다.

삼촌의 유해를 모실 장소를 살 돈이 내게 있을 리가 없다.

유골함을 열어 삼촌을 한 줌 그 구덩이에 털어 넣었다.

그때였다.

구덩이 맞은편에서 그것이 나를 유혹한 것은.

그것은 오방색 조각보에 싸인 채 은은하게 빛나며 나를 홀렸다. 온몸에서 힘이 빠졌다. 삼촌의 유골함이 내 손에서 빠져나가 구덩이 안으로 빨려 들어갔다. 나는 손을 뻗었다. 균형을 잃은 발이 미끄러졌다.

"너무 늦게 찾아냈군."

낮은 목소리에 사방을 둘러보았다. 구덩이 맞은편 가장 자리, 상자가 있는 위쪽 모서리에 키가 껑충한 남자가 목발을 짚고 서 있었다. 다리가 하나밖에 없는 사내였다. 나는 그가 누구인지 단번에 알아보았다.

"이 사기꾼. 삼촌 상자에는 방울이 다섯 개였다면서. 최소한 5년은 잘살게 해 줘야지. 5년 동안 제대로 된 일이 하나도 없잖아."

그가 껄껄 웃었다.

"네 삼촌은 내 상자를 연 적이 없어."

"거짓말하지 마. 삼촌은 할머니의 얘기를 들었어. 그리고 삼촌이 성인이 되는 섣달 그믐날 나는 안방에서 분명히 들었어. 삼촌이 마루 밑에 기어들어 방울상자를 여는 소리를. 그래 너도 알잖아. 너도 그때 그 자리에 있었지. 안방

문밖에서 나를 훔쳐보고 있었지."

"나도 네 할머니가 하는 이야길 들었지. 마루 밑 한가운데에 가마니가 덮여 있고, 그 안에 조각보에 싸인 상자가 있다고. 그게 내 상자라고 누가 그랬지? 그건 네 할머니의 상자다. 내 상자는 마당 가운데에 한 길 깊이로 묻혀 있지. 봐라. 저 아래."

아. 그렇다. 방금 본 상자. 땅속 깊숙이 묻혀 있지.

그제야 모든 걸 알 수 있었다. 어린 시절 도무지 이해할 수 없던 할머니의 태도. 상자를 연 삼촌의 인생이 그렇게 형편없이 풀려 가던 이유를.

삼촌이 찾은 상자는 할머니가 만든 가짜 상자. 진짜 방울상자는 땅속 깊이, 한 길 깊이에 묻혀 있다. 지금, 바로 내 눈앞에 있다. 깊은 구덩이 한중간에 튀어나온 채.

"안타깝군. 상자의 주인. 그 안에는 네 이름이 쓰여 있는데."

"뭐라고?"

나는 급히 손을 뻗어 상자를 잡았다. 내 손은 상자를 통과해 땅속으로 스며든다.

"너무 늦었어. 이젠 다 끝났어."

사내는 목발을 내려 상자가 담긴 보퉁이를 끌어 올렸다. 목발에 대롱대롱 매달려 올라간 상자는 사내의 손에 들어가고, 나는 빈손을 들여다보아야 했다. 내 손에는 흙조차 묻지 않았다. 나는 바닥을 내려다본다. 머리가 깨어진 채

누워 있는 나를.

"할머니는 왜 그걸 내게 알려 주지 않았지? 할머니도 상자를 열어 보셨으니 내 이름이 쓰여 있다는 걸 알고 계셨을 거 아냐."

사내가 다시 껄껄 웃었다.

"네 할머니의 마지막 불운이지. 네 삼촌을 속이고, 네가 성년이 되면 진실을 알려 주려 했는데, 한발 늦어 버렸지. 삼촌이 너를 죽일 참이었으니. 상자를 여는 누구나 금빛 방울의 주인. 제 몫에 만족하고 탐욕을 부리지만 않는다면 누구나 금빛 방울의 주인이 될 수 있다는 뜻이건만, 아무도 그걸 깨닫지 못하지. 네 할머니도 마찬가지였다.

네 할머니의 방울은 스무 개였어. 열아홉 해가 지난 후 상자를 돌려놓으려고 했지. 그런데 그때 하필 네 삼촌의 엄마가 나타났고, 1년 내에 그 여자를 내보낼 수 있을 줄 알았는데, 그만 아들이 태어나 버린 거야. 네 할머니는 모든 걸 포기하고 받아들이려고 했지. 그랬더라면 좋았을걸, 그쯤에서 포기하고 시앗의 자식에게 복수 따위 생각만 안 했더라면. 딸을 김(金) 씨 남자와 혼인시키고 손녀 이름을 영주(鈴主)라고 지어 준 걸로 끝냈더라면. 너, 금령주(金鈴主), 금빛 방울의 주인 김영주가 상자를 열었을 텐데."

성리학 펑크 2077

브릿G에서 2021년 10월 발표

하늘느타리

고추장찌개에 넣어먹으면 맛있는 느타리버섯. 돌잡이 때 연필을 집어 지폐를 찌르는 것으로 앞으로 있을 문학 생활을 암시하였다. 최근 관상이 과학인가 하는 주제로 격렬한 논쟁 후, 그 경험에서 영감을 얻어 동양 고전 사상이 과학적인 체계를 갖춘 세상을 상상한 「성리학 펑크 2077」을 집필하여 제4회 황금드래곤문학상 본심에 진출하였다.

현재 상황까지 중간 보고드립니다. 2077년 11월 8일 23시 56분, 사이보그 '사필귀정 13호'가 장주서원 산하 관상공학연구소에서 탈출하여 장주시 서림로의 서림첨성대에서 노상방뇨를 시도하다, 일대를 순찰 중인 포졸에게 발각되어 도주했습니다. 그로부터 약 20분 후, 11월 9일 00시 23분경 관상공학연구소에 재진입한 사이보그는 현재 본청 내부에서 연구원들을 붙잡아 인질극을 벌이는 중입니다.

피의자 사필귀정은 관상공학연구소에서 가장 나쁜 조합을 가진 관상을 연구하는 목적으로 일주일 전에 만들어진 실험체입니다. 범인의 관상학적 특성으로는 뒤통수 뼈가 튀어나왔고, 턱이 뾰족하며 광대가 두드러진 것이 있습니다. 현장 감식에 따르면, 장주서원 내부 인원들과 지속적인 마찰을 일으켜 엄중한 감시 아래 놓인 사이보그가 불만을 품고 이와 같은 사태를 일으킨 것으로 보고 있습니다.

배산임수의 원리에 따라 연구에 가장 적합한 위치에 건축한 관상공학연구소는 약 삼백여 년 전부터 조선 신실학의 중심지로 불리는 곳입니다. 연구소를 둘러싼 담장 안팎으로는 현재 우포 도청 긴급 출동 병력이 포위망을 막 구축하여 범인과 대치 중에 있습니다. 병력은 명리학적 관점으로 가장 흉한 지점인 북문에 기를 억제키 위한 제단을 설치하고 계속하여 범인에게 투항을 요구하고 있습니다.

*

사람 얼굴이 저마다 크게 달랐다면 조선을 통제하기 훨씬 어려웠겠지요.

요약 보고를 마친 슈퍼컴퓨터 사주팔자의 인공지능이 포도대장 강문수에게 말했다. 동시에 앞면 차창에다 죽 나열되던 문자들은 사라지고, 유리에 퍼붓듯 쏟아지는 장맛비와 좀체 보이지도 않는 길거리가 포도대장의 앞에 모습을 드러냈다.

강문수는 대답하기보다는 약쑥봉 하나에 불을 붙여 냄새를 맡기로 했다. 열기를 받은 봉 끝이 벌겋게 달아오르자, 쑥이 타는 진한 연기에 마늘 내음이 섞인 각별한 향취가 강문수의 후각을 희롱하였다. 약쑥봉을 꼬나문 강문수는 일전에 의사가 쑥뜸을 그리 오랫동안 들이켜면 신체 오행의 조화가 깨질 수도 있다 경고했던 것을 떠올렸지만, 비가 오는 날이면 향긋하게 타오르는 쑥 연기를 들이켜야만 직성이 풀렸다.

"천하에서 제일가기로 유명한 컴퓨터께서 그런 말을 하시면 아니 되오."

코가 아릴 때까지 연기를 쐰 강문수는 규정 속도를 준수하는 자동가마의 옆 창문을 내려 추적추적 내리는 빗방울에 약쑥봉을 꺼뜨렸다. 습기를 정통으로 맞아 축축하게 식은 재가 흩날리지 못한 채 웅덩이에 빠졌다. 슬쩍 바깥으로 내밀었던 오른손까지 어느새 흠뻑 젖자, 강문수는 자동가마 한구석에서 헝겊을 꺼내 손에 묻은 비를 슥 닦아 냈다.

강문수의 말대로 사주팔자의 연산 속도를 이길 만한 기계 장치는 존재하지 않았다. 사주팔자의 집적 회로는 음양오행 이론에 기반을 둔 양택풍수*에 아주 잘 맞게 배치되어 있으니까. 그 설계가 어찌나 조화로운지, 세계 최고의 신실학자들이 우수한 풍수공학적 설계로 제조한 조선컴은 오랑캐들이 역설계 하기 위해 노리는 1순위 기술이었다. 하지만 사주팔자는, 그럼에도, 늘 강문수에게 주절대던 기우를 멈추지 않는다.

당장 연구소를 탈출한 사이보그가 그렇지 않습니까? 저런 관

---

* 陽宅風水. 좋은 집터를 찾는 풍수.

상이 조선의 백성 중 한 명이라도 있다면 삼천리가 크게 위험할 겁니다.

사주팔자가 하는 말을 흘려들은 강문수는, 이 인공지능이 만일 사람의 형상을 하고 있다면 천이궁*이 낮은 관상일 거라 확신했다. 이만큼이나 많이 알면서 걱정까지 많은 사람은 필시 그런 얼굴을 하고 있으니까. 강문수는 여전히 뜸 향이 풍기는 손을 문지르듯 털면서, 다시 바른 자세로 유리창 앞을 바라보았다.

"걱정이 너무 많구려. 선왕께서 나라를 바로잡으신 비결도 관상학이 아니었소?"

강문수가 말하는 선왕은 정약용 학파의 비호 아래, 세종 이래 유례없는 왕권을 확보한 순조를 말하는 것이었다. 어린 나이에 왕위에 오른 순조는 처음엔 조정을 노리개마냥 쥐락펴락하던 세도가에게 속절없이 권력을 유린당했으나, 비밀리에 실학을 발전시키던 정약용의 제자들과 우연하게 접촉한 이래 암군 관상을 뜯어고치고 간신배들을 전부 몰아낸 군주였다. 내외적으로 조선 왕조의 새 지평을 열었다 평가받는 그는 온 누리를 평화롭게 하여 당대에도 위대한 왕으로 추앙받았으며, 현대에 들어서도 전국 곳곳에 그를 기리는 동상이 서 있을 정도다.

그렇기에 문제라는 겁니다. 조정에는 충신들만이 있고, 전국

---

* 遷移宮. 관상에서 이마 양쪽 관자놀이를 가리킨다.

에는 효자와 열녀가 즐비합니다. 모든 백성이 의무적으로 태어나자마자 조정에서 지정한 관상 수술을 받기 때문에요. 그렇지만 그 비용이 문제입니다. 전 백성의 8할 하고도 5푼 이상이 평생 출생 이후 금전적 문제로 별도의 관상 수술을 받아 본 적이 없습니다. 귀인의 관상은 오롯이 부자의 것이고, 무인의 관상은 오롯이 무인의 것입니다. 가난한 자들은 다들 풍수지리가 가장 좋지 않은 곳에서, 가장 좋지 않은 관상을 가진 채 살아갑니다. 정해진 삶을 벗어날 수가 없다는 뜻이지요.

"그것이야말로 진정 공평하오. 누구든 정해진 길을 벗어나 살게 되면 분명 큰 벌이 따를 것이오. 그게 바로 하늘이 준 삶이 아니겠소? 괜히 천명이란 단어가 있겠소이까?"

만민이 가진 관상을 더는 하늘에서 내려 주지 않는데 천명이 무슨 소용입니까? 차라리 어명이라고 칭하는 게 낫겠군요.

강문수는 무어라 대꾸하려 했지만, 창밖의 빗소리가 더 거세지자 반쯤 벌린 입을 다시금 다물었다. 강문수는 날씨가 더 험악해졌다기보다는, 사실 목적지에 닿은 자동가마의 동력원이 꺼진 탓에 바깥 소리가 더 크게 들린다는 것을 알고 있었다. 물방울이 타닥거리며 부딪는 차창 오른쪽 위 구석에는 '장주서원'이라는 글자가 큼지막하게도 쓰여 있었다. 논쟁에 정신이 팔려 있던 사주팔자가 뒤늦게 목적지에 도달했다고 말하려 했지만, 강문수는 심드렁하게 말했다.

"그만하는 게 낫겠소. 앞으로 있을 일에 집중해야 할 때니까."

강문수는 자동가마 한편에 고이 접어 둔 검은 전복*을 두르고, 무릎에 고이 올려뒀던 전립**을 눌러썼다. 전복과 전립은 표면을 방수 재질로 처리해 갑갑할지언정 오행에 맞는 순서대로 안감을 짰기에 온갖 위험한 상황에서도 무사히 대응할 수 있는 특등품이었다. 적어도 종2품은 되어야 걸칠 수라도 있는 이 값지고 특별한 옷은, 기실 강문수에게 왕께서 하사하신 물건 이상의 가치를 지니지 않았다. 그렇기에 그는 전복을 멀끔히 잘 매는 데 신경을 쓸지언정 전복 자체를 믿지는 않았다.

강문수가 가마 문을 열자 빗방울이 매섭게 그를 습격했지만, 물방울은 섬유 사이를 비집지 못한 채 매끈한 옷감을 미끄러져 다시 바닥으로 떨어지고 말았다. 전립에 딸린 통신장치에서 사주팔자가 강문수에게 무어라 말하는 것 따위를 '내리는 비가 시끄럽다'는 핑계를 들어 가며 무시하고, 강문수는 유독 투광등이 밝은 곳을 보았다. 이토록 어둡고 축축한 날에 조명을 비추는 데라면 필시 그가 닿아야 하는 곳이리라. 강문수는 주머니에 넣어 둔 약쑥봉을

---

* 戰服. 조선 후기에 무관이 입던 옷.
** 戰笠. 조선 시대 무관이 쓰던 모자의 하나.

만지작거리면서 연구소 북문으로 걸어갔다.

기우단의 예측과 달리 며칠 전부터 밤낮 할 것도 없이 내리던 장맛비는 그칠 기세는커녕 점차 거세지고만 있었다.

*

관상공학연구소의 주변에는 동서남북 할 것 없이 포졸들이 담장을 따라 빈틈없이 진을 친 상태였다. 놀랍도록 똑같은 얼굴과 자세를 유지한 포졸들은 너 나 할 것 없이 빗물에 흠뻑 목욕한 듯 온몸이 축축하게 젖었어도 매서운 눈빛을 잃지 않은 채 연구소 안쪽 동향을 지켜보고 있었다. 강문수가 공적인 자리에서 입버릇처럼 '조선 팔도의 안녕을 위해서라면 포도대원은 언제든 절대 한눈을 팔면 안 된다.'라고 말했던 것을, 엄격하고 공정한 '뾰족입'을 가지는 것이 제일 조건이었던 포졸들 또한 아주 잘 새겨들었다. 만일 그들이 비를 너무 맞아 고뿔에 들 게 자명할지라도, 설령 벼락이 떨어진다 할지라도 한 발도 물러서지 않을 각오로 각자의 자리를 지킬 테다.

그런 그들에 대한 흡족함 절반, 하지만 도무지 진정되지 않는 상황에 대한 근심 절반이 섞인 표정으로 연구소가 있는 곳을 바라보던 포도종사관은, 대열에서 스무 걸음 떨어진 채로 팔짱을 끼며 입을 오물거리고 있었다. 이미 돌발 상황을 대비해 수십 번은 머릿속에서, 또 수십 번은 실제로 연습해 보았던 종사관이지만 전무후무한 사이보그의 인질 사건에는 긴장을 금치 못한 것이다. 혹여나 사특한 사이보그가 어떤 비열한 술수로 휘하 포졸들에게 해를 끼친다면, 인중이 깊고 곧은 포도종사관은 자신이 조정에 충성스럽지 못했던 탓이라며 자책할 테니까.

그러다 그의 뒤통수, 우중 너머에서 포도대장용 자동가마의 머리등이 빛나자, 종사관은 반색하며 종종걸음으로 포도대장을 마중하러 뒤돌아 걸었다. 잠시 후 인도를 따라 걷는 포도대장의 모습이 보이자마자, 포도종사관은 그에게 달려가 허리를 깊이 숙여 인사했다. 강문수는 어두워 보이지도 않는 그의 얼굴을 알아보기 위해 거두절미하라는 듯 손을 휘저었다.

"관등성명부터 대시오."

강문수와 똑 닮은, 그러나 그보다 다섯 살은 젊어 보이는 종사관이 땅에 닿을 만큼 숙였던 상체를 일으키며 말했다.

"아, 포도종사관 박상절입니다."

"그래, 종사관. 고생이 많구려. 상황은 어찌 돼 가오?"

"자세한 사항은 들어가면서 말씀드리겠습니다."

포도종사관은 북문 쪽을 한쪽 팔로 가리키면서, 또 한쪽 팔로는 강문수에게 넘기기 위해 미리 들고 온 빨간 열매 하나를 건넸다. 강문수가 기꺼이 받아 씹어 보니, 구기자였다. 음의 기운이 차고 넘치는 북문 길목에서 양기 가득한 구기자를 포도대장에게 건넨 이유는 어렵지 않게 짐작할 수 있었다. 둘은 구수한 구기자 향취를 입속에 머금은 채 북문 방향으로 나란히 걸어갔다.

북문에 닿은 포도종사관이 눈짓하기 무섭게 대문을 지키던 포졸 둘이 연구소 북문을 열었다. 문 너머에서 사이보그의 방탕하고 음습한 기운이 삐져나오자, 강문수와 포도종사관은 본능적으로 온몸에 이는 전율을 느꼈다. 다행히도 미리 삼킨 구기자의 넘치는 양기가 사이보그의 음기를 상쇄했기에, 둘에게 끼친 악영향은 단지 소름이 끼치는 정도로만 끝맺었다.

연구소 안쪽도 봉쇄선은 철저히 체계적으로 짜여 있었다. 바깥을 포위하던 포졸들보다도 더 관록 있고 정예로운 이들이 하루에도 수차례 연습했던 대로 범인이 연구소 바깥으로 한 발자국도 빠져나갈 수 없게 진을 치고 있었으니까. 강문수는 본청에 있는 사이보그의 기를 억누르기 위한 오위진법 중 하나를 이제 제법 잘 구사하게 되었다고 생각했다. 그사이, 포도종사관은 본청 방향으로 강문수보다 몇 보 앞서 걸으며 조금 전 보고하지 못한 내용을 읊었다.

"좋지 않습니다. 범인은 도무지 투항할 생각이 없습니다. 연구소에 대고 몇 번이고 인질 해방을 요구했다만 요지부동이지요. 녀석이 연구원에게 무슨 짓을 할지 몰라 섣불리 진입하기도 힘든 상황입니다."

"그것참 골치 아프게 됐구려. 그나저나, 사필귀정 13호는 어떻게 탈출한 것이오? 중간보고에 따르면 분명 체계적인 감시하에 놓여 있었다고 했건만."

"실험체의 특성 탓이 큽니다."

강문수가 실수로 물웅덩이를 밟자 참방대는 소리와 함께 포졸에게 흙탕물이 튀었다. 물이 고인 건 군데군데 움푹 팬 돌바닥 탓이었다. 강문수는 자신의 실수에 미안해했지만 포도종사관은 개의치 않고 말을 이었다.

"그 사이보그는 이마가 넓고 짝눈입니다. 당연히 거짓말을 밥 먹듯이 하겠지요. 연구원들은 대개 정직하고 상호 신뢰하는 관상을 하고 있기 때문에 그의 거짓말에 껌뻑 넘어갔으리라 추측합니다."

"방도는 찾아봤소?"

"다행히도 사건 당시 잠시 밖에 나가 있어 화를 면한 연구원 한 분이 계십니다. 그분께서 사태를 파악하고 진즉 신고하셨기에 저희가 빠르게 여기다 진을 칠 수 있던 거죠. 아마 신상을 파악했으니 곧 여기로 당도할 텐데……."

아, 아. 본청 외부로 연결된 확성기가 있었군. 한참 찾았네.

종사관의 말을 끊은 것은 3미터 높이로 세워진 솟대였다. 포졸들과 강문수는 일제히 본청 앞에 장식처럼 꽂힌

솟대를 바라보았다. 인간과 놀랍도록 닮은 목소리로 조선어를 구사하는, 그러나 도무지 인간도 조선인도 아닐 것만 같은 목소리가 음향기 너머로 들렸다. 목소리의 주인은 예상할 것도 없었다.

"사필귀정이로군."

여길 에워싼 포도청 놈들은 잘 들어라!

사필귀정은 몹시 새된 목소리와 뭉개지는 발음으로 이르고 있었다. 무엇이 그를 성나게 했는지는 몰라도, 그가 제정신이 아니라는 것쯤은 그곳에 있던 모두가 쉬이 짐작 가능했다.

한 시간 주겠다. 그 시간 안에 모든 병력을 물리고 가상평통보 20문과 자동가마 하나를 여기로 내와라. 그렇지 않겠다면…….

그러지 않겠다면……? 포도청 사람들은 솟대에서 나오는 다음 말에 귀를 의심할 수밖에 없었다.

인질의 머리카락은 없다!

동시에 연구소 건물에 딸린 큼지막한 모니터가 주변을 환히 밝혔다. 그 화면에는 지금껏 오간 데가 불분명하던 연구원들이 밀실의 전나무 기둥에 단단히 묶인 채 앉아 있는 모습이 포착되었다. 포도대원들이 무사한 인질의 상황에 기뻐할 새는 없었다. 화면 속 미동도 없는 연구원 뒤에서, 사이보그 사필귀정이 뾰족한 턱과 축 처진 눈초리로 험상궂게 웃으며 손바닥 절반만 한 도구 하나를 치켜든 채 화면 정면을 향해 걸어오고 있었으니까. 양놈 말로 '질레트'라 쓰인, 동시에 모든 조선인이 입에 담기조차 민망할 물건인 전동 이발기는 사이보그의 손아귀에서 섬뜩한 소음을 내며 실학자들의 케라틴 결합 구조의 파멸을 예언하고 있었다.

"신체발부 수지부모라 했거늘!"

사필귀정의 사악한 의중을 깨달은 포졸 중 하나가 크게 소리 질렀다. 김문수가 돌아보니, 고함쳤던 포졸은 어느새 얼굴이 벌게져서 온몸을 부르르 떨고 있었다. 다른 포졸도 직접 말하지 않았을 뿐, 사이보그의 끔찍하리만치 무시무시한 협박에 분노한 것은 마찬가지였다. 어지간한 상황에 동요하지 않을 만큼 교육받은 포졸들마저 이리 천인공노할 짓에는 익숙지 않으니까. 물론, 흥분하는 이들 모두가 태어나면서부터 면상에 차가운 메스를 대 본 적이 있다는 사실은 다들 까맣게 잊고만 있었다.

이런 상황에서 강문수는 전복을 타고 흐르는 빗물을 쓸어 낼 뿐, 낯빛 하나 변하지 않은 채 더는 아무 소리도 들리지 않는 솟대를 쳐다보고 있었다. 그가 침착한 이유는 과연 조금 전 피운 약쑥봉의 영향일까, 혹은 사주팔자가 한 이야기 때문일까? 사실 강문수가 신경 쓰는 건 그게 아니었다. 당장에라도 진입 명령을 내려 달라는 듯 분기탱천한 눈깔로 쳐다보는 종사관을 쳐다보며, 강문수는 말했다.

"내가 가겠소. 혼자서."

"대장님께서 홀로 저런 무뢰배와 협상을 하시겠다고요?"

"이 상황에서 사필귀정을 만나면 다짜고짜 포질을 하지 않을 이가 여기서 나 말고 누가 있겠소? 우리가 목표로 삼는 건 인질의 안전이지, 범인의 사살이 아니오."

얼굴이 벌게진 포도종사관이 입을 다물었다. 침묵은 곧 강문수의 의사에 대한 동의를 뜻했다. 종사관이 더 반박하지 못하는 걸 파악한 강문수는 줄곧 주머니에 넣어 뒀던 약쑥봉을 꺼내 입에 물며 그에게 말했다.

"연구원을 남문으로 들이시오. 사필귀정을 제압할 방도를 찾으리다."

*

잠시 후, 강문수는 남문 앞에 딸린 경비실에서 진작에 도착한 연구원을 보게 되었다.

경비실 의자에 앉아 있는 연구원은 커다란 귓구멍의 모양새만으로도 자신의 총기를 몸소 증명할 수 있었다. 그는 서양 문물에도 관심이 많은지 조선에서 유행하는 옷이 아닌 외국에서 유행하는 남방셔츠(바다 너머에서는 그 셔츠에 남사스럽게 죽죽 그인 격자를 체크무늬라고 불렀다.)을 입고 가배차를 홀짝이고 있었는데, 안타깝게도 강문수는 조선 각지에 우후죽순으로 생겨나는 미국식 양탕국집을 전혀 이해하지 못하는 사람이었다.* 그를 괴짜라고 여길 수밖에 없던 강문수는 경비실 문을 열고 연구원의 반대편에 앉으며 말했다.

"생각보다 빨리 오셨구려."

"아, 그쪽이 아닙니다. 그쪽 말고 제 옆에 앉으시지요. 여기가 명당입니다."

연구원은 반대편에 앉은 강문수에게 말하며 자신의 오른편 의자를 두드렸다. 강문수는 어이가 없다는 듯 눈알을 굴리면서도 순순히 그의 말을 따랐다. 경비실 창 너머로 연구원이 타고 온 자동가마의 머리등이 눈부시게 비쳤다.

"그런 걸 잘 아는군."

"머리 굵고 나선 이런 것만 배워 왔으니까요. 배치된 가구만 보면 어디가 괜찮은 자리인지를 알게 되는 건 자연스러운 일이지요. 관상만큼이나 배경도 그에 못지않게 삶에서 중요하니까요."

"그것도 그렇구려."

연구원은 입을 데지 않을 만큼 적당히 식은 가배차를 마시려다, 아직 전립을 뒤집어쓴 포도대장과 통성명을 한

---

* '가배차'와 '양탕국' 모두 개화기 당시 선교사 등이 들여온 커피를 가리킨 말이다.

적이 없다는 사실을 깨달았다.

"이런, 제 이름은 조전우입니다. 자(字)는 영실이고요. 장영실의 그 영실이 맞습니다. 관상공학연구소에서는 부소장이지요. 가배차 한잔 어떠십니까?"

"우포도청 포도대장 강문수라고 하오. 차라리 쑥차라면 마시겠소."

"오, 쑥차는 없는데."

조전우가 다시 가배차를 들이켰다. 강문수는 차도 내주지 않을 것이면서 구태여 옆에서 검은 구정물을 마시는 부소장이 영 못마땅했다. 싸늘한 눈총에도 아랑곳하지 않고 꿋꿋이 잔을 다 비운 후에야 조전우는 입을 열었다.

"저, 영감님. 포도대장이시니 영감님으로 불러도 되겠지요? 무슨 일로 부르신 건진 알겠습니다. 하지만 그 전에 이야기해야 할 게 있군요. 우리가 왜 사필귀정을 만들고 연구했는지를요."

"그런 시시콜콜한 얘기는 필요 없소. 지금 당장 포도청에서 원하는 건……."

"알고 있습니다. 그걸 위해 꼭 필요한 이야기니 일단 들어 보십쇼."

강문수는 그를 제지하고 싶었지만 조전우는 막무가내로 말을 이었다.

"대외적으로 공개됐다시피, 사필귀정이 13호까지 제조

된 이유는 전부 최악의 관상 조합을 연구하기 위해서였습니다. 포도대장께서도 알고 계시는 사실이겠지요. 여기까지는 명백한 사실입니다. 하지만 사필귀정 이전에도 관상공학연구소는 있었고, 사필귀정과 이름만 다르지 같은 목적을 가진 계획 또한 있었습니다. 백성에게 공표하지 않았을 뿐이지요. 왜인지 아십니까? 그 연구가 명백히 암암리에 이루어져야 할 일이기 때문이었습니다.

우선 인조인간에 대해 말씀드려야 할 것 같군요. 보통 백성은 사이보그와 안드로이드를 가리켜 분별없이 인조인간이라 칭하지만, 둘은 전혀 다른 개념입니다. 안드로이드가 음양오행의 조화를 무시하고 인간이 만들어 낸 방도로만 설계하는 무정물에 가까운 사도라면, 사이보그는 그보다 훨씬 복잡한 원리를 적용해야 하는 존재입니다. 애당초 사이보그를 만들기 위한 기초적인 집적 회로부터가 조선컴 수준의 양택풍수가 아니라면 시도조차 할 수 없으니까요. 여기서 끝이 아닙니다. 사이보그는 천지인의 원리를 좀 더 가까이, 그러니까 기초적인 설계 과정부터 제조 공정까지 끌어옵니다. 특히 천지인 중에서는 인(人)의 요소가 핵심입니다. 인조인간은 결국 사람과 닮으려고 만드는 것이니까요. 여기서 인의 요소를 집어넣기 위해 당시 조정이 재료로 사용한 게 무엇이겠습니까?"

조전우가 강문수를 부담스러운 눈빛으로 바라보자 강문

수는 마지못해 대답할 수밖에 없었다.

"……진짜 사람을 사이보그에 넣으셨구려."

"그렇습니다. 정약용 학파가 조정의 핵심을 차지할 때만 해도 노론은 신실학의 위력을 과소평가했습니다. 잘못된 통찰은 참혹한 파멸로 다가왔지요. 오래지 않아 조정이 노론의 삼족을 멸하는 것에 그치지 않고 그들의 시체를 전부 정약용 학파의 연구 기관에 넘겼으니까요. 냉동고에 수백 년간 잠들었던 뼈와 살은 전부 조선 과학 발전의 훌륭한 연료가 된 겁니다. 덕분에 지지부진하던 관상학과 성형의학은 사필귀정 9호에 이르러 완성되었지요. 이게 조선 사이보그의 실체입니다.

그렇다면 왜 아직도 사필귀정을 개발하고 있는지가 궁금하시겠지요. 군자의 복수는 10년이 걸려도 늦지 않는다고 합니다. 노론이 끝장난 지 오래됐지만, 연구소는 다시는 신하들이 왕을 넘어선 권력을 휘두르는 일이 생기지 않도록, 혹은 외세의 침략에 맞서기 위해서 어떤 관상을 가진 사람이든 대처하는 방법을 찾고자 연구하고 있는 겁니다. 최악의 관상에 대처할 수 있다면, 어떤 악독한 관상을 가진 이가 등장해도 대응할 수 있다는 뜻이니까요.

다만 제가 거기 동의한다고 말하기는 어렵겠군요. 제가 부소장이긴 하지만, 이렇게 비인도적인 실험은 사실 꺼려지는 심정입니다. 조정에도 여러 번 건의해 보았지만, 사필귀정 실험이 여기까지 온 건 연구소장의 무리한 고집 때문이었습니다. 덕분에 소장은 그 업보를 받아 저기 연구실 기둥 어딘가에 묶여 있는 신세가 되었지만요."

"방금은 조금 과격한 발언이구려. 다산대 출신 풍수공학자가 그리 말해서 되겠소?"

"그러면 안 되지요. 하지만 가끔 드는 생각이 있습니다. 관상학이 이리 발달했는데도 부유한 상은 부유한 자들만이 가지게 되지요. 그리고 그 부유함을 몇 세대고 계속해서 대물림합니다. 그런데 왜 온 백성에게 부유한 관상을 주지 않는 걸까요? 관상이 정녕 만민을 평화롭게 한다면 완벽한 하나의 관상을 베풀어야 하는 거 아닐까요?

문제는 이뿐만이 아닙니다. 혼란기의 역적 계 씨가 선왕을 현혹한 뒤로 정복자의 관상을 만민에게 주입한 적이 한 세기도 더 전에 있었지요? 덕분에 조선이 전 세계인의 원수가 되어 버린 역사가 있지 않습니까. 아직도 그날의 악몽을 겪는 이들이 조선 안팎에 남아 있을 정도입니다. 그런데도 관상이 항상 이득을 주는 것이라고 볼 수 있겠습니까?"

"그렇게 부정적인 쪽으로만 생각할 것 없소. 조선은 앞으로 결코 전쟁을 하지 않을 테니까. 모두가 평화주의 관상을 지녔지 않소?"

"미봉책일 뿐이지요. 단순한 해결법은 나중에 좀 더 고

차원적인 문제를 부릅니다. 보십시오, 다른 것들의 가치는 모조리 낮아지고 있는데 오직 관상 성형만이 그 값을 올리고 있습니다. 누가 그러겠습니까? 관상을 고치는 사람들이 그리 올려 받는 게지요. 그들은 모든 걸 손에 쥐고 있습니다. 관상을 고칠 권리도, 권한도요. 권력이 집중된다는 겁니다. 수백 년간 그랬고, 멈추지 않는다면 최소 수백 년간 더 지속될 겁니다."

진심으로 동의합니다. 이대로라면 양극화가 더 심해질 게 불보듯 뻔한 일이니까요.

전립 외부 마이크의 감도를 높인 사주팔자가 마음에 드는 말을 들었는지 둘의 대화에 끼어들어 맞장구를 쳤다. 조전우는 누가 갑자기 말을 거는가 하며 어깨를 살짝 움츠렸다가, 강문수가 벗어 둔 전립을 보고서는 이내 반색했다.

"오, 영감님 전립에서 나온 소리인가요? 혹시 사주팔자 맞습니까?"

"그렇소. 조선컴 중 으뜸이라고 하지."

으뜸은 잘 모르겠고, 가장 걱정이 많은 컴퓨터인 건 맞습니다.

"오히려 좋은 일이지요. 걱정이 많은 건 뒤집어 말하면 건전한 사고가 넘쳐난다는 방증이니."

강문수는 전립에 달린 마이크 부위를 손가락으로 틀어막으며 답답하다는 듯 말했다.

"이만하면 됐소. 우리는 저기 잡힌 조선인을 구하기 위해 일하는 거지, 무슨 꿍꿍이를 가졌는지 모를 사이보그를 구원하기 위해 일하는 게 아니오. 괴력난신을 몰아내고 조선에 법도를 바로 세우는 게 포도청이 으뜸으로 내세우는 도리란 말이오. 연구원께서는 단지 하나만 주면 되겠소. 사이보그를 물리치고 인질을 온전히 구출할 수단이오."

조전우는 더 설명할 것이 없다는 듯 품에서 권총 하나를 꺼냈다. 벽조목으로 매끈하게 만들어진 총은 무기보다는 장식품에 가까웠다. 부소장의 다른 손에는 한약재를 눌러 붙인 총알에 뾰족하게 박힌 침 세 개가 가지런히 줄지어 있었다.

"교활한 사필귀정은 내구성이 높아 정공법으로는 당해낼 수 없습니다. 한 가지, 우리 연구소에서 개발 중인 침총만 빼고요. 방금 말했듯 사이보그에는 사람의 뼈와 살을 씁니다. 자연스레 사이보그에도 혈이 존재하지요. 설계도에 따르면 사필귀정 13호의 왼쪽 관자놀이를 침으로 찌르면 사특한 기운을 억누를 수 있습니다. 그럼 급한 불쯤은 끌 수 있을 겁니다. 하지만 그러기 위해서는……."

"사필귀정을 대면해야 하겠지."

조전우에게서 침총을 받아 든 강문수가 별것도 없다는 듯 말했다.

"그런 거라면 맡기시오. 다 방법이 있소. 그렇지만 하나의문이 드는군."

"무엇이지요?"

"노론의 후예가 마지막으로 처형당한 지 100년이 넘었소. 이제 그들은커녕 그 시체마저 존재치 않을 텐데, 사필귀정 13호를 만들 재료를 도대체 어디서 구한 것이오?"

"……그건 사필귀정을 처리한 이후 알려 드리지요."

강문수는 대답을 바라지도 않았다는 듯 전립을 들고 일어서서 경비실을 나갔다. 조전우는 그가 나가는 것을 확인하고 나서야 담요를 뒤집어쓰고 의자에 옆으로 누웠다. 조전우는 삽시간에 곯아떨어지면서도, 이후 있을 사필귀정과 강문수의 싸움에서 누가 승기를 잡을까 점치고 있었다. 침총의 성능은 확실하지만, 강문수의 사격 실력과는 별개의 이야기니까.

*

"포도대장 강문수요. 인질범은 나오시오."

홀로 연구소에 들어선 강문수가 연구소의 설계도가 그려진 두루마리를 접으며 외치자, 사필귀정 13호는 응접실 2층 난간에서 또각거리는 발소리와 함께 강문수의 바로 위에서 모습을 드러냈다.

사필귀정은 무슨 자신감인지 몰라도 통유리로 벽면을 도배한 응접실의 모든 조명을 환하게 비춘 채였다. 유리뿐만 아니라 번들거리게 칠한 나무나 매끈하게 다듬은 대리석도 조명을 반사하고 있었는데, 이 때문에 연구소 안은 그림자가 지는 부분이 없을 만큼 휘황찬란했다. 사이보그를 올려다본 강문수는 조금 전 화면에서 본 것보다도 더 불쾌하게 생긴 그의 관상이 훤히 드러나자 인상을 구겼다.

사필귀정은 난간에 양팔을 걸치며 아래에 있는 강문수에게 어깃장을 놓았다.

"요구한 내용은 다 준비했나? 아, 내가 여기 있다고 해서 인질을 구할 수 있을 거란 착각은 마. 연구원 놈들 머리카락을 죄다 한데 묶어서 자동화로 위에 뒀거든. 내가 죽으면 불이 붙게 설계했지. 날 함부로 해쳤다간 연구원 놈들 머리카락이 홀랑 다 타 버릴걸?"

"그런 거라면 다행이군. 아직 머리카락은 안 자른 것 맞지 않소?"

"거짓말인 것 같으면 보여 주지."

사필귀정은 응접실에 딸린 화면으로 연구원들의 모습을 보여 주었다. 사필귀정의 말마따나, 화면 속 연구원들의 기다랗게 풀어헤친 머리카락은 화로 위에 묶인 채였다. 정확히 말하자면, 소장만 빼고. 소장은 다른 연구원과 달리 홀로 한구석에서 찌그러져 어디에 묶여 있지도 않은 채였다.

"연구소장은 굳이 묶지 않은 이유가 있나?"

"소장은…… 묶을 게 없더라고."

"저런."

강문수는 사필귀정의 충격적인 발언에도 당황하지 않게 미리 입안에 털어 넣은 청심환 세 개를 짝짝 씹었다. 입속에서 쓴맛이 확 올라오자 강문수의 펄떡이던 맥박도 가라앉는 느낌이었다. 사필귀정은 자신을 앞에 두고 주전부리를 까먹는 듯한 강문수의 모습에 기분이 상해 외쳤다.

"지금 내 앞에서 무슨 짓을 하는 거지?"

강문수는 침착한 목소리로 사필귀정을 향해 일렀다.

"협상에 앞서 몇 가지 말할 게 있소. 우선 나는 그대를 죽이고 싶지 않소. 그러니 순순히 이런 무의미한 행동을 그만두었으면 좋겠소만."

"헛소리나 해 댈 거면 당장 꺼져. 난 협상을 원하는 거지, 항복을 원하는 게 아니야."

사필귀정이 위협하듯 오른팔을 강문수에게 겨누자, 그의 손바닥 한가운데 커다란 구멍이 열렸다. 연구원들이 사이보그 설계 과정에 추가한 음양포가 분명했다. 일전에 강문수가 읽었던 한 신보에 따르면 사필귀정 13호에 딸린 음양포는 어지간한 총통 이상의 위력을 낼 수 있을 만큼 강했다. 그러나 청심환을 삼킨 강문수의 목소리는 조금도 떨리지 않았다.

강문수는 가지고 있던 최신형 오행패를 들어 올렸다. 그의 오행패에는 '20문 송금'이라고 적혀 있었다. 자신이 이

야기했던 금액과 일치한 것을 확인한 사필귀정의 입꼬리
가 올라갔다.

"지금 그대가 말한 주소대로 가상평통보를 보내겠소. 병
력을 전부 물렸으니 자동가마도 곧 도착할 것이오."

"이제야 협상이 좀 되는군."

자신의 저장장치로 돈이 들어온 것을 확인한 사필귀정
이 난간을 딛고 뛰어내렸다. 강문수 바로 앞에 두 다리로
착지한 사필귀정은 아픈 기색 하나 없었고, 그의 팔은 여
전히 강문수를 향한 상태였다. 수상한 낌새를 눈치챈 강문
수는 주머니에 손을 넣은 채 사필귀정에게 말했다.

"돈을 받았으니 이제 연구원들을 풀어 주시오. 약속하지
않았소?"

"그러도록 하지. 연구원은 208동 연구실에 있으니까 알
아서 해."

사필귀정은 연구원 10리 밖까지 모든 병력이 물러난 것
을 내장된 지맥 탐지기를 통해 알고 있었지만, 그럼에도 연
구원을 풀어 주기는커녕 강문수에게 음양포를 겨눈 채 다
가왔다. 그는 강문수를 보며 속았느냐는 듯 음흉하게 웃었
다. 연구원 밖 하늘에서는 그의 간계를 꾸짖는 것처럼 번
개가 연신 번쩍거렸다.

"좀 더 구미가 당기는 인질이 생긴 것 같으니까."

사필귀정은 그에게 순순히 자신의 생존 수단이 되라고

요구하듯 포신을 그의 지척까지 갖다 댔지만, 사이보그가 졸렬한 행동을 할 것쯤 충분히 짐작하고 있던 강문수는 한숨을 쉬고 마패를 품에 넣었다. 그는 천천히 전립을 고쳐 쓰는 것처럼 챙을 집으며 사필귀정에게 말했다.

"사주는 거짓말하지 않는군. 그대의 이름이 왜 사필귀정인지 아시오?"

"뭐?"

사필귀정의 눈빛이 흔들리려다, 순식간에 원래대로 돌아왔다. 그런 모습을 강문수에게 보이지 않도록 감추려는 노력의 일환이었다. 사이보그는 짐짓 멀쩡한 척, 능청스러운 척 연기했다.

"아니, 그런 건 몰라도 돼. 별로 알고 싶지 않은 내용이거든."

차라리 포도대장의 말을 무시했으면 나았을 것을. 다른 사람이라면 모를까, 강문수는 그가 내뱉는 문장에서 허장성세라는 얇은 천에 덮인 동요를 포착할 수 있었다. 그의 부리부리한 눈매가 언제나 기회를 놓치지 않았기에 강문수는 종2품의 지위까지 올라갈 수 있던 것이다. 흔들리는 종이 탑을 정확한 시점에 발로 차 무너뜨리듯, 사필귀정의 폐부를 관통하는 말이 강문수의 입을 포신으로, 혀를 강선으로 삼아 발사되었다.

"다산대 명리학과 교수가 지은 거라오. 그대가 완성된 시간이 가장 살이 들러붙기 쉬운 때였거든."

"개소리하지 말라 그래!"

사필귀정이 뻗은 팔에서 하얗고 검은 구체가 빛났고, 한순간에 강문수를 향해 날아갔다. 그의 습격을 예상했던 강문수가 재빨리 전립을 꺼내 음양포를 쳐내자, 본래 경로를 이탈해 응접실 한편에 처박힌 포탄은 격렬한 폭발과 함께 눈이 아릴 만큼 벌건 섬광을 내었다. 방금 전과 같은 여유는 온데간데없이, 사필귀정은 잔뜩 축소된 동공과 곤두선 머리카락으로 자신의 감정을 여실히 드러내고 있었다.

"너희는 전부 미쳤어. 사람 이름을 가지고 그딴 식으로 장난을 쳐? 그깟 이름 하나로 바뀌는 게 뭐가 있다고?"

"당신처럼 인질극을 벌이는 이를 보면 잘 알 수 있지 않소?"

"자기실현적 예언은 집어치워. 연구원들이 나한테 무슨 짓을 한 줄 알기나 해?"

다시 한번 음양포가 전립과 충돌했다. 이번에는 계단통에 처박힌 포탄이 굉음을 내며 계단을 무너뜨렸다. 강문수가 충격에 몸을 가누지 못한 채 비틀거리자, 사필귀정은 강문수의 이마에 포신을 갖다 댔다. 인조 수정체가 붉게 충혈될 만큼 역정이 난 사이보그가 울분을 토해 냈다.

"그 녀석들은 내가 화가 나지 않았다면 화나게 만들었어. 기쁘거나 기대에 차 있을 땐 슬프게 만들었지. 관상이 나를 이렇게 만든다고? 태어난 시기와 이름이 나를 이렇게 만든다고? 웃기는 소리 하지 마. 그놈들은 자기 입맛에 맞는 결과를 내기 위해서 나를 가두고 괴롭혔어. 포도대장이나 할 정도로 출신이 좋은 너는 모르겠지만!"

흥분한 사필귀정은 강문수를 향해 음양포를 쏘려 했지만, 강문수가 주머니를 만지작거리는 것을 보고 반사적으로 한 발 비껴 섰다. 강문수는 한 박자 느리게 사필귀정에게 침총 한 발을 쐈고 침은 사이보그의 관자놀이를 아슬아슬하게 스쳐 어깨에 박혔다. 사이보그는 강문수가 쏜 물체의 정체를 살피더니, 몸에서 한두 치는 족히 되는 침을 빼내며 말했다.

"침총이지? 부소장한테서 침총을 받았구나? 빌어먹을 새끼."

"일단 진정을 해야 대화가 좀 되지 않겠소?"

"부소장, 부소장. 그 악랄한 녀석한테서 날 제압할 무기를 받다니. 아주 둘이서 쿵짝이 잘 맞으셨구먼. 얼굴에 칼 대는 놈들치고 제대로 정신머리 박힌 놈이 없어!"

사필귀정이 다시금 강문수에게 접근했다. 포도대장은 침착하게 총을 겨누고 싶었지만 이렇게 격렬한 상황에서 두 발밖에 안 남은 침총을 발사하는 건 도박에 가까운 행위였다. 사이보그가 이번에는 강문수의 발치에 음양포를 쐈다. 전립으로 튕겨 낼 수 없는 각도인 걸 파악한 강문수는 최대한 뒤로 빠졌지만, 그의 반응 속도로는 폭발의 반경에서 벗어날 수는 없었다. 충격파에 전복이 오행의 조화가 깨진 채 찢겨 나갔고 바닥은 나무와 돌 조각으로 어지럽게 뜯겨 먼지구름을 만들었다.

폭발의 반동으로 피어오른 먼지와 파편에 사방 시계를 파악하기 어려워지자 사필귀정은 강문수를 잡으려 호환처럼 달려들었다. 그러나 사필귀정이 덮친 자리에는 강문수가 벗어 둔 옷 조각뿐이었다. 전복 쪼가리를 내팽개친 사필귀정은 1층을 자욱하게 채운 연기가 가라앉고 나서야 포도대장이 2층으로 올라가고 있는 것을 깨달았다.

사이보그는 강문수의 위치를 파악하자마자 인간보다 월등한 다릿심으로 2층을 향해 뛰어오르고는 도망치는 포도대장을 향해 팔을 뻗었다. 강문수는 뒤에서 '쿵' 소리가 들리자마자 전립을 방패처럼 휘둘러 사이보그가 음양포를 기관총마냥 쏴 대는 걸 막아 냈다. 벽면에 부딪쳐 폭발하는 음양포가 그의 온몸에 크고 작은 상처를 냈지만, 강문수는 복도를 향해 뒷걸음질 치는 걸 멈추지 않았다.

음양포가 잠잠한 사이를 노려 강문수가 다시금 침총 한 방을 날렸지만, 사필귀정은 침을 가볍게 잡아 으스러뜨리고는 다시 한번 바닥을 향해 음양포를 쏘았다. 막다른 길에 다다른 강문수는 온몸을 던져 포를 피하려 했지만, 마지막까지 그 자리에 남은 발목이 직격당하는 것을 막을 수는 없었다. 복도에 먼지가 가라앉을 때쯤, 강문수는 포복 자세로 다리를 질질 끌며 복도 벽까지 가고 있었다.

뒤에서 분노에 찬 발소리가 다가오자 강문수는 힘겹게 몸을 까뒤집고 복도 반대편을 바라보았다. 사필귀정이 이미 그의 앞에 다가가 음양포를 겨누고 있었다. 강문수가 최후의 발악으로 침총을 발사하려 했지만, 그마저도 사필귀정의 발길질에 맞아 무위로 돌아갔다. 강문수의 손을 떠나간 침총이 공중에서 빙글빙글 돌다가 둘 사이에 안착했다.

"너는 인질로 쓰기엔 너무 짜증 나는 녀석이군. 마지막으로 할 말은 있냐?"

"그대의 문장에는 많은 오류가 있소."

강문수가 덜덜 떨리는 손으로 주머니에서 약쑥봉을 꺼내 불을 붙이며 말했다. 사필귀정은 강문수가 이제 아무런 저항도 할 수 없다는 걸 알기에 그가 약쑥을 피우는 걸 제지하지 않았다. 강문수는 쑥 냄새를 깊게 맡은 뒤 말을 이었다.

"일단 당장 내가 할 말은 딱히 존재치 않소. 죽기 직전에 사람이 하는 유언은 대개 '악', '이런' 같은 사소한 단어에 불과하니 이해 바라오. 두 번째로, 나는 인질로 쓰기에 짜증 날 사람이 아니라 인질로 쓸 수조차 없을 사람이오. 인질이 될 상황이었다면 도리어 내가 스스로 목숨을 버렸을 테니까. 셋째로, 앞선 두 사실로 미루어 보건대 지금은 내 마지막이 아니오."

사필귀정은 웃기지도 않는다는 표정으로 오른손을 강문수의 이마에 겨누었다. 객기를 부리던 포도대장의 최후를 처참하게 장식할 음양포가 검고 흰 빛을 내며 뒤섞였다. 그리고 사필귀정은 그의 머리통에다 음양포를……

쏘지 못했다.

"이럴 수가."

사이보그의 포신이 음양포를 발사하기 직전 파직거리더니, 이내 모터가 헛도는 소리와 함께 온 팔이 고통스러운 소리를 내었다. 사이보그가 삐걱대며 연기가 풀풀 나기 시작하는 팔을 흔들며 충격에 빠진 듯 중얼거렸다.

"방금 전까지만 해도 멀쩡했던 팔이 어째서?"

한쪽 팔을 부여잡은 사이보그를 향해 강문수의 침총이 연기를 뿜자, 곧 쑥뜸 향이 총구에서 진하게 피어올랐다. 사이보그는 왼쪽 관자놀이에 깊숙이 박힌 침을 만지작거렸고, 강문수는 아연실색하는 사이보그에게 일러 주었다.

"그거야 간단한 원리요. 그대 아래 하수구가 있거든."

"젠장, 빌어먹을 수맥파*……."

사이보그가 힘없이 쓰러지자 갈 곳 없는 감초수가 관자놀이에서부터 머리를 타고 흘렀다. 마치 사혈처럼 끈적이는 검은색 액체에서 가배차를 연상한 강문수는 발목을 부

---

* 풍수지리에서는 수맥파가 인체에 악영향을 끼친다고 여긴다.

여잡으며 천천히 상반신을 일으키고, 벽에 기대앉으며 거친 숨을 몰아쉬었다.

이제 연구원의 머리카락은 안전했다. 약쑥봉을 입에 물고 연기를 잔뜩 들이켠 강문수는 전립 아래 달린 스피커에 대고 그 사실을 온 포졸들에게 알렸다.

"산머루, 산머루. 여기는 거봉. 인질범 제압을 완료했으니 침투조를 연구소로 들일 것."

*

"여기가 맞소?"

분명합니다. 이곳에서 강력한 양기가 감지되고 있습니다. 하지만 부상을 입었는데 이대로 움직이셔도 되는 겁니까?

사주팔자는 아까 다친 발목을 절뚝거리는 강문수의 기백이 줄어든 걸 보고 노파심에 물었다. 그렇다고 그의 말을 들을 강문수가 아니었다만, 그러면서도 수맥파가 있는 데까지 사필귀정을 유인해 생포한다는 작전을 제안한 것 또한 사주팔자였기에 포도대장의 부상에 사주팔자 자신의 책임이 아예 없는 것은 아니기 때문이리라.

연구소 208호 앞은 인질이 신변을 저당 잡힌 곳이라고는 믿어지지 않을 만큼 조용한 상태였다. 연구실 앞 복도도 아까 음양포가 천장이고 벽이고 할 것 없이 박살을 내

놓은 덕에, 복도를 비추어야 할 형설등이 반파되어 몹시 어두운 상태였다. 그래서 포도대장이 208호에 닿기까지는 어떤 작은 소리도 쉽게 들릴 수밖에 없었다. 사주팔자의 목소리를 듣지 못할 리가 없던 강문수는 미리 받아 둔 연구소 카드키를 꺼내 들며 그의 걱정이 대수롭지 않다는 듯 대꾸했다.

"포졸들이 재진입하기까지는 시간이 꽤 걸리오. 그 전에 인질을 미리 풀어 주는 게 낫겠지. 혹여나 사필귀정이 저 대로 죽기라도 하면 지금까지 기울인 노력이 물거품이 되니까."

카드키가 연구소 문고리에 닿자 잠긴 문이 풀리는 소리가 들렸다. 강문수는 전립을 눌러쓰고는 혹시 모를 기습적인 상황에 대비하여 천천히 문을 밀었다. 혹여나 사필귀정이 미리 수를 써서 연구소 문이 열리는 순간 자동화로가 시행되게 만들었다면 크게 낭패를 당할 테니까.

그러나 문을 열자, 항상 여러 수를 미리 염두에 두던 강문수조차도 눈앞에 펼쳐진 광경에 말문이 막혀 수 초간 말을 더듬다, 가까스로 입을 열었다.

"사주팔자…… 이게 무슨 상황이오?"

인질들, 그러니까 관상공학연구소의 연구원들의 머리카락은 자동화로 위에 묶인 게 아니었다. 그럴 만도 했다. 그들은 이미 전부 머리가 밀린 상태였으니까. 그들이 다시 상투를 틀려면 적어도 수년은 걸릴 만큼, 당장 산속에서 중 행세를 해도 될 만큼 회색으로 깔끔해진 두피가 강문수를 당혹스럽게 만들었다. 이렇게 깔끔하게 머리를 밀려면 불 따위로는 어림도 없었다. 더 자세히 말하자면, 양놈들의 천 박한 도구가 아니라면 도무지 불가능할 상황이었다.

온몸이 꽁꽁 묶인 연구원들의 옆에서는 여러 영상이 콜 라주처럼 뒤섞인 화면을 내보내는 조선컴 하나가 있었다. 강문수가 자세히 보니 그것들은 모두 사필귀정이 협박을 위해 중계 중인 화면이었다. 자동화로 위에 묶어 둔 머리, 그리고 그 아래 잡혀 있는 인질들까지. 범인(凡人)의 짐작 을 초월한 사태에 정신이 혼미해지는 강문수의 전립에서 사주팔자의 목소리가 들렸다.

모두 혼절한 상태입니다. 모발 상태를 보니 이미 머리가 한참 전에 밀렸군요.

"한참 전? 도대체 언제……."

사주팔자마저 그들의 두피 상태를 보며 충격에 휩싸인 듯 강문수에게 사실을 알려 주었다.

……대략 일주일 전입니다.

별안간 총소리가 강문수의 뒤에서 크게 울렸고, 그는 목 뒤가 뜨끈해지는 것을 느꼈다. 뒤통수를 만져 보니 딱딱한 철침이 경추 부근에 박혀 있었다. 설마, 아니겠지 하는 마 음으로 천천히 뒤를 돌아보았다. 믿음이 배신감으로 바뀌는 것은 순식간이었다.

연구소 문 뒤에서 격자무늬 남방을 걸친 사람이 그에게 침총을 겨누고 있었다. 조전우였다. 강문수는 조금 전 조전우의 발언, 그리고 사필귀정의 하소연을 곱씹었다. 강문수는 그제야 조전우의 천이궁이 뒤틀린 관상인 것이 눈에 들어왔다. 포도대장은 천천히 고개를 가로저었다.

"그대가 어떻게 연구소의 유일한 생존자가 된 건지 이제 알겠군."

"깨달은 시점이 너무 늦으셨습니다."

부상을 입은 마당에 약기운까지 돌아 힘이 빠져 가는 강문수는 그 자리에 털썩 주저앉았다. 조전우는 강문수의 기백을 막아 줄 자수정 안경을 쓴 채로 그의 앞에 쪼그려 앉아 강문수의 얼굴을 하염없이 바라보았다. 한참 후, 강문수가 먼저 입을 열었다.

"어째서 이런 일을 벌인 것이오?"

"군자의 복수가 10년이 걸려도 늦지 않다고 했잖습니까, 영감님."

조전우는 라이터에 불을 붙이고는, 연구소 바닥에 떨어뜨렸다. 오래지 않아 잘 마른 나무로 된 바닥이 매캐한 연기를 내며 타들어 가기 시작했다. 연무가 천장까지 닿았다만 소방 장치는 이미 부소장이 손을 썼는지 미동도 하지 않았다. 조전우는 침총을 땔감 겸해서 불이 붙은 바닥에 던져 놓고는 강문수에게 이어 말했다.

"제가 그 노론의 마지막 직계 후손입니다."

강문수가 고개를 다시 저었다. 포도대장에게 그 행동은 바닥에서 피어오르는 연무를 피하려는 것보다도 가계를 잃은 조전우의 기구한 팔자에 대한 동정심을 표현하려는 목적이 더 컸다. 사필귀정이 말했듯, 강문수는 태어나면서부터 얼굴에 칼 한 번을 대 본 적이 없는 사람이기에 조전우의 입장에 공감할 수는 없었지만, 그렇다고 그게 이해하지 못한다는 의미는 되지 않았다.

"그렇군. 그래서 원수 같은 정약용 학파 연구원의 머리카락으로 13호를 만들고는……."

"사필귀정과 당신 둘 다 동귀어진하기를 꾀한 것이지요. 정확하십니다. 하지만 제겐 좀 더 원대한 계획이 있습니다."

연구실은 이제 가구와 바닥 할 것 없이 불타고 있었다. 이제 길어도 한 시간도 되지 않아 연구실은 물론이요, 온 연구소가 화마에 집어삼켜지리라. 하지만 조전우는 사필귀정만큼이나 강문수에게 주절대는 걸 주저하지 않았다. 애초에 도망칠 생각도 없었다는 듯이.

"사필귀정 13호의 관상을 누가 설계한 줄 아십니까? 바로 제가 했습니다. 제 최고 역작이지요. 조선을 뿌리부터 뒤엎을 수 있는 비장의 한 수니까요. 이 비밀을 아는 연구원들과 사필귀정, 그리고 당신까지 사라진다면 새로운 연구소가 지어질 테지요. 바로 그때가 혁명의 시기입니다. 관상을 혐오하는 사필귀정을 양산해 조선을 무너뜨리고 천명이든 어명이든, 그런 건 상관없이 만민에게 평등한 관상을 내리는 사회를 만드는 겁니다. 그렇게 되면……."

"그럴 수는 없겠습니다."

양자포가 말을 채 마치지 못한 조전우의 등에서 폭발했다. 숨 막히는 느낌과 함께 폐부를 찢는 고통에 사로잡히며 부소장은 뒤에서 들린 목소리가 사주팔자인 것을 알았다. 그러나 사주팔자는 분명 인공지능이라 몸체가 없을 텐데? 조전우가 박살이 난 허파를 쥐어짜며 뒤에 선 사필귀정에게 당혹스레 물었다.

"사주팔자? 어떻게? ……왜?"

"사필귀정 계획, 정확히 10호부터 노선이 변경된 사필귀정 계획은 조정의 조선컴이 제어할 수 있는 육체를 제공하는 것이었습니다. 기본적으로 제 인지 체계는 사필귀정과 동기화할 수 있지요. 사필귀정이 제대로 작동할 때는 그러기 힘들었지만, 이제 장비가 정지되었으니 손쉬운 일입니다."

사주팔자가 조종하는 사필귀정은 오른손을 그의 머리에 대고선 말했다. 사주팔자는 조전우의 주장에 깊이 공감하고 있었다. 그렇기에 그를 죽이고 싶지 않았다. 하지만 그의 회로는 양택풍수에 잘 맞게 배치된 조선 팔도 최고의 컴퓨터였다. 사필귀정의 관자놀이에서 흐르는 감초수가 눈가를 적셨고, 사주팔자는 조전우에게 단호하게 일렀다.

"그리고 저는 당신 말에 동의하지 않는 것이 아닙니다. 당신을 막으라는 어명을 받았을 뿐입니다."

강문수는 사필귀정의 겁을 쓴 사주팔자에게 무어라 말하고 싶었지만, 약침에 몸이 마비되면서 혀가 제구실을 하지 못했다. 그렇게 음양포가 다시금 조전우의 머리통과 만나 폭발하니, 가장 중요한 곳을 잃은 부소장의 몸뚱이가 스르르 무너져 갔다.

포도대장 강문수의 눈동자에 마지막으로 비치던 것은 불타 무너지는 천장과, 그 뒤에서 자신에게 다가오는 사주팔자, 단지 그뿐이었다.

*

강문수는 일주일이 넘도록 내의원 신세를 져야 했다.

다행히도 그 사건에서 조전우를 제외하면 인질을 포함한 사망자가 없었다. 그마저도 연구소가 전소되는 동안에 한쪽 팔이 망가진 사주팔자가(정확히는, 사주팔자가 조종하는 사필귀정이) 겨우 모든 연구원과 포도대장을 구출한 다음 온 병력을 다시 뒤로 물렸기에 망정이지, 그렇지 않았다면 그 안에 있던 모두가 그대로 화마에 삼켜질 뻔했다. 지난 한 주를 꼬박 연구소 바닥에 처박힌 채 잠만 자 댔던 연구원들은 다행히도 208호 연구실이 제공하는 양택풍수가 그들의 허기를 지속해서 보완하였던지라 육체적인 문제는 전혀 없었다. 그들에게 오직 중요했던 건 머리를 밀린 정신적 피해일 뿐이었다.

하지만 강문수는 조전우가 벌인 난리 통에 앞에 떨어진 뜨거운 천장재가 온 얼굴에 불똥을 뿌렸기에, 지금까지도 머리 전체에 붕대를 두른 채 제대로 눈을 뜰 수조차 없는 처지였다. 닷새 만에 가까스로 혼수상태에서 깨어난 포도 대장에게 의원이 말하기로 다행히 그의 안구에 직접적인 손상은 없다 했지만, 동시에 그의 목소리에 섞인 근심은 강문수를 의아하게 만들었다.

포도종사관 아침 보고 드립니다.

강문수가 꼬박 여드레째 신세를 지던 침상에서 일어나자마자, 옷걸이에 걸린 전립에서 종사관의 목소리가 들려왔다. 강문수는 희미한 시야로 어느샌가 옆에 놓인 쑥차 잔을 들어 마시며 대답했다.

"말씀하시오."

쑥차는 씁쓸하고 시큼한 맛이 일품이었다.

사필귀정에 관한 연구 자료와 실험체는 전부 회수되었습니다. 외부에 새어 나간 내용은 아마 없을 겁니다. 연구원들은 소장을 제외하고 한동안 정신과 통원을 해야 한다지만, 머지않아 관상공학연구소는 다시 업무를 시작할 예정이라고 합니다.

"그것참 좋은 소식이로군."

아, 그리고 조정에서 포도대장께 훈장을 보냈습니다. 역적 모의를 막고 테러를 막았다는 공로지요. 여론도 대장께 몹시 호의적입니다. 이번 일이라면 아마 정2품에 추대될 수도 있을 겁니다. 이 점 미리 축하드리고 싶었습니다.

종사관이 기쁜 목소리로 이야기했지만, 강문수는 대꾸가 없었다. 무슨 일이 나기라도 했을까 조마조마한 종사관은 다시 한번 강문수를 호출했다.

포도대장님?

"그런 거라면 사주팔자에게 보내는 게 나았으련만."

……사주팔자는 조선컴이잖습니까?

"그만 나가 보시오."

강문수는 전립을 집어 들어 엎었다. 더는 종사관의 목소리가 들리지 않았다.

병상에 다시 누운 강문수는 한참 후 쑥차를 한 모금 마시려다, 컵에 담긴 액체를 바라보았다. 문득 쑥차를 내오는 간병인이 조정에서 선발된 인원임을 깨달았다. 물론, 의사 또한 마찬가지로 조정 소속이라는 것도. 강문수는 다시 전립을 들고 사주팔자를 불렀다. 곧 사주팔자의 목소리가 전립 너머로 들렸다.

부르셨습니까?

"이건 쑥차가 아니지. 맞지 않소?"

그렇습니다.

"생각해 보건대, 이건 가배차요. 이것도 맞지 않겠소?"

맞습니다. 포도대장께서 이제 쑥차를 좋아하시지 않을 것 같
았습니다.

"……화상이 내 관상을 얼마나 바꾸었소?"

말해도 되겠습니까?

"아니, 그러지 않는 게 낫겠군. 그럼 다른 걸 물어보도록
하지."

무엇입니까?

"아직도 비가 오고 있소?"

사주팔자는 말이 없었다. 바깥은 일주일 전처럼 장마가
오고 있었지만, 바깥에 나가고 싶어 하는 강문수에게 그런
말을 했다간 실망할 게 뻔하기 때문이었다. 하지만 청력이
손상된 적 없는 강문수는 저 멀리 유리창 너머로 희미하
게 울리는 소리가 빗소리인 것을 알고 있었다. 강문수에겐
그저 재확인이 필요했을 뿐이다.

강문수는 사주팔자의 대답을 기다리지 않고 내의원 본
청을 나갔다. 하늘은 비구름으로 흐렸지만, 한낮이라 사방
시계가 분간이 갈 정도는 되었다. 강문수는 출구를 찾아
두리번거리더니, 전립에 대고 기쁨인지 탄식인지 모를 소

리를 사주팔자에게 건넸다.

"그대가 한 말이 무슨 뜻인지 조금은 이해가 되오."

나막신 신은 발로 웅덩이를 디디자 고인 물이 튀어 강문수의 발목을 간지럽게 적셨다. 강문수는 희미하게 미소 짓고는, 들고 있던 전립을 바닥에 내팽개치고 내의원 동문을 향해 성큼성큼 걸었다. 처마를 벗어나니 빗방울이 붕대를 적셔 온 얼굴이 따끔거렸지만, 강문수는 이것마저 즐겁게 느껴지기 시작했다. 붕대로 얼굴을 칭칭 감고 있었음에도 줄곧 자신의 안면을 막고 있던 밀랍이 흔적도 없이 녹아내린 기분이었다. 동문 밖으로 나간 다음에는 무엇을 할까? 아마 양놈들의 찻집에 들르지 않을까. 혹은 가마를 직접 운전할 수도 있을 테다. 어쨌든 역학과 관련되지 않은 일만이 강문수의 머리에는 가득했다.

포도대장님, 들리십니까? 포도대장님!

찰방거리는 나막신 소리가 멀어지면서, 비 내리는 내의원 마당에서는 방수 처리된 전립만이 빗방울 소리를 견뎌내고 있었다. 곧이어 안쪽에 있던 스피커 구멍이 물방울에 침식되자, 폭우 속에서 홀로 강문수를 부르는 소리는 차츰 잦아들었다.

그러거나 말거나 한양 하늘에서는 여전히 천둥 하나 없이 비만 줄기차게 내렸다. 끝없이, 또 끝없이.

살아 있는 식물은 검역을 거쳐야 합니다

브릿G에서 2021년 10월 발표

오경우

20세기 서울에서 태어난 활자 중독자. 문자 의존도가 높아 생각을 글로 쓰지 않으면 머리가 잘 돌아가지 않는다. 다른 사람들이 들려 주는 이야기가 언제나 경이롭다.

1.

늦은 밤 집으로 걸어가는 길이면 언제나 내가 아무것도 아닌 것만 같은 기분이 스멀스멀 올라오곤 했다. 정적 속에 발자국을 내디딜 때마다, 내 의식과 나를 둘러싼 공기의 경계가 모호하게 풀어지는 것만 같은.

그날은 더 그랬다. 어쩌면 누구라도 그 모호함에 균열을 일으켜 주기를 바라고 있었는지도 모른다.

아무래도 그래서였을 것이다. 집으로 가는 길에 홀린 듯 발을 멈춘 것은.

*

집으로 돌아가는 길을 좋아하느냐 묻는다면, 뭐라 말하기 어려웠다. 오래되고 작은 건물들이 다닥다닥 붙어 선, 기울어진 구릉지대 사이로 난 골목길이었다. 올라가는 길 좌측 건물들은 대개 창문이 땅에 붙은 지층이 잘 보였다. 우측으로 눈을 돌리면 두 계단을 올라 바로 1층으로 들어설 수 있는 건물들이 늘어서 있었다. 아마도 내가 볼 수 없는 반대편에는 지층이 존재하고 있겠지만 어쨌거나 여기에서는 보이지 않았다.

그 밤의 골목길을 노란 가로등이 느른히 물들일 즈음에는 지층이고 1층이고 할 것 없이 사람들이 제법 득시글거렸다. 아주 핫하지도, 그렇다고 아주 후줄근하지도 않은 식당과 술집이 즐비한 골목이었다. 아마도 여행자들에게는 가성비 좋은 현지 식당이기는 하지만 맛은 평이하고 주변에 딱히 볼 것이 없으니 굳이 찾아가지는 않게 될, 딱 그런 정도의 식당들이었다.

그 틈 어딘가에 이름만 편의점인 구멍가게가 있었다. 서울에서처럼 화사한 네온 간판과 냉장식품 진열대 같은 것은 없지만 복권은 팔았다. 그 밖에도 이런저런 가게들이 있었다. 오래된 우표 가게. 수제화 가게. 이런저런 잡다한 물건들을 팔지만 도대체 뭐가 주종인지 알 수 없는 정체불명의 가게. 누구 작품인지 모를 그림들을 걸어 놓고 파는 갤러리. 세탁소. 빵집. 여기 오는 사람들은 대체로 그런 가게들에는 관심이 없다. 보통은 이곳에 뭔가를 먹으러 오고, 먹으면서 뭔가 이야기들을 하고, 그러고는 사라진다. 밤새워 술을 마시고 떠들지는 않는다. 어느 정도 밤이 깊으면 사람들은 거짓말처럼 사라지고, 골목길은 이곳에서 밤을 보내야 하는 거주자들의 공간으로 변한다.

끔찍할 정도로 고요하고, 낡았다.

역사와 문화 빼고도 워낙 자랑할 것이 많은 나라에 유학한답시고 왔다가 눌러앉은 지가 벌써 몇 해, 나는 줄곧 여기 살았다. 딱히 관광지도 아닌 곳이 역사 지구로 지정된 탓에 오래된 건물들을 쉽사리 뜯어고칠 수 없게 된 지 반세기가 넘었다. 여행자가 보기에는 눈이 혹할 만한 구석이 있어 그럴듯한지 몰라도, 건물 주인들은 골치 아파했다. 하지만 그건 말 그대로 주인의 사정일 뿐이다. 어쨌거나 사람이 없는 동네는 아니었으니 건물을 세내어 장사하면서 아침에 출근해서 밤에 퇴근하는 가게 주인들이야 그럭저럭 싼 가겟세와 특유의 정취에 만족할 것이다. 점원이나 아르바이트생 들이야 이곳에 머무르는 시간이 바쁘다는 것 외에는 별생각이 없을 터.

하지만 그들 중 누구도 이곳에서 밤을 보내지는 않는다.

이 골목의 밤과 새벽이 어떤지는, 나 같은 세입자들만이 안다. 골목의 건물 어딘가에 세 들어 살며 덥고 습한 여름의 낮과 춥고 건조한 겨울의 밤을 꼬박꼬박 겪어 내야 하는 사람들에게 이곳은 애증의 장소다. 여름은 덥다. 벽을 뚫을 수 없으므로 배관 공사를 해야 하는 에어컨은 설치 불가인지라 여름이면 아귀가 잘 맞지 않는 나무 창틀에 어마어마하게 큰 소리를 내는 창문형 에어컨을 낑낑거리며 올려놓아 설치해야 한다. 가을이 되면 에어컨을 떼어 놓는다. 겨울이 되면 그 나무 창틀에서 새어 들어오는 칼바람을 무언가로 틀어막는다. 이 골목에서 사계절의 밤을 고스란히 겪어 내다 보면 역사 지구라는 이름이 전처럼 낭만적이거나 의미 있게 들리지 않는다. 집세가 싸기 때문에 좋을 뿐이다.

그런 것으로 불평할 일이냐고, 누군가는 한마디 할지도 모른다. 하기야 어찌 보면 배부른 소리다. 외국물 먹고 공부를 했다. 여기서 돈을 벌어먹고 산다. 에어컨도 있고, 내 키는 가구를 들여놓을 수 있는 창문 딸린 방도 있다. 오래되고 삐걱거리기는 하지만, 어쨌거나 어엿한 도심지 2층의 집이다.

그래도 나는, 이곳이 좋은지 어떤지 여전히 알 수 없다.

종종 집에 가고 싶다는 생각을 했다. 타국 생활이 지겨웠고, 익숙해졌다 해도 조금만 정신을 놓으면 들리지 않는 타국의 말이 지겨웠다. 관광객도 적지 않고 TV며 유튜브며 넘쳐나는 글로벌 컨텐츠에서 아시아 사람을 이제 볼 만큼 봤을 텐데도 여전히 내가 지나가면 흘긋거리는 타국의 인간들도 지겨웠다. 하지만 지나치게 길어진 타향살이가 오히려 발목을 잡았다. 디플롬을 받고 어설프게 눌러앉은 것이 패착이었는지도 모른다. 그럭저럭 전공을 살려 직업을 잡기는 했어도 사실 근근이 먹고사는 데 지나지 않았다. 몇 해째 이곳을 벗어나지 못한 것만 보아도 알 만하다 할 것이다.

그러나 막상, 정말로 가고 싶으냐며 누가 묻는다면 대답할 말이 없다. 한국에는 불러 주는 이가 없으니 돌아가도 뾰족한 수가 없었다. 지금 돌아가 봐야 한국에서 그다지 경력으로 쳐 주지도 않는 이력 약간이 더해진, 학위 받고 귀국한 나이 많은 유학생일 뿐이다.

그래서 그날도.

나는 그렇게 알 수 없는 기분으로 집으로 가는 골목길을 걷고 있었다.

드물게도 나는 조금 취해 있었다. 곧 귀국한다는 후배 원영이 찾아왔길래, 그 골목의 끄트머리에 있는 술집에서 함께 맥주를 마시고 헤어진 뒤였다. 번화가로 나오라고 불러낼 수도 있었을 텐데 굳이 집 근처까지 찾아온 의도가 무엇일까 하는 생각이 아주 잠시 머리를 스치기는 했다. 하지만 집으로 선뜻 불러들일 마음은 들지 않아서 밖에서 보자고 했다.

맥주가 몇 잔 들어가고 나서 원영은 잠시 머뭇거리는 것 같다가 말했다.

— 선배는, 안 돌아갈 거야?

나는 그 질문을 진지하게 듣지 않았다. 아마도 피식 웃으며 건성으로 대답했을 것이다. 새삼 한국에는 왜. 가서 할 것도 없고. 여기가 좋지. 원영은 영 건성인 내 말을 묵묵히 주의 깊게 들었다. 이어진 말은 당혹스러웠다.

— 나랑, 같이 들어갈래?

아마 그런 말이었을 것이다. 술기운 때문인가, 정확히 그 말의 어떤 지점에서 당혹스러워야 할지 좀 혼돈스러웠다. 나랑? 들어갈래? 나는 한참 멍하게 있었다. 당황스러움을 취기로 위장할 수 있어서 다행이었다. 한참 만에 나는 물었다.

— 왜?

원영이 뭔가를 말했고, 나는 듣지 않은 척했다.

그곳을 나오면서, 내 집이 코앞인 걸 알고 있던 원영은 조금 멈칫거렸다. 나는 잘 가라고 인사를 건네며 말했다. 생각해 볼게. 하지만 그 말은 실상 거절임을, 원영도 나도 알았다. 나는 거절을 그런 식으로 하는 사람이었다.

원영은 잠시 말이 없다가, 그간 고마웠다는 인사를 하고 등을 돌려 걸어갔다.

나는 큰길가로 멀어지는 원영의 뒷모습을 보다가 골목 안쪽을 향해 발길을 돌렸다. 훅, 취기가 올라오는 느낌이었다.

원영과는 이전에 입을 맞춘 적이 있었다. 실수라고 생각했다. 적어도 나는 그랬다.

2.

— 이것 좀 사 갈 텐가?

인적 없는 골목에서 좌판을 펼치고 앉아 있던 노파가
물었다.

나는 길에서 파는 과일은 잘 사지 않는다. 며칠을 놓고
팔았는지 모를 선도 떨어지는 과일을 싸지도 않게 살 이유
가 없다. 하지만 전에 없이 취한 탓인지, 아니면 뭐에 홀렸
는지, 나는 반들반들한 윤기가 흐르는 사과 세 알을 집어
들었다. 노파가 값을 말했고, 나는 순순히 과일값을 치렀다.

— 자네가 오늘 첫 손님이야.

— 운이 나쁜 날이었나 보네요. 자리를 옮기기라도 하시지.

왜 이 밤까지 여기 그러고 계셨는데요. 내 말에, 노파는
고개를 저었다.

— 오, 아니야. 달이 뜬 뒤에 나왔는걸. 나오자마자 이리
자네를 만났으니 운이 나쁜 날은 아니지.

그러면서 노파는 사과를 넣은 봉투에 무언가를 부스럭

거리며 집어넣었다.

—뭘 주세요?

—맛이나 보시게. 좋은 것과 그렇지 않은 것에 눈을 뜨게 해 주지. 맘에 들면 씨앗을 싹 틔워 보는 것도 좋고.

—씨앗을요?

대관절 무엇을 주었길래? 노파에게 받아 든 봉투 속을 들여다보았다. 검고 단단해 보이는 무언가가 사과 틈에 섞여 있었다. 이게 무어냐고 물으려고 고개를 든 나는 흠칫했다.

노파는 사라지고 없었다.

*

집으로 돌아온 나는 작은 식탁 앞에 앉아 눈앞에 꺼내 놓은 사과 세 알, 그리고 정체불명의 과일 한 알을 노려보았다.

홀린 듯한 기분 탓인지, 눈앞에 있는 과일들은 어딘가 수상쩍어 보였다.

수상한 노파가 팔고 간 과일이었다. 서로 닮은 저 세 알의 사과도 평범한 사과가 아닐지 모른다고 생각했고, 저 이름 모를 과일은 더더욱 미심쩍었다. 광원이 있는 곳에서 본 과일은 검붉었다. 크기는 사과보다 약간 컸고, 만져 보니 겉껍질은 딱딱했지만 껍질 밑으로는 무른 과육이 느껴졌다. 칼이 들어가지 않을 정도는 아닌 것 같았다.

하지만 곧 내가 취해 있다는 사실을 자각했다. 분명 엉덩이는 의자에, 발은 땅에 붙이고 앉아 있음에도 주변이 온통 비틀거리는 것 같았다. 생각도 비틀거렸다. 사과값으로 얼마를 치렀더라? 잘 기억이 나지 않았다. 비쌌는지 쌌는지조차 가물가물했다. 분명 그때는 적당하다고 생각한 값이었는데.

문득 목이 말랐다. 사과 한 알을 집어 들어 비척거리는 걸음으로 개수대를 향했다.

사라진 노파가 수상하다는 생각은 털어 버렸다. 아무리 늘어놓고 팔던 과일이 얼마 되지 않는다 해도, 짧은 동안 소리도 없이 가판을 거두어 자취를 감춘다는 것이 가당키나 하겠나 싶었다. 아마도 내가 넋을 놓고 있었던 것이다. 취해서 멍하니 과일 봉투만 들여다보고 있는 사이, 취객을 보고 불안해진 노파가 자리를 거두어 어디론가 사라졌는지도 모른다. 또 모르지. 어쩌면 선 채로 잠이 들었는지도.

물에 대강 씻어 물기를 털어 낸 후 사과를 깨물었다. 내가 아는 사과의 맛이었다. 사과를 먹어 치운 나는 간신히 양치질을 하고 얼굴과 손발을 씻은 후 쓰러지듯 잠이 들었다.

*

이튿날 아침, 남은 사과 두 알 중 하나를 아침 대신 먹었다. 아는 것과 다를 것 없는 사과의 맛은 좋지도 나쁘지도 않았다. 토요일이어서 출근은 하지 않았다. 남아 있는 숙취로 침대에서 뒹굴다가 점심 무렵 남은 사과를 마저 먹었다. 그리고 다시 잠이 들었다.

저녁이 되어 잠이 깼지만 입맛이 없었다. 그래도 이제 허기는 느껴졌다. 냉장고에서 꺼낸 치즈를 굴러다니는 빵과 함께 먹어 치운 후, 뭔가 부족하다는 느낌에 나는 식탁에 남아 있는 정체불명의 과일을 향해 시선을 던졌다. 저건 뭘까?

이미지 검색이란 이럴 때 유용한 것이었다. 스마트폰을 집어 들어 G사의 검색엔진 앱을 켠 나는 검색창에 있는 카메라 아이콘을 눌렀다. 곧 돋보기가 있는 셔터버튼과 함께 사진을 촬영하라는 화면이 떠올랐다. 알 수 없는 과일에 신중히 카메라 초점을 맞추고 셔터버튼을 눌렀다.

검색 결과: 시각적으로 일치하는 항목

얼추 비슷해 보이는 사진들이 줄지어 뜨기는 했지만, 이거다 싶은 것은 없었다. 과숙한 아보카도의 사진이 좀 비슷해 보이기도 했지만, 결정적으로 저 과일은 그보다는 분명 단단했고 타원형인 아보카도와 달리 둥글었다. 이리저리 사진을 다시 찍어 보며 재차 이미지 검색을 시도했지만 소득은 없었다.

어쩔 수 없지. 나는 저것을 먹어 보기 전 미지의 것에 대한 정보를 최대한 얻어 보려던 시도를 포기하고, 인류의 전통적인 방식으로 돌아가기로 했다. 모르면, 쪼개 보면 된다. 인간의 오감이란 본래 그러라고 있는 것이니.

과일의 겉껍질을 씻었다. 질긴 껍질의 감촉에 아마 껍질째로 먹는 과일은 아닐 것이리라 생각했다. 칼날을 중심부까지 깊숙이 넣으니 단단한 씨앗 같은 것이 걸렸다. 씨앗을 남긴 채 둥글게 칼집을 넣은 후, 둘로 나뉜 과육을 비틀었다. 과일은 손쉽게 반으로 나뉘었다. 씨앗이 과일의 반쪽에 붙은 채였다.

나는 과일의 단면을 주의 깊게 응시했다.

과육은 적당히 무르고 달콤한 향을 풍기는 불그레한 노란색이었다. 침을 고이게 하는 즙이 뚝뚝 떨어지고 있었다. 씨앗은 반들반들하고 둥글었다. 반으로 잘린 두 쪽의 과일 중 씨앗이 없는 쪽을 뒤집어 검붉은 껍질을 벗겨 냈다. 딱딱하고 주름이 진 겉껍질은 의외로 손쉽게 떨어져 나왔다. 과육을 잘라 입에 넣었다.

아마 그 순간 누군가가 나를 보았다면 내 눈이 놀라움

에 흔들리는 것을 알아챘을 것이다.

그것은 경이였다.

내 비루한 말로 그것이 어떠했다고 표현하는 것은 의미가 없을 것 같다. 향과 맛, 입안에 퍼지는 과즙, 씹히는 과육의 매혹적인 질감까지. 그야말로 소름이 끼치도록 황홀하다고밖에는 말할 수 없었다. 이제껏 먹어 본 적 없는 맛이었지만, 나는 그 순간 이 과일의 이름이 무엇인지 무슨 수를 써서라도 꼭 알아내리라고 다짐했다. 좋은 것과 그렇지 않은 것에 눈을 뜨게 해 준다던 노파의 말처럼, 나는 이제는 이것 외에 다른 것을 과일이라 부를 수 있을 것 같지 않았다.

허둥지둥 남은 과육을 먹어 치운 나는, 남은 반쪽까지 자르려다 순간 흠칫했다. 이렇게 먹어 치워 버릴 일이 아니었다. 대관절, 이 과일은 뭐란 말인가? 알아야만 했다.

이번에는 겉면이 아닌 단면이니, 더 나은 결과를 얻을 수 있을 거라는 기대로 나는 G사의 광범위한 빅 데이터를 기반으로 한 이미지 검색을 재차 시도했다. 하지만 역시 별 소득이 없었다. 비슷한 이미지랍시고 복숭아 아니면 파파야의 단면 같은 것들이 뜨기는 했다. 하지만 내 눈앞에 있는 매끈하고 동그란 씨앗이 박힌 이 과일의 단면, 복숭아 특유의 쭈글쭈글한 씨앗이 불그스레한 과육 주변에 박힌 모양이나, 검고 작은 씨앗이 빼곡하게 몰려 있는 파파

야의 단면과는 사뭇 다르다는 것은 누가 봐도 알 수 있었다. 대관절 무엇을 닮았다고 해야 할까? 망고? 노란 과육이 비슷했지만 망고 씨앗은 넓적하고 길었다. 리치? 검붉고 거친 껍질이며 반들반들한 씨앗이 얼추 닮았지만, 크기가 너무 차이가 났다.

검색으로 별 정보를 얻어 내지 못한 나는 남은 과일을 아껴 먹을까, 모두 먹어 버릴까 고민하다가 결국 오늘 끝장을 보기로 마음먹었다. 의외로 빨리 상하거나 하는 과일일 수도 있는데, 아껴 둔답시고 남겨 두었다가 상하면 아까워서 눈물이 날 것만 같았다. 마지막 남은 과육의 조각을 입에 넣으면서, 나는 내일부터 본격적으로 저 과일의 정체를 알아내야겠다고 생각했다. 누군가는 알고 있겠지.

3.

좌판에 늘어놓고 팔 정도의 과일이면 흔하다고 봐야 한다. 그러니 주변 사람 중 누군가는 분명 먹어 본 적이 있겠지. 그렇게 기대했던 것이 무색하게도, 내가 보여 준 사진을 들여다본 사람들은 하나같이 난감한 표정을 했다.

— 이게 뭐예요, 순? 한국 과일이야?

지난주 금요일 밤에 골목길의 과일 행상에게 샀다는 말

에, 사람들은 고개를 갸웃거리며 모르겠다고 했다. 먹어 본 적 없는 과일이라며.

　— 그렇게 맛있었어요? 과일 판 사람을 찾아서 물어봐요.

　그 생각을 왜 안 했겠는가마는, 그 뒤로 노파는 나타나지 않았다. 일부러 그 비슷한 시간 즈음에 골목길을 어정거리기도 했고, 혹여 근처로 자리를 옮겼나 싶어 이리저리 기웃거리기도 했다. 하지만 노파의 모습은 어디에도 없었다. 혹여 비슷한 과일을 파는 사람이 있나 눈에 힘을 주고 보았지만 허사였다. 눈을 부라리고 가판대를 들여다보는 내 모습이 괴이쩍었는지 처음 만난 과일 행상은 혹 뭐 살 거라도 있는지 물었다. 다음 만난 과일 행상은 이미 내가 과일 사러 온 손님이 아님을 눈치채고 노골적으로 불편한 기색을 띠었다. 나는 미안하다고 말하며 뒤로 물러나려다가 불쑥 어떤 생각을 떠올렸다. 과일 파는 사람만큼 과일을 잘 아는 사람이 어디 있다고.

　— 혹시 이거 아세요? 이 과일을 찾고 있어요.

　내가 내민 사진을 흘긋 응시한 행상은 고개를 저었다.

　— 뭔지 모르겠는데.

　— 이 근처에서 행상을 하시는 할머니에게 샀는데요. 꼭 다시 먹어 보고 싶어서요.

　그 말에 행상은 사진을 유심히 보다가 다시 고개를 저었다.

　— 모르겠소. 이런 과일은 본 적이 없는데.

*

　슈퍼마켓과 대형마트, 청과시장을 돌아다녀 보아도 그 비슷한 과일은 눈에 띄지 않았다. 혹 귀한 과일이라도 되는가 싶어 백화점과 유기농 식품 마켓까지 샅샅이 살폈지만 소득은 없었다.

　그 미련 때문에 나는 생전 하지 않던 짓을 시작했다. 먹고 남은 씨앗 싹틔우기. 싹을 틔워 잎을 내고 식물의 형상을 갖추게 되면, 대관절 이것의 정체가 무엇인지 알 수 있지 않을까 싶었다.

　이런 단단한 과일 씨앗을 어떻게 발아시켜야 하나? 아는 바가 없었다. 복숭아, 아보카도 따위의 씨앗 발아 경험담을 인터넷으로 열심히 검색했다. 복숭아 씨앗은 단단한 겉껍질 속에 있어 껍질을 벗겨 떼어 내면 쉽게 싹이 나온다는데, 아보카도 씨앗은 둥글고 단단한 부분이 배젖이라 싹이 생긴 다음에는 이것을 양분 삼아 자라는 모양이었다. 씨앗을 함부로 쪼개도 될까? 나는 단단하고 반들거리는 씨앗을 만지작거렸다. 그저 겉껍질이더라도 잘못 쪼갰다가 죽어 버리기라도 하면 큰일인데, 하물며 배젖이라면? 고민 끝에 나는 씨앗을 그대로 발아시켜 보기로 했다. 겉껍질이 있는 씨앗도 통째로 발아시켜야 더 강한 싹이 나온다는 말도 있으니, 굳이 벗겨 내는 모험을 할 필요는 없을 것 같았다.

그래서 나는 사람들이 아보카도 씨앗을 발아시킬 때 하는 것처럼, 씨앗의 약간 넓은 부분을 물에 살짝 잠기게 해서 창가에 놓았다. 씨앗에 이쑤시개를 박아서 유리병 주둥이에 걸쳐 놓는 사람들이 많았지만 자칫 씨앗이 다칠까 걱정되었던 나는 철사로 씨앗이 걸릴 만한 고리를 만들어 유리병에 고정시키는 쪽을 택했다.

시일이 지나면서 씨앗이 조금씩 갈라지는 것이 보였다. 아마도 뿌리가 나오는 것이라고 생각되었기에 나는 기뻤다. 물이 썩지 않도록 중간중간 갈아 주는 것도 잊지 않았다.

발아는 더뎠다. 뿌리가 눈에 보일 정도로 씨앗 바깥으로 빠져나오는 데만 무려 4주가 넘게 걸렸다. 뿌리만 나오다 속에서 썩어 버린 것은 아닐까? 뿌리가 그 뒤로도 눈에 보이게 점점 길어지기는 하는 걸 보니 죽은 것은 아닌 것 같았지만, 싹이 올라올 기미가 없다 보니 초조해진 나는 매일같이 벌어진 씨앗의 틈을 매의 눈으로 살폈다.

약 8주가 되던 날에, 드디어 새순처럼 보이는 것이 올라왔다. 그때의 환희란! 나는 믿을 수 없는 기분으로 씨앗을 뚫고 나온 새순을 응시했다.

그 후로 며칠에 걸쳐 몇 시간마다 돌아보면 눈에 보이게 자라 있을 정도로 의욕적인 생장을 보이던 새순은 드디어 괄목할 만한 변화를 이루었다.

열흘째 되던 날 오후 일을 마치고 돌아온 내 눈에 들어온 것은, 이제 제가 명실상부한 식물로서의 존재감을 드러낼 준비가 되었음을 선언하고 있는, 쌀알 크기나 될까 말까 한 새 생명의 흔적이었다. 손가락 마디만큼 올라온 줄기 끝에서 벌어져 있는 아주 작고 여린 쌍떡잎. 나는 놀라움에 젖어 그 작은 이파리를 한참을 응시했다.

어이없게도, 나는, 사랑에 빠지고 말았다.

*

애초에 내 목적은 이 씨앗을 키워 과일의 정체를 알아내는 것이었지만, 언젠가부터 그건 그렇게 중요하지 않게 되었다.

씨앗을 뚫고 나온 싹은 무서운 속도로 자랐지만, 나는 별로 이상하다고 생각하지 않았다. 화분과 흙을 사서 싹이 난 씨앗을 옮겨 심었을 뿐이었다. 이제는 더는 싹이라 부를 수 없게 된, 어엿한 식물이 된 그것은 거침없이 쑥쑥 자라났다. 처음 화분으로 옮겼을 즈음에는 분명 손바닥보다 작았던 탓에 한동안 넉넉하리라 생각했던 화분이, 3주가 채 되지 않은 시점에서 벌써 작은 감이 느껴지기 시작했다. 나는 새 화분을 샀고, 그 화분을 채울 흙을 큰 봉지로 사 왔다. 제 몸에 맞는 큰 화분에 자리 잡은 식물은 행복해 보였다. 아니, 행복한 건 나였는지도 모른다.

물을 제법 자주 준다고 생각했지만 화분을 덮은 흙의 표면은 볼 때마다 바삭하게 말라 있었다. 집이 건조한 탓인지도 모른다고 생각했다. 무슨 식물인지 모르니 물을 얼마나 자주 주어야 할지도 알아볼 수가 없었다. 우선 흙이 마르지 않게 해야겠다고 생각하며 볼 때마다 주었다. 어쨌든 잘 자라고 있으니 괜찮은 것 같았다.

나는 그것을 내 이름의 끝 글자를 따서 '순'이라고 부르기 시작했다. 이상한 글자 조합 탓에 남자 이름 같기도 하고 여자 이름 같기도 한 모호한 내 이름을 한 번도 좋아한 적은 없었지만, 그 이름을 나무에게 붙여 놓고 보니 이상히도 제법 어울렸다. 순. 순. 그 이름이, 어쩐지 새싹의 모습으로 그것이 내 눈앞에 처음 나타났던 그 순간의 황홀을 떠올리게 했기에.

순은 잘 자라서 몇 달 만에 거의 작은 나무만큼 커졌다.

별다른 노력을 기울인 것은 아니었다. 물만 주면 자랐고, 때가 되면 화분갈이를 해 준 것이 전부였다. 그렇게 1년 동안 순을 키우는 동안 나는 열세 차례에 걸쳐 화분을 갈았다. 마지막 화분 갈이를 할 때는 화분 크기만도 높이가 내 무릎을 훌쩍 넘어설 정도였다. 화분갈이를 마친 내 이마에는 땀이 송골송골했는데, 화분을 원래 있던 자리에 돌려놓는 중 얼핏 순의 이파리 끝이 흔들리는 것이 느껴졌다. 기분 탓인지는 몰라도 이파리가 땀을 훔쳐 가는 기분이었다.

나무는 아름다웠다. 이따금 나는 도취된 기분으로 화분에서 흔들리는 작은 나무의 이파리들을 응시했다. 둥글고 끝이 날씬한 이파리에는 가느다란 잎맥들이 뻗어 있었는데, 잘 보면 그 잎맥들은 불그레한 빛깔을 띠고 있었다. 그 빛깔은 필연적으로 노파에게서 그 과일을 얻어 온 다음 날 내 입속으로 사라진 과육의 달콤함을 떠올리게 했다. 기억 속에서 그리도 생생하지만 이제는 입안에서 사라진 맛. 좋은 것과 그렇지 않은 것에 눈뜨게 해 주지. 노파의 말을 곱씹었다. 좋은 것이란 그리도 강렬한 것을.

그러면서 문득 나는 원영을 떠올렸다.

원영이 내게 했던 말과, 그 말을 들었을 때 내 머릿속에 떠올랐던 느낌을 회상했다. 취기와 당혹과 너와 나는 결코 그 지점에 다다를 수 없으리라는 믿음이 함께 어지러이 뒤섞인 채 그렇게 의식 저편으로 사그라질 뻔했던 기억은, 사실은 꽤나 강렬했던 것 같았다.

어쩌면 나는 그 순간을 붙잡고 싶었는지도 모른다. 꽤 오랫동안 원영이 그리 말해 주기를 기다렸다고 해도 좋을 것 같다. 감히 말하자면 원영을 갈망했다고 해야 할지도 모른다. 그러면서도 나는 원영에게 그렇게 말해 줘서 기쁘다고 말하지 않았다. 그 순간에 막상 내 감정을 뭐라 정의하기 어려웠던 것도 같았다. 기쁜가? 그렇지 않은가? 기다렸는가? 그렇지 않은가? 결국 나는 입을 다물었고, 원영에게 생각해 볼게, 라는 말을 한 뒤로 연락하지 않았다.

이제는 알 수도 있을 것 같았다. 그것은, 순간이 영원처럼 멈추는 것과 동시에, 그것이 덧없이 사라질 것이라는 공포로 치환되던 찰나였다. 그럼에도 갈망의 기억은 선명했고, 원영이 남기고 간 그 갈망에 대한 응답의 기억 역시 여전히 강력했다.

지금에 와서 간신히 깨닫게 된 그것이 나를 조금 서글프게 했다. 어쨌거나 나는 여전히 이곳에 있었고, 원영은 돌아갔으며, 그것은 지나간 일이었다. 하지만 기억만은 선명했다. 이제는 사라진 이름 모를 과실의 달콤함 같았다,

가끔은 순이, 그저 식물이 아닌, 혈액의 박동과 제 나름의 의지를 품은 무언가처럼 느껴질 때도 있었다. 불그레한 빛깔의 잎맥들이 마치 몸의 구석구석으로 뻗은 혈관처럼 느껴지기도 했다. 이파리의 움직임들이 마치 의도가 있는 것처럼 시선을 잡아끌기도 했다. 해를 거듭해도 그저 이방인일 뿐이던 이곳에서, 어느덧 나 자신으로부터까지 낯설어져 가던 내게 온전히 속한 무언가를 드디어 얻은 것 같은 기분이었다. 순. 원래의 이름조차 몰랐지만 상관없었다. 그 열매가 어떤 맛인지 알고 있으니, 나는 너를 아는 거라고, 나는 때때로 순을 매만지며 속삭였다.

때가 되면 순이 꽃을 피우고 열매를 맺게 될까? 언젠가

부터 내가 기다리는 것은 그것이었다. 때때로 나는 생각했다. 다시 한번 그 과육을 입에 넣어 볼 수 있다면. 눈을 감고 그날의 내 입안에서 감돌던 맛을 떠올리면, 환상 속에서 입안에 과즙이 퍼져 나가는 느낌이 들었다. 그럴 때면, 그것만이 내게 유일하게 좋은 것처럼 느껴졌다.

무언가를 그리워하고 있음을 인식한다는 것은 좋기도 하고 좋지 않기도 하다는 것을 깨달을 무렵, 내 일상은 다시 한번 흐트러졌다.

4.

— 선배.

한국으로 돌아갔던 원영이 어느 날 메신저로 연락을 보내왔다. 간단한 안부 인사와 함께 통화할 수 있느냐는 물음을 남긴 원영에게 나는 적당한 시간을 골라 통화를 시도했다. 영상통화 같은 낯간지러운 짓은 하지 않았다. 우리는 그럴 사이가 아니었다.

그렇게 연결된 오랜만의 통화에서, 우리는 별다를 것 없는 이야기를 나누었다. 시답잖은 일상의 이야기들이 오가는 가운데 이따금 흐르는 짧은 침묵에, 나는 원영이 돌연 연락해 온 이유가 그저 안부를 묻기 위해서만은 아닐 거라는 것을 직감했다. 얼마 뒤, 네 번째로 침묵이 흘렀고, 원영이 불쑥 말했다.

—선배, 정리하고 들어와요.

들어와서 나랑 여기서 같이 일해요. 원영의 입에서 나오는 앞으로의 계획을, 나는 조금 멍한 기분으로 듣고 있었다. 이 애는, 늘 그랬다. 떠나던 날까지도 그랬고, 지금도 그랬다. 무슨 생각인 걸까.

감정의 모양을 깨닫는 것과, 그 대상이 존재하는 불확실한 현실 가운데로 위험을 감수하고 뛰어드는 것은 전혀 다른 문제였다.

통화가 끊어지고 나서 나는 한참을 생각했다. 정리하고 들어와요, 라는 원영의 말과, 몇 해 동안의 이곳 삶을 정리하는 일과, 썩 좋지 않았던 내 인생의 첫 스물 몇 해가 녹아 있는 새로운 한국 생활에 대한 가능성을 생각했다. 끔찍한 교통량 탓에 코앞 거리도 때로 한 시간이 걸리는 서울이지만, 어쨌거나 원영이 있는 도시. 원하면 언제든지 서로 얼굴을 마주할 수 있는 거리 안에서, 서로 간의 경계를 무너뜨릴지 다져 세울지를 고민하며 원영을 마주할 수 있을지 생각했다. 그렇게 팔이 닿는 거리 안으로 들어온 우리가 결국 서로에게 어떤 존재가 될지 감히 상상할 수 없었다. 누구보다 가까운? 타인보다 못한? 양 극단 중간의 어디? 타인과의 거리를 규정하는 언어에서 내가 어느 지점에 머무를 수 있을지, 나는 확신할 수 없었다. 지난 몇 해 동안, 내내 이곳을 떠나고 싶어 하면서도 떠나지 못했고, 머물고 싶어 하면서도 겉돌았다. 떠나고 싶었던 것과 머물고 싶었던 것의 무게를 비교해서 재어 보라 해도 그것조차 모르겠다 대답할 인간이 나였다.

그래도, 가야 할까? 갈 수 있을까? 늘, 이곳을 떠나고 싶은지 아닌지 모르겠다고 생각했다. 언젠가부터, 집에 가고 싶다, 라는 생각이 머리를 맴돌기는 했다. 하지만, 정말로? 이곳 낡은 역사 지구 건물 2층의 나무 바닥 삐거덕하는 집이 아닌, 엘리베이터를 타고 올라가 초인종을 누르고 들어서면 LED 전등이 내리쬐는 사각의 벽과 반듯한 이중 섀시 유리창이 눈에 들어오는 부모님의 아파트로 돌아갈 것인가? 물론 나이가 있으니 조만간 독립은 할 테지만 내가 자리 잡을 집이 어디가 되든 이곳과는 다를 것이다. 이곳에서는 집으로 가기 위해 기울어진 골목길의 돌바닥을 걷는다. 그곳에서는 집으로 가기 위해 아스팔트가 깔린 도로 옆으로 난 좁은 인도를 걷는다. 역사 지구의 바닥은 돌 하나를 채워 넣는데도 까다롭다. 서울에서는 연말이면 별일 없이도 보도블록을 갈아엎는다.

하나하나 떠올리면, 가고 싶어야 할 이유는 그다지 없어야 하는 것이 맞았지만.

그 순간, 나는 돌아가고 싶었다.

혹은, 원영이 있는 곳으로 가고 싶었거나.

잠시 후 나는 귀국 편 항공권을 검색하기 시작했다. 스마트폰 액정에 순의 이파리가 너울거리는 것이 비쳤다. 나는 어쩐지 순이 더 자란 것 같다는 생각을 했다.

*

— 화분을 가져가신다고요?

본격적인 귀국 준비를 하기 시작하면서 나는 생각하지 못했던 문제에 봉착했다.

순은 꽤 커졌지만 하려고만 하면 들고 가지 못할 정도는 아니었다. 물론 휴대용 수화물 규격을 훌쩍 넘기기 때문에 좌석을 추가로 구매해야 할 거라는 것 정도는 알았다. 첼로나 콘트라베이스 연주자들이 비행기를 탈 때 악기용 좌석을 따로 산다는 이야기는 익히 들어 알고 있었다. 순이 콘트라베이스만큼 크지는 않아도 크기가 제법 되는 것은 사실이었다.

— 살아 있는 식물은 검역을 거쳐야 합니다.

항공사 직원이 말했다. 그제야 나는 키우던 동물을 데리고 귀국하느라 까다로운 검역 절차에 전전긍긍하던 몇몇 사람들의 이야기를 떠올렸다. 그래, 세관 신고 품목에 그런 말이 있었지. '살아 있는 식물, 과일, 채소, 농산물, 임산물,

화훼류, 목재류, 한약재 등을 휴대한 여행객은 세관의 여행 자휴대품 신고서 해당란에 체크한 다음, 검역관에게 제출하여 반드시 검역을 받으시기 바랍니다.' 내게 해당할 것이라고는 한 번도 생각해 본 적이 없었다.

주변 사람들에게 말하니 반응은 대부분 비슷했다. 화분을 가져간다고? 굳이 그렇게 힘들게 화분을 가지고, 아니 데리고, 귀국하는 사람은 별로 본 적이 없다는 투였다. 순, 괜찮다면 내가 맡아 줄게요. 그렇게 말한 사람도 여럿 있었다. 하지만 사람들이 그렇게 말한 순간에 나는 깨달았다.

순을 두고 갈 수는 없었다. 나 아닌 누군가의 손길 아래 순이 자라나 꽃을 피우고 열매를 맺게 둔다니, 생각만 해도 내 일부가 떨어져 나가는 기분이었다. 나는 결심했다. 아무리 나더러 유난을 떤다고 사람들이 뒷말을 하더라도, 무슨 일이 있어도 순을 한국으로 데려가야겠다고.

절차를 알아보았다. 출국 전에 이곳에서 식물검역증명서(Phytosanitary Certificate)를 받은 다음, 입국 시에 세관에 제출하며 다시 검역을 통과해야 한다고 했다. 수고로운 일이었지만, 그 정도야 할 수 있다고 생각했다.

하지만 예상치 못한 난관이 기다리고 있었다.

— 이 식물을 언제부터 키우셨다고요?

검역 업무를 담당하는 공무원이 마뜩잖은 표정으로 물었다. 나는 사실대로 말했다. 길에서 파는 과일 행상에게서 과일을 사서 먹은 후, 씨앗을 싹 틔워 심었다. 무슨 나무인지는 모른다. 주변에 물어보아도 무슨 과일인지 아는 사람이 없었다. 대강 그런 이야기.

그는 내 말을 믿는 것 같지 않았다.

—수입허가 되지 않은 식물 종자를 몰래 들여와 재배하는 것은 위법한 일입니다. 약식 재판에 회부될 수 있으며 벌금형이 떨어질 겁니다.

—하지만 저는 종자를 몰래 들여온 적이 없는데요.

—하지만 이 식물은 현재 이 나라에 존재하는 종이 아닙니다. 무슨 식물인지 확인되지 않아요. 외래종 식물이라고밖에는 판단할 수 없습니다.

다행히 순을 수입 및 재배금지품목에 올라 있는 뭔가로 판단하지 않았기에 압수당하지는 않았다. 하지만 나는 외래종 식물을 몰래 들여와 키운 것으로 간주되어 벌금을 내야 했다. 억울했지만 더 중요한 문제는 따로 있었다.

—종이 확인되지 않는 식물에 대해 검역증명서를 발부할 수는 없습니다.

—병충해 여부만 확인하면 되는 게 아닌가요?

검역증명서에 '학명'을 적는 난이 있기는 했다. 난감한 일이었다. 검역의 본래 의미를 들먹이며 따졌지만, 공무원은 완강했다.

원칙적으로는 검역증명서가 없이는 한국의 세관을 통과

할 수 없다. 직접 휴대하는 식물은 검역증을 제출하지 않아도 된다는 말을 언뜻 들어 농림축산검역본부에 문의를 넣어 보았다. 대한민국의 정부 기관에 뭔가를 문의하는 것은 정말 오랜만이었다. 원칙적으로는 검역증을 제출해야 하지만 휴대하는 소량의 식물의 경우 검역증명서 첨부 제외 사전 승인을 받을 수도 있다고 했다.

하지만 그래도 문제는 있었다. 일단은 그 승인 신청서에도 식물이 무슨 종류인지를 정확히 적어야 하는 난이 있었다. 나는 여전히 순이 무슨 식물인지 모르고 있었다.

게다가 알고 보니 순을 한국까지 들고 가려면 화분에서 꺼내 흙을 털고 물에 헹구어 흙 없이 뿌리가 노출된 상태로 가져가야 한다는 것이었다. 영 내키지 않았다. 열 시간이 넘을 비행과 공항에서 보내야 할 수 시간 동안 과연 괜찮을까? 하물며 그렇게 가져간다 해도 검역이 면제되는 건 아니었다. 검역에서 외래종의 병해충이 의심되면 '폐기'된다고 했다. 소각이 원칙이라는 것 같았다.

수 시간이 멀다 하고 물을 빨아들이는 순에게, 가다가 말라 죽거나, 검역에서 걸려 타 죽거나 하는 위험을 감수하게 할 수 있을까?

나는 갈등에 빠졌다. 크기가 작으면 몰래 가지고 들어가는 모험이라도 해 본다고 하겠지만 애초에 순은 그러기에는 너무 컸다. 게다가, 설령 그렇게 해 볼 만한 크기라 했더라도 나는 결국 밀반입 시도를 감행하지는 못했을 터였다. '발각되면 즉시 폐기처분'이라는 무시무시한 경고문을 보았기 때문이었다.

머리를 싸맨 내 속을 알 리 없는 순은, 그 와중에도 커지고 있었다.

결국 나는 항공권을 취소하고 원영에게 연락했다.

못 들어가게 될 것 같다는 내 말에, 원영이 전화 저편에서 물었다.

— 왜요?

순 때문이라고. 나는 조금 머뭇거리다가 말했다. 화분을 키우고 있는데, 가지고 들어갈 방법이 없어. 잠시 말이 없던 원영은, 이해할 수 없다는 듯이 물었다.

— 그걸 꼭 가져와야 돼?

나는 그 목소리에 깔린 옅은 분노를 감지했다.

애초에 내게 그건 선택할 수 없는 거라고, 원영에게 말한다 한들 납득할 것 같지는 않아서 나는 침묵했다.

그날의 통화는 괴로웠다. 좀처럼 격앙되는 일이 없는 원영이 결국 화를 냈다. 화분이라니. 반려식물이라는 말은 들었어도, 정성껏 키우니 그렇게 부른다고만 생각했지, 고작 식물이 무슨 가족이라도 돼? 하다못해 반려동물이라도 되면 이해하겠어. 화분 때문에 한국에 못 들어온다는 말을 날더러 이해하라는 거야? 그러면서, 원영은 내뱉듯이 말하며 전화를 끊어 버렸다. 이제 알겠어. 나는 선배한테 화분만도 못한 존재라는 거.

＊

원영은 틀렸다. 순은 고작 화분이 아니라, 천상의 열매를 품은 나무였다. 내가 그리워하는 맛이 무엇인지 안다면, 원영도 나를 그리 비난하지는 않았을 텐데. 나는 멍하니 생각했다. 순의 열매를 맛보게 된다면 원영도 나를 이해할 텐데.

눈앞에서 화분의 가지가 부드럽게 내려앉았다. 나뭇잎이 섬세하게 흔들렸다. 세상에서 가장 아름다운 나무였다. 살아 있는지조차 의심스럽던 딱딱한 씨앗이 내 손길 아래 움이 텄고, 연약하기 짝이 없던 싹이 내 눈앞에 고개를 내밀었다. 식물에는 눈이라곤 없을 것이건만 그 순간 시선이 마주친 느낌에 나는 사랑에라도 빠진 양 사로잡혔고, 그 뒤로 순은 나의 일부 같은 것이 되었다. 온전히 내게 속한 나의 나무. 경이와 황홀을 품은, 기적과 같은 열매의 모체. 좋은 것이라 이름 붙일 수 있는 게 내게 있다면, 지금은 이 것뿐이다. 나는 잠시 고통을 잊고 행복감에 젖었다.

그렇게 며칠 동안 나는 집에 틀어박혔다. 한국에 돌아간 다고 직장도 그만둔 터라 어차피 당분간 나를 찾을 사람도 없었다. 배고픔도 목마름도 별달리 느끼지 못한 채 하염없이 흔들리는 순의 가지를 바라보던 나는 잠에 빠져들었다.

5.

얼마나 잤는지 알 수 없었지만, 나는 낯선 감촉에 눈을 떴고, 잠시 꿈을 꾸고 있는가 생각했다.

순의 나뭇가지가 내 몸을 이리저리 얽고 있었다. 붉고 선명한 잎맥이 두드러진 잎사귀들이 내 몸 위에서 살랑이고 있었는데, 그 와중에 나뭇가지들은 자라나고 있었고 잎사귀들은 점점 거대해졌다. 불뚝거리는 잎맥들에는 피처럼 보이는 무언가가 박동하며 흘렀다. 곧 나는 그것이 내 심장 박동의 일부라는 것을 깨달았다.

잎사귀들이 몸에 달라붙는 감촉이 섬뜩해서, 나는 몸을 움직여 떨쳐 내려고 했다. 하지만 도무지 움직일 수가 없었다. 가지가 몸을 파고들고 잎이 나를 덮는 것 같은 느낌에 나는 극도의 공포에 사로잡혔다.

나도 모르게 내 몸을 내려다보았다.

나무가 나를 먹어 치우고 있었다.

입도 이빨도 없었지만, 내 몸에 달라붙어 박동하는 그것들의 움직임은, 먹어 치운다, 라는 말 이외의 것으로는 설명할 수 없었다. 공포에 질린 내가 온몸의 감각을 일으켜 세웠다. 내 격렬한 저항감을 느끼기라도 한 양, 잎사귀들의 맥동이 일시에 정지했다.

끼릭.

눈이 없는 나뭇잎들이 일시에 나를 주시하는 느낌에 나는 공포에 질렸다. 나를 삼킬 듯 꿈틀거리며 움직이던 조금 전보다, 기이한 정적에 휩싸인 지금이 훨씬 더 괴이했다. 두려움에 질린 내 눈앞에서 나뭇잎들이 일제히 거대한 입의 형상을 만들었다.

─불행한 것아.

그것들이 말했다.

─너는 나로 인해 기뻐하고, 나로 인해 불행하여라.

내가 싹 틔워 키운 나의 나무에게 항변하고 싶었다. 나를 먹어서는 안 된다고. 씨앗의 눈이었던 너를 키워 나무가 되게 한 나를. 너를 바라보고 너를 사랑한 나를. 너를 버리지 않기 위해 새로운 삶으로의 걸음을 포기한 나를. 그로 인해 비난을 샀지만, 너를 비난하지 않는 나를. 그러나 목소리가 나오지 않았다. 그건 나무의 가지가 내 목을 휘감고 있어서만은 아니었다.

나는 그것에게 압도당했다.

내게 있어 유일한 좋은 것이었던 그것이 지금은 내게 말하고 있었다. 불행한 것. 불행했고, 불행하며, 좋은 것에 눈을 떴지만 그것을 손에 쥐지 못해 더 불행해질 것아. 처음에는 그저 가느다란 목소리 같았던 것이, 점차 수많은 소리가 되었다. 거대한 입의 형상이 된 잎사귀들이 마치 제각기 입이 있기라도 한 양 박동하며 말했다. 도취된 것아. 불행 가운데 기다리렴. 네 기다림은 달콤함인 동시에 불행이니. 너는 불행을 버릴 수 없을 것이다. 갈망 가운데 머무르렴. 그보다 달콤한 것은 없으니, 그것의 이름은 유일. 너를 천상으로 이끌고, 나락으로 처박을 것.

좋은 것. 갈망하는 것. 원하는 것. 그리 떳떳이 이름 붙일 것이라곤 딱히 무엇도 없던 내게, 소리 없이 묻혀 있던 갈망을 깨닫게 했던 열매의 모체가 기이하게 팽창하며 흔들렸다. 너는 나로 인해 눈을 떴으니, 너는 나의 것. 내 곁에 머물러, 네가 눈뜬 것을 영원히 곱씹을지어다.

거대해진 잎사귀들이 내게 달라붙었다. 터질 듯이 통통해진 잎맥들이 미칠 듯이 박동했고, 나뭇가지에서 뭉툭한 꽃눈들이 불끈거리며 솟았다. 나무가 나를 빨아먹었다. 탐욕스러운 꽃들이 앞다투어 피어나는 가운데 수꽃들과 암꽃들이 서로를 부르며 흔들렸고, 불길하게 져 버린 꽃자리에서 열매가 부풀어 올랐다. 나는 저 열매의 맛을 알고 있었다. 경이. 소름 끼치는 황홀. 터질 듯 부풀어 오른 열매가 허공에서 부서지는 살점처럼 산산조각 나며 내 입에 처박했다. 끔찍한 맛이었다. 비명을 질렀지만 살아 있는 과육들이 소리를 먹어 치우며 종용했다. 삼켜라, 불행한 것아. 기다린 만큼 황홀하고, 기다려야 할 만큼 끔찍하리라. 영원히 달콤함을 곱씹으며, 영원히 기다림에 허기지리라.

그 순간에, 나는 원영을 생각했다.

나무 따위.

주저 없이 버리고 네게 갔어야 했다.

살아 있는 자들은 갈망으로 인해 움직인다. 때로는 갈망을 몰라도 움직인다. 하지만 나는 그저 움직이지 못하는 자였다. 갈망 따위 있고 없고의 문제가 아니었다. 그저 움직이지 못하는 자였다. 움직이지 않는 이유를 만들기 위해 갈망을 화석으로 만들었다. 갈망을 알고 나니 더욱더 선뜻 움직일 수 없었다. 좋은 것은 영원하지 않다. 먹어 치우면 사라질 찰나의 달콤함일 뿐이다. 나는 그 자리에서 그 기억을 먹어 치우고 곱씹을 뿐이다. 저 나무가 내게 준 황홀한 과실처럼. 태초의 인간의 눈을 밝힌 낙원의 과실처럼 저것은 내 안의 무언가를 깨웠지만, 그것은 내가 내 갈망을 향해 발을 내딛게 두지 않을 것이다. 예기치 않게 눈을 뜬 낙원의 쾌락만을 무력하게 곱씹고, 그것을 잃을까 두려워하게 하고. 언젠가 기다리면 그 지극한 황홀이 되돌아오리라는 막연한 기대로 눌러앉은 채 나무뿌리 아래 엉겨 붙은 죽은 동물의 껍데기로 만들 것이다.

그리되기 원하지 않는다면.

움직여야 했다.

나무에게, 내 이름의 일부를 붙이는 짓 따위 하지 말았
어야 했다. 먹고 난 과실이 아무리 황홀해도 무언지 모를
씨앗에 싹을 틔우지 말아야 했다. 애초에 노파에게서 저
불길한 열매를 받아 오지 말아야 했다. 그날 밤 너를 홀로
돌려보내지 말아야 했다. 네가 했던 말을 못 들은 척하지
말아야 했다.

나는, 후회한다.

*

미친 듯이 문을 두드리는 소리가 났다.

"선배!"

저건, 원영의 목소리 같은데. 문을 부술 셈인가. 희미한
의식 속에서 나는 생각했다.

그렇게 생각한 순간, 몸을 옴짝달싹 못 하게 휘감고 있
던 나뭇가지들이 일시에 사그라졌다. 몸에 찰싹 달라붙어
온 잎맥을 동원해 나를 빨아 먹고 있는 것 같던 잎사귀들
은 음산한 맥동을 멈추고 거짓말처럼 얌전한 식물의 모양
새로 되돌아갔다. 불길한 꽃과 열매 들도 사라졌다. 나는
간신히 눈을 떴다.

"안에 있으면 당장 문 열어! 안 열면 문 따고 들어간다!"

뭔가 대답해야 할 것 같았지만 목소리가 갈라져 나오지 않았다. 일어날 수 있을까? 있었다. 고개를 돌린 나를 보고 나무가 내 움직임을 가늠이라도 하는 듯 잠시 꿈틀하는 것 같았다. 간신히 휘청거리며 일어난 나는 쓰러지지 않으려 애쓰며 문까지 비척대며 걸어갔다. 인기척에 이어 잠금쇠가 돌아가는 소리를 느낀 모양인지 원영은 소리 지르기를 멈췄다.

나는 문을 열었다.

원영이 문 앞에 있었다.

*

원영은 화가 났다고 했다. 고작 화분 하나 때문에 귀국을 포기하겠다는 내가 제정신이 아니라고 생각하고, 다시는 저 인간과 상종하지 않으리라 생각하며 통화가 끝나자마자 애꿎은 스마트폰을 집어던졌다고. 그 말은 사실인지 액정유리에 보기 좋게 금이 가 있었다.

그러고 나니 문득, 말 그대로 내가 미친 게 아닌가 걱정이 들었다고 했다. 몹쓸 인간이 아니라, 정말로 맛이 가 버린 게 아닌가 하고. 그렇게 생각하니 도저히 그대로 있을 수 없었다는 거였다. 곧장 이곳으로 비행기를 타고 날아오기는 했는데, 내가 연락이 되지 않았다. 전 직장에 연락하니 귀국한다고 그만두었다는 답이 날아왔다. 그 길로 집으로 달려온 모양이었다.

"저거야?"

원영은 흉흉한 눈초리로 구석에 처박혀 있는 순, 아니 정체불명의 나무를 쳐다보았다. 조금 전까지 방 안에서 일어난 일을 원영이 알 리는 만무했지만, 어쨌거나 마음에 들지 않는다는 투였다.

"선배 귀국을 막은 장본인, 아니 장본목이라고 해야 되나? 암튼 그게 저거라는 거지?"

나는 쳐다보지도 않은 채 고개를 끄덕였다. 원영의 존재에 공포감이 다소 사그라지기는 했지만, 그래도 좀 전까지 나를 압도하던 그 끔찍한 느낌을 잊을 수는 없었다.

"시들시들 볼품도 없구먼. 저걸 그렇게 가져가야겠다고 그 난리를 쳤어?"

원영은 기가 막힌다는 듯 화분 쪽으로 걸어갔고, 흠칫 놀라 원영을 만류하려고 고개를 돌린 나는 그 순간 놀라서 멍해졌다.

잎이 무성하던 나무는, 거짓말처럼 쪼그라들어 있었다. 금방이라도 다 죽어 갈 것처럼.

"며칠 동안 집에서 물도 안 주고 있었나 보지? 제대로 말려 죽였네, 아주."

원영이 투덜거리며 개수대로 다가가 뭔가를 두리번거리며 찾았다. 원영이 뭘 하려는지 깨달은 나는 황급히 손을 내저었다.

"물 주지 마."

"왜? 아주 없으면 못 살 것처럼 그러더니."

그러는 사이에도 나무는 급격히 사그라지고 있었다.

"어차피 죽을 것 같아. 두고 가야지."

내 말에 원영은 흘긋 화분에 시선을 던졌다.

"잘됐네."

그러더니 원영은 내 눈치를 조금 보는 듯한 얼굴로 나를 살피다가 덧붙였다. 미안하지만 난 누구처럼 반려식물에 애틋하지가 못해서. 뭐, 선배가 키운다면야 나도 애정은 가져야 할 것 같았지만, 누구 발목까지 잡는 식물이라니 영 마음이 욱하더라고. 원영은 그렇게 말하며 내게 물었다.

"얼굴이 엉망이야. 뭐 좀 먹었어?"

나는 고개를 저었다.

"과일 좀 먹을래?"

"과일?"

내가 멍청하게 반문했다.

"요 앞에 행상이 있더라고."

그제야 원영이 들어오면서 문가에 팽개치듯 놓아둔 종이봉투가 눈에 들어왔다. 내가 꺼낸다니까. 원영의 목소리

를 뒤로한 채, 나는 홀린 듯 허겁지겁 다가갔다. 휙, 봉투
에 손을 넣은 나는, 속에 든 것을 움켜쥔 채 조심스럽게
밖으로 빼냈다.

검고 단단한 과일이 눈앞에 있었다. 나는 전율했고, 원영
이 다가와 의아하다는 듯이 물었다. 왜 그래, 선배. 이거 뭐
야. 내가 중얼거렸다.

"선배 이거 몰라?"

한국에선 요즘 많이 먹는 건데. 마침 보이길래. 나는 망
연한 기분으로 원영의 말을 들었다. 검고 둥근 그것은, 아
마도 저 불길한 나무의 씨앗을 품고 있을 그것은, 저는 그
저 무해하다는 양 얌전히 내 손아귀에 쥐여 있었다.

원영이 과일의 이름을 말해 주었지만, 내 귀에는 들리지
않았다.

나무의 노래

브릿G에서 2022년 4월 발표

전삼혜

청소년에게 한국 SF를 전파하려고 계속 쓰는 사람. 결국은 이상한 이야기를 이것저것 쓰게 되었다. 『궤도의 밖에서, 나의 룸메이트에게』, 『위치스 딜리버리』, 『토끼와 해파리』 등을 썼다.

이름은 누가 지어 주는 걸까. 우리는 이름이 없어. 타 종족이 우리 종족을 부를 때 쓰는 어떤 단어가 있다면 그것이 우리의 이름이겠지. 이름을 스스로 지을 수 있는 존재가 있을까? 예를 들어, 너는 나의 장제사지. 장제사라는 것은 직업이자 개념이야. 그 개념이 어느 순간 내 이름은 장제사야, 라고 말하지 않았다면 장제사라는 이름도 누군가 붙여 준 것이겠지.

우리는 말을 거의 하지 않아. 우리끼리도, 너희에게도. 우리끼리는 생각으로 모든 소통을 대신할 수 있어. 우리 생각의 속도는 그닥 빠르지는 않아도 길게 사는 우리들에게는 충분히 빠르게 도달한단다. 그리고 우리는 아주 길게 살지. 우리는 우주를 여행한 우리들이 모아 온 지식을 천천히 정제하고 너희에게 전해 줄 시간이 있었어. 그렇게 모은 지식들을 너희에게 가르쳤어. 이유는 거창하지 않았어. 우리가 너희를 이 별에 데리고 왔기 때문이었어. 물론 그중 어떤 지식은 너희에게 쓸모가 없었고, 지식을 활용할 방법이 없어 묻혀 사라지기도 했지.

아주 오래전에, 우리가 전해 준 지식을 살펴보던 너희가 말했어. 너희는 우리와 가장 닮은 존재가 나무라고 했어. 그렇군. 우리는 잔가지를 흔들며 웃었어. 여행을 떠났다가 돌아온 누군가가 너희에게 주었을, 너희가 키우는 작지만 진짜인 '나무'를 보았을 때는 물관에 웃음이 넘쳐흐를 것 같았어. 세상에, 저게 우리와 닮았다니. 하지만 우리가 크게 웃으면 너희들의 공동체가 삽시간에 허물어질 수도 있으니, 우리는 소곤소곤 웃었지. 나무라니. 너희가 벼린 운석으로 밑동을 베어 내고 뾰족하거나 둥글게 다듬을 수 있는 존재라니. 무엇보다 '나무'는 여행을 떠날 수 없는데 말이지. 우리는 여행을 떠나지. 우리가 여행을 떠나지 않는 존재였다면 너는 장제사가 될 필요도 없었을 거야. 장제사란 오직 여행을 다녀온 우리들을 위해 존재하는 직업이잖니. 우주를 밟고 돌아온 우리들의 굳은 잔뿌리를 위해.

장제사들은 가끔 우리에게 말을 걸지. 우리가 대답하건 그러지 않건 상관없이 말이야. 우리는 너희의 말을 듣는 것을 싫어하진 않아. 그래서 나는 네가 나를 '므두셀라'라고 부르는 것을 받아들이기로 했어. 어차피 한 유전자로 이루어진 거대한 쌍둥이 같은 우리에게 '이름'이 무슨 상관이겠냐마는. 므두셀라가 지구에서 가장 오래 살아남은 소나무의 이름이라는 것을 알고 나서는 그럴싸하다고 생각했지. 그 기간이 고작 5000년에 불과하다고 해도.

5000년이면 너희에겐 굉장히 긴 시간이라지. 너희는 지구에서 왔어. 우리 중 누군가가 너희를 껍질과 껍질 사이에 품고 5000년보다 더 오래전 이 별로 왔어. 너희를 가져온 우리가 그랬거든. 이런, 좀 더 털이 많은 동물을 데려왔는데, 그새 변해 버렸다고. 이거 여기 적응하지 못하면 돌려보내야 하나? 그러게. 어쩌면 지구는 너희가 여기로 오는 사이 사라졌을지도 모른다고 걱정했어. 하지만 다행히 지구는 남아 있었어. 그쪽으로 여행을 떠난 우리가 조금씩 지식을 모아 올 수 있었거든. 전파를 통해 전해지는 많은 정보들을 우리는 너희에게 아낌없이 쏟아부었지. 다시는 너희가 돌아갈 수 없을 그 별의 지식을.

4000년 된 숲이 지구에 있었다는 걸 알려 준 것도 너였지. 나무가 모여 사는 곳을 지구에서는 숲이라고 했어. 그곳의 나무들은 땅에 뿌리를 내린 수십 그루, 수백 그루가 4000년 이상 된 단일 개체라고 해. 내 가지의 이쪽 끝과 다른 쪽 끝처럼 서로 이어져 있는 거야. 4000년이라면 얼마나 긴 시간일까? 나는 동료에게 물어보았어. 그러니 그는 깊이 생각에 잠겼지. 장제사가 퇴근 시간이 되어 돌아가고 다음 날에 다시 올 때까지. 그것도 우리에겐 겨우 한두 번 호흡할 시간이지만 말이야. 침묵과 생각을 마치고 그가 말했어. 잔가지 두 개를 살짝 흔들면서. 아마 이쪽에서 저쪽까지 여행을 두 번은 다녀올 수 있지 않을까? 우주라는 공간을 이쪽과 저쪽으로밖에 나눌 수 없듯이, 인간의 시계로 4000년이라는 게 우리는 얼마나 긴 시간인지 짐작할 수 없었어. 우리는 다른 종족에 비해 많은 것이 무뎌. 시간 감각도 그중 하나지. 그것이 우리를 살아남게 한 걸지도 모르지.

장제사라는 직업은 너희들 사이에서도 인기가 많은 직업은 아니라고 들었어. 그렇지. 너희는 우리가 떨군 열매로 음식을 만들어 먹고, 떼어 준 나뭇가지로 집과 도구를 만들 수 있지. 우리에게 아무것도 할 필요가 없어. 너는 나에게 '장제사라는 건 신의 사제 같은 거예요.'라고 말했어. 그때의 나는 지금보다 조금 더 어렸지.

처음에 나는 이해할 수 없었어. 신과 사제라. 여러 가지 신의 모습이 있지만 보통 신은 하위 존재를 창조하고 사랑하는 존재이며, 사제는 신에게 존경을 바치는 하위 존재의 일원이라지. 우리는 너희를 만든 적도 사랑한 적도 없었어. 다만 너희를 데려왔기에 필요한 것을 주었어. 너희가 우리에게 아무런 피해도 끼칠 수 없기에 내버려 두었어. 존경이라는 것은 더욱더 모르겠어. 존경은 위와 아래가 있다는 것을 전제로 하지. 이 넓은 우주에 너와 나 사이에, 물리적인 위아래 말고, 다른 위아래가 과연 존재할까? 그러나 네가 나에게 이름을 부여했을 때 내가 받아들였듯, 나는 잠자코 있기로 했어. 검은 네 손이 우리가 가져온 운석을 쪼개 만든 도구로 내 잔뿌리를 문지르는 것을 느끼며.

네 손이 갈라지고 터지고, 운석칼 하나가 닳고 사라지고, 네가 자라 성체가 되는 것도 나에게는 찰나. 숨을 몇 번 쉬면 지나가는 일. 그리고 장제사를 불러 뿌리를 다듬는 것은 곧 다른 여행을 떠날 준비를 하는 일.

장제사가 받을 수 있는 특권이라면 단 하나뿐이지. 우리의 가지 중 가장 소중하고 여린 것 하나를 받아 죽은 몸을 영원히 감싸는 것. 너도 그것 하나만을 바라고 장제사가 되었을까. 나는 잠시 그 의문을 잎맥 속에 떠올렸다가 호흡과 함께 내보내 버렸지. 그리고 어느 날 너는 내게 물었지.

"므두셀라 님은 어디로 가세요?"

대답을 해야 할까. 네가 나에게 대답을 요구한 것은 처음이었어. 내가 어째야 할지 몰라 가만히 있자 너는 다시 물었어.

"나무 님들은 어딘가로 떠났다가 다시 오시잖아요. 므두셀라 님도 여행을 떠나실 거고요. 그런데 떠나시면 어디로 가는 거예요?"

너는 우리가 하는 일에 대해 물었지. 우리가 무엇을 위해 존재하는지. 우리를 일으켜 우주의 끝까지 갔다가 다시 돌아오게 하는 게 어떤 여정인지. 나는 네가 그걸 이해할 수 있을지 잠시 의아했어. 네 작은 발은 항상 땅을 디디고 있고, 우리는 우주를 걷는 종족이니까. 우리는 너무나도 다르니까. 그래서 나는 간단히 대답했어. 네가 알아들을 수 없다고 해도.

"가고 싶은 곳으로 가."

정해진 것도 없이 스스로 정하기 전에는 목적지도 없이 가만히 가만히 우리가 앉고 선 자리에서 흔들리고 숨 쉬고 존재하고 다른 존재들과 무언가 생각을 나누다가 다녀온단다.

더 정확히 말하려면 나는 이렇게 말해야 했겠지.

우리는 우주를 밟는 종족이야.

밟는 거란다. 경작하는 존재들이 그렇게 하지. 밟을 것은 밟고, 자라는 것은 자라게 내버려 둔단다. 그걸 지시하고 판별하는 것이 누구인지는 우리도 몰라. 단지 우리는 어느 날 갑자기 공유한 생각들 속에 항로가 떠오르고, 그 항로를 따라 밟고 피하며 걷지 않으면 안 되는 지경으로 누군가는 온 마음이 항로에 집중되곤 한댔어. 첫 여행을 떠나기 전, 어디로 뿌리를 겨눠야 할지 몰라 안절부절못하는 나에게 더 오래된 우리들은 그렇게 말해 주었지. 그래서 나는 내 나름대로 나의 충동을 이해해 보기로 했어. 우리 마음속에 끝없이 펼쳐진 우주의 지도가 있고, 최종 목적지에서 우리를 간헐적으로 초대하고 있는 거라고 믿었어. 내 몇 번의 여행은 그렇게 시작되고 끝났으니까. 적어도 나는 여행의 이유가 밖에서 온다고 생각했어. 바깥의 누군가가 우리를 부른다고. 여기를 밟고 여기를 지나가 달라고 부탁한다고. 우리 중 하나가 다른 이유로 여행을 떠나기 전까지는.

하지만 그때, 내가 이 길고 긴 여행의 목적을 솔직히 설명하면 네가 겁에 질릴 것 같았어. 우리가 우주를 걷는 동안 텅 빈 공간을 걷는 건 아니니까. 소행성이나 행성을 밟고, 때로는 작게 오그라드는 별들을 밟기도 해. 우리가 밟는 곳은 우리의 무게로 다져지지. 우리는 무게로 우리의 소임을 다해. 우리의 뿌리 잔털 사이에는 우주 먼지가 묻어 있고, 뿌리와 줄기 사이에는 소행성의 부스러기들이 끼어 있지. 우리의 뿌리는 이 은하와 저 은하 사이를 넘어 다니며 단단해지고 우주는 언제나 우리 뿌리 밑과 머리 위에 동시에 있었지.

우리는 우주에서 가끔 무언가를 가지고 돌아와. 어떤 우리는 너희들을 나무껍질 안에 넣어서 돌아왔어. 그래. 너희보다 털이 많은 종족을 넣어 왔다던 그 존재 말이지. 너희들은 빠르게 적응했어. 너희의 몇 세대가 지나기도 전에 마을을 만들고 공동체를 이루어 이곳에서 살아갔지. 나는 너희의 세대가 수십 번도 넘게 바뀌는 것을 보며 살았어. 그럼에도 불구하고 나는 아직 우리 중 너무도 어린 개체였지.

이 아득한 이야기, 나조차도 제대로 이해하지 못하는 이야기를 들려주기엔 너와 나에게 공유된 시간은 너무나 짧았지. 우리가 너희와 비슷하거나 다른 종족들이 사는 별을 밟고 다져 부수어 우주의 먼지로 만든다는 말을 하고 싶지는 않았어. 나에게는 짧은 이야기지만 너는 아주 오랜 시간 그 말을 듣게 될 테고, 너의 생애 중 한 부분이 공포로 물드는 것을 나는 바라지 않았어.

그래. 그것은 오롯이 나의 감정이었단다. 나, 므두셀라의 감정. 모두와 공유하고 싶지는 않은 감정이었어. 감출 수 없다는 것을 알면서도 잠시라도 '홀로' 간직하고 싶은 것이었지.

나는 나 홀로 간직하고 싶은 감정이 생긴다는 게 '우리'를 깨는 것이 될까 조금 두려웠어. 그러나 그 두려움도 공유되었겠지. 우리는 나에게 책망이나 비난을 하지 않았어. 그게 어째서인지는 내 옆의 그가 여행을 떠난 후에 알았어. 나 말고도 많은 우리가 그러한 감정을 가진다는 것을 배웠지. 우리는 신이 아니야. 신은 한 사제에게 특별한 사랑을 부어 주지 않겠지. 그러나 우리는 우리였고, 각자의 장제사에게 남다른 감정을 가질 수도 있었던 거야. 내 곁의 그가 자신의 장제사 때문에 여행을 떠난 것처럼 말이야.

우리 종족의 공유에 대해 말해 볼까. 우리 종족의 개체 수가 백이라면 나의 마음에는 내 생각을 제외하고도 구십구 가지의 생각과 감정이 몰려들지. 그걸 알고 있는 이상 우리는 다른 우리와 다툴 수 없어. 왜냐하면 내 마음속에 이미 상대의 생각이 있으니까. 구십구 가지의 생각이 소용돌이치며 몸 안을 흐르면 어떻게 되는지 알고 있니? 사실 우리도 잘 몰라. 우리는 무뎌졌거든. 먼 예전, 우리의 민감한 선조들은 서로의 감정과 기억이 온전히 공유된다는 것이 얼마나 아프고 괴로운 일인지 알았겠지. 다행히도 훨씬 늦게 만들어진 우리는 서로에게 감정을 공유하면서도 다른 우리의 감정에 베일 만큼 예민하지 않았어. 우리가 무뎌진 것이 우리에겐 진화였어.

진화하기 전의 선조들은 몸속에 다른 개체의 생각과 감정이 요동치며 민감하게 흐르는 것이 어떤 기분인지 알고 있었을 거야. 터질 듯한 기쁨도 있었겠지만 놀라움과 두려움과 공포도 있었겠지. 자신 말고도 다른 개체들의 공포까지. 과거 우리에게 한 개체의 분노는 다른 개체들의 분노이고 한 개체의 슬픔은 다른 개체의 슬픔이었지. 지금보다도 훨씬 강력하게. 그것이 여러 번 우리 종족의 수를 크게 줄였다고 해. 감정을 해소할 길이 우리에겐 없었거든. 그래서 우리는 서로에게 감정을 겨누었고 싸웠어. 우리는 누구의 것인지도 모르는 감정 때문에 뿌리와 뿌리를 얽고 물관을 틀어막고 잎을 마구 떨구어 숨을 멎게 했대. 선조들은 타협하고 서로에게서 조금은 멀어지기로 했지. 그렇게, 우리는 수가 줄어들고 늘어나는 것을 여러 번 반복한 후에야 안정을 찾았다고 해.

떠난 그의 이야기를 하고 있었지.

내 옆에 있던 그의 이름은 하모니였어. 떠나기 전까지는 몰랐지만, 여행을 떠난 그도 장제사에게 이름을 받았다고 해. 우리 사이에서 그가 빠져나간 자리에 소용돌이치는 기억을 머금고 난 후 나는 그의 이름을 알았어. 그의 장제사는 너희들 중 누군가의 손에 죽었다고 해. 하모니의 감정은 그 자신에게는 들끓는 물이었을 거야. 속살 마디마디를 삶을 만큼 뜨거웠겠지. 하지만 가장 가까이 있는 나조차도 그것을 아릿한 슬픔으로만 느꼈어. 그만큼 우리는 서로의 아픔을 공유하기엔 멀어지고 무덤덤해진 거였지. 하모니는 장제사의 유족에게 가장 부드러운 속살을 주고 떠났어. 하모니가 우리에게서 물리적으로 멀어질수록 우리가 느끼는 하모니의 감정도 옅어졌어. 그래도 나는 하모니와 가장 가까이 있었기에 그의 감정을 가장 늦게까지 느낄수 있었어. 파동처럼 전달되던 그의 감정이 끊기기 전, 나는 감지했어. 뿌리 하나를 뻗어 소행성을 움켜쥐는 하모니의 동작 안에 자리 잡은, 단단하고 거친 분노를.

그저 호기심으로, 바람이 부는 쪽으로 이파리를 나부끼듯 여행을 떠나는 때도 있었어. 장제사 때문에 여행을 떠나는 일만 있다는 건 아니란 거야. 장제사에게 아무 감정도 가지지 않는 우리도 있으니까. 하지만 우리가 장제사에게 특별한 감정을 갖는 일도 드물지는 않대. 장제사, 너희들의 삶은 짧고 굵고 거칠어서 한 개체가 늙어 평화롭게 죽을 수도 있지만 지금처럼 누군가의 손에 죽는 경우도 있대. 그럴 때도 우리는 여행을 떠나는 경우가 있다고, 하모니가 떠난 후 우리에게 들었어. 우리에게 그 이야기를 공유해 준 오래된 우리는 조용히 덧붙였단다. 어쩌면 우리의 첫 여행도 누군가의 슬픔과 분노의 희석 때문이었을지도 모른다고. 슬픔을 알기 전 우리에겐 그것이 호기심으로 느껴졌을지도 모른다고. 작고 여린 것들이 우리를 아프게 한다며 오래된 우리는 쓸쓸하게 웃었어.

그렇게 생각하면 너와 나의 위아래는, 처음부터 내가 이해하지 못한 그 관계는 네가 아래고 내가 위라는 일순간의 지위를 갖지. 너는 나의 죽음을 결코 볼 수 없지만 나는 너의, 나의 다른 장제사의 죽음을 볼 테고, 보지도 못하고 도망갈 정도로 슬퍼하고 괴로워할 수도 있지. 너의 존재가 나의 감정에 영향을 미치지. 우리는 물을 끌어 올리며 살아가니 너의 부재는 나에게 슬픔을 끌어올리겠지.

내가 어리다고 하지만 그것은 우리 개체 중에 어리다는 것뿐이야. 나는 여행을 여러 번 떠난 적이 있어. 그만큼 수 없이 많은 장제사를 봐 왔단다. 장제사들은 대부분 내가 한 번 여행을 다녀오면 없어졌어. 나는 너희와 우리의 수명 차이가 그렇게까지 큰 줄은 몰랐어. 그러니까, 내가 어렸을 때, 다섯 번째 가지를 펼치기 전까지는 몰랐단다. 나는 돌아오는 길에 혜성이 지나가는 것을 보느라 잠시 멈춰 섰을 뿐이었어. 그래서 여행에서 돌아오는 것이 조금 늦어 버렸지. 나를 담당하던 장제사가 쓸 만한 작은 운석 조각을 선물로 가지고 돌아오던 길이었어. 내가 돌아오자 나에게는 다른 장제사가 배정되어 있었지. 나는 내가 선물을 주려던 장제사는 어디 갔느냐고 물었어. 그러자 새 장제사의 얼굴에 당혹스러운 빛이 지나갔고, 대답은 내 마음에 항성으로 지진 듯한 흔적을 남겼지.

"저희 할아버지를 말씀하시는 건가요? 제가 세 살 때 돌아가셨어요."

그 아픔도 누군가를 여행길에 오르게 했을지도 몰라. 정작 나는 그 일로 다시 여행을 떠나지는 않았어. 내 뿌리는 너무나 지쳐 있었거든. 대신 나는 노래를 불렀어. 이파리가 서로 나부끼며, 가지가 몸통을 부비며 바람을 일으키는 길고 긴 노래를. 얼마나 노래를 오래 불렀는지는 모르겠어. 노래를 멈추고 보니 장제사가 바뀌어 있었는데, 그사이 몇

명의 장제사가 지나갔는지도 알 수 없으니까.

우리의 호흡은 길고 노래도 길어. 나는 그때처럼 너희 종족의 누군가가 태어나고 죽을 때까지 노래 하나를 끝마치지 않을 수도 있지. 그 노래는 너희에게는 영원 같겠지. 그 노래를 처음부터 끝까지 들은 자는 너희 종족 중 하나도 없겠지. 아마 우리가 번갈아 가며 노래를 부른다면 너희 종족이 모두 사라질 때까지 노래를 흥얼거릴 수도 있겠지. 우리의 시간과 너희의 시간은 달라서, 내 가지 하나가 뻗을 때 너희는 두 세대가 바뀌지. 내가 여행을 다녀오면 어린 장제사는 노인이 되어 있거나 사라져 있지.

인정해야겠구나. 우리는 우리의 장제사를 사랑해. 우리에게도 가장 여린 가지를 떼어 내는 것은 고통이란다. 한 명의 장제사가 죽으면 하나의 우리가 여린 가지를 스스로 부러뜨리고, 그 아픔은 우리 모두에게 전해지지. 우리 모두는 잠시 애도하거나 우울해하거나 몸을 떨어. 우리에게 여린 속살도 너희에겐 한없이 무겁게만 보이더구나. 너희들은 죽으면 땅에 묻힌다지. 우리의 일부가 관이 되어 너희의 몸과 함께 썩어 가라고 우리는 너희에게 마지막 인사를 건네지. 시간에 무딘 우리에게, 여린 가지가 부러진 흔적은 우리의 나이가 되지. 너희의 세월을 얼마나 많이 지켜보았는지 증표가 되고.

이 이야기를 시작한 것은 너의 질문이 나에게 닿았을

때부터였지. 그리고 너는 더 이상 나에게 와서 내 잔뿌리를 긁어 줄 수도 없을 만큼 쇠약해졌어. 너의 손자가 와서 나에게 부탁하더구나. 너를 위해 가지를 준비해 줄 수 있냐고. 나는 내 가지를 부러뜨리는 대신 너의 손자를 놀라게 했어. 너의 이름을 물어보았거든.

내가 이 이야기를 생각하는 동안 너는 또 늙어 갔구나. 검고 매끈하던 너의 손은 주름지고 축 늘어졌어. 호흡은 가늘어지고 지팡이를 짚고도 걸을 수 없을 만큼 다리가 약해졌지. 너의 한 생을 나는 뿌리 끝으로 지켜보았네. 나는 열심히 생각했어. 혼자의 생각이기도 했고, 우리 사이에서 오래도록 내려온 생각이기도 했지. 내가 너에게 무엇을 줄 수 있을지. 나에게 이름을 준 너에게 여린 가지 말고 또 무엇을 줄 수 있을지.

그래도 될지.

또 시간이 흘렀네. 너의 머리카락은 하얗게 세었다가 듬성듬성 빠져 버렸어. 네 호흡은 이제 나뭇잎 구멍을 통과하는 바람처럼 쌕쌕이네. 나는 요즘 전에 없이 조급해졌어. 다른 우리에게 대답을 보챌 만큼. 네가 살던 곳이, 너희 선조가 살던 곳이, 지구가 어디인지 우리에게 물어보았어. 어느 길을 가야 그 길에 닿을 수 있을지. 아니, 걱정하지 마. 지구를 밟을 생각은 없어. 다만 너의 생이 끝나면 너를 내 이파리에 감싸서 지구 쪽으로 밀어 보내려고 해. 노래를 불러서 숨을 내쉬고 그 관성으로 너를 떠나보내려고 해.

그래도 된다고, 우리는 나에게 대답해 주었지.

지구의 인간들이 이 우주에 어떤 성분이 있는지 알아보고 있다는 이야기를 최근에 들었어. 인간들이 그 성분들에 어떻게 이름을 붙이는지도 들었어. 인간들은 새로운 무언가를 발견할 때마다 이름을 붙일 권리를 갖는다는 것도 들었어. 그러니 내가 너를 밀어서 지구 쪽으로 보내면, 지구에서 너를 발견하기를 빌어. 너의 이름을 내 이파리에 새기는 법도 배우고 있어. 설령 지구에서 그 이름을 읽고 너의 성분에 그 이름을 붙여 주지 않으리라 해도.

처음으로 나는 미래에 무엇인가를 기대해 보는구나. 우리 중 누군가는 나와 같은 경험을 했을지도 모르지. 내가 너를 위해 하는, 지구에 네 이름이 남기를 비는 행동조차 과거의 우리 중 누군가가 이미 빈 소원일지도 모르지. 하지만 그것이 다 무슨 상관이겠니. 이것은 므두셀라가 자신의 장제사, 펠리시타를 위해 하는 첫 행동이란다.

너의 숨이 멎기 전에 나는 호흡을 끌어 올리네.

잘 가렴, 나의 장제사야. 나는 이제 노래를 부를 준비를 해야겠구나.

전 세계 지성인이 함께 보는 계간 역술

브릿G에서 2021년 9월 발표

민경하

『장화홍련전』(보리)을 썼고 『마지막 히치하이커』 등을 함께 썼다.

지난주에 마지막 구독자가 구독을 끊었어. 딱 한 명 남은 구독자였는데 말이야. 광고주는 진즉에 멸종했고. 나, 이 잡지사 사장이거든. 솔직히 말해도 될까? 사실은······ 속으로 쾌재를 불렀어. 조금 아쉽긴 했지만 확실히 다행인 거야. 이 망할 잡지를 폐간시킬 수 있잖아.

난 잡지 편집 일도 했어. 마케터, 기자, 디자이너 그 외에 잡다한 일 혼자 다 했지. 그래, 아무도 안 보는 잡지 나 혼자 만들어 왔다고.

잡지사는 우리 할아버지가 1981년에 설립했어.《전세계 지성인이 함께 보는 계간 역술》이 발행하는 유일한 잡지였는데 4년 전에 돌아가시면서 당시 대학 2학년이었던 나한테 물려준 거야. 할아버지가 역술인은 아니었어. 1960년대에 화공과를 나온 이과 원조였다고. 그런 말이 있었대.

1960년대에 화공과 졸업한 사람 중에 부자 안 된 사람 없다. 딱 한 사람 있잖아. 우리 할아버지. 할아버지는 그랬어. 사람들 뒤통수 뒤에 뭐가 보인다고. 그렇다고 낙오자고 백수고 뭐 그랬던 건 아냐. 할아버지는 공무원이었어. 발전소에서 일했지. 멀쩡하게 공무원 생활 잘하셨고 퇴직도 명예롭게 했는데 틈만 나면 초현실과 신비주의에 몰두하셨던 것이지. 그래서 몰래 잡지까지 창간한 거야. 뭐 퇴직 전까진 친구들 이름 빌려서 했다고 해.

처음엔 꽤 호응이 좋았나 봐. 할아버지가 제일 자랑했던 건 당시 6200부가 팔린 1986년 봄 호야. 우리 집 전설이지. 유리 액자에 잘 모셔져 있어. 잡지 표지에는 흰 도복을 입고 앉아서 하늘을 나는 장발 중년 남자 사진이 있고 그 위에 큰 검정색 궁서체로

'단.' 전 세계 지성인들을 놀라게 할 내공 초능력!

이라고 돼 있어. 아랫줄에는 빨간색 고딕체로

누구나 가질 수 있다! 초단기에 끝내는 수련법 전격 수록!

이렇게 쓰여 있고. 그 당시 이런 거 인쇄하려면 돈도 많이 들었대. 그때는 광고주도 많았나 봐. 할아버지는 발명품

도 만들어 팔았어. '전 세계에서 가장 정확한 묏자리 감별기'하고 '전 세계에서 가장 강력한 퇴마철' 같은 것들이야. 할아버지가 특별히 기를 넣은 쇠꼬챙들이지. 근데 신기한 게, 진짜 물건을 사거나 수련법을 따라 한 사람들이 많았나 봐. 왜 잘 안 되냐고 따지려고 전화하는 사람들이 있었대, 글쎄. 답은 정해져 있었지. 당신이 제대로 안 해서 그렇다. 더 최선을 다해 기를 끌어 모아라. 더 집중하시라. 절실함이 없는데 단전이 열릴 리가 있나? 지금 전화할 기운으로 믿음을 가지고 수련해라. 뭐 이런 말. 그럼 또 그게 먹혔나 봐.

이 잡지가 좀 팔린다는 소문이 나니까 잡지 진짜 발행인이 할아버지라는 걸 안 국정원 사람들이 할아버지를 잡아가서 고문했대. 공무원이 사업하면 안 된다고 국정원에서 잡아가는 건 너무한 거지. 그때 고문 기술자한테 생전 처음 듣는 욕설을 듣고 따귀를 맞을 뻔하고 욕조에 얼굴이 처박히려는 순간 풀려났다는데, 할아버지는 두고두고 그 무용담을 자랑하셨지. 당시 정권이 국민들이 역술에 도움을 받아 힘을 키우는 걸 두려워해서 할아버지를 이틀이나 잡아 가뒀다고 말이야. 그때 아무도 모르게 단전호흡을 하면서 기를 모아 고문 전문가에게 텔레파시를 보냈대. 니가 내 털끝이라도 건들면 네 마누라는 매일 조석으로 전 세계에서 가장 맛없는 음식을 하게 될 것이다. 효과가 좋

왔다네. 음. 뭐 잡지 안 만들겠다고 약속하고 풀려났대.《지
성인들의 쉼터 계간 무속 마당》이라는 잡지로 발행인까지
완전 바꿔서 만들어 팔다가 정권 바뀌고는 다시 당당하게
원래 이름으로 계간지를 발행했지만 말이야.

하여간 할아버지는 돌아가시기 전에 넷이나 되는 손자
중에 하필 나한테 잡지사를 물려주셨어. 내가 제일 어리
고 역술에 편견이 없게 생겼다고. 이 잡지는 절대로 폐간
해서는 안 된다고 유언하셨다고. 젠장. 어린 거랑 역술적
인 거랑 뭔 상관이냐고! 난 그냥 평범한 국문과 학생이었
다고! 절대 튀지 않아. 옷도 베이지랑 무채색만 입는단 말
이야. 아빠랑 엄마도 할아버지 마지막 부탁인데 그냥 내가
이어 가라고 했어. 니가 장학금 받을 것도 아닌데 이걸로
수익이 생기면 얼마나 좋으냐고. 이제 전이랑 달라서 집 컴
퓨터로 간단하게 작업하면 되는데 뭐가 문제냐고. 잡지 좀
보라고. 새로운 내용 하나도 필요 없다고. 예전 자료 다 있
겠다, 그것 다시 복붙하면 되는 건데 걱정 말라고. 시간 품
하나도 안 든다고.

진짜 그랬어. 잡지 들춰 보면 계간지인데도 300페이지밖
에 안 돼. 글씨 크기는 기본이 16폰트고(거의 유아용이야.)
제목은 48폰트. 서체는 죄다 바탕체고 컬러 화보는 하나도
없고 종이도 이젠 보기도 힘든 회색 갱지라고.

아빠는 지금 구독자랑 역술인 광고주 들이 있는데 폐간

시키긴 아깝다고 했어. 아빠 잡지에 대해서 나쁜 기억은 별로 없는 것 같더라. 뭐 할아버지가 퇴직하고도 잡지 팔아 꾸준히 돈을 좀 버셨나 봐. 손주들 사위 며느리 용돈까지 두둑하게 주셨으니까. 그리고 아버지랑 할아버지랑 워낙 사이가 좋았어. 그럼 아빠한테 물려주지, 왜 나야? 화를 좀 내고 싶지만 아직은 타이밍이 아닌 것 같다.

잡지는 내가 선택하고 말고 할 수 있는 게 아니었어. 그냥 이건 나한테 주어진 숙제였다고. 처음 1년은 그럭저럭 잘 돌아갔어. 돈도 생각보다 많이 벌었다니까. 매호가 기본 300권은 팔렸거든. 겨울 호는 457권 팔렸어. 말도 안 되게 어마어마한 판매량이지. 잡지가 팔려도 기분이 좋지 않았어. 그냥 한 사흘 동안 일하면 되었단 말이야. 30년 전 내용 그대로 복사해서 붙이고 표지는 특집 기사로 쓸 점집 풍경을 썼어. 내용 편집해서 인쇄소에 가져가면 끝이야. 인쇄비랑 종이 값만 들었어. 정기 구독자가 260명이어서 거의 그 사람들 대상 장사였는데, 이런 걸 한 권에 6만 원이나 주고 사 보는 사람들이 300명이나 있다는 게 도무지 이해가 안 갔다고.

역술인들은 광고 차원에서 잡지를 본 것 같더라. 전국 역술인들이 점집 광고를 냈고 특집으로 점집 탐방도 했거든. 내가 직접 간 건 아니고 그 사람들이 사진이랑 글 보내 주면 그대로 여섯 페이지 실었어. 또 구독하는 역술인들이 글을 투고하면 다 실어 줬지. 「ooo 박사의 운명 미래학」, 「미국은 대한민국 땅이다」, 「일하지 말라, 놀면서도 하늘의 운기를 훔쳐 무조건 성공하는 비법」 등등. 나름 일반인들도 읽을거리가 있었어. 운세랑 꿈 해몽, 동양 사상 같은 거. 중국이랑 한국 고전을 총 망라해서 대충 실었거든. 노장 사상이나 맹자, 공자, 불경, 구전 설화, 신화 등, 특별한 해석도 필요 없었지. 오타 좀 있어도, 아니 있는 게 더 자연스러웠다고나 할까.

뭐 역술인들이랑 잡지사랑 서로 윈윈하는 거더라고 이게. 한 1년 작업하다 보니까 돈도 꽤 되고 꿈이 샘솟더라니까. 이럴 게 아니라 내년이면 나도 3학년인데 역술 잡지를 제대로 만들어 봐야겠다! 우리 전통 무속을 우습게 볼 게 아니다. 연구해서 수준 높게 만들자! 지면도 늘리고 더 두꺼운 잡지를 만들자! 그럼 진짜 크게 대박 날 수도 있겠다!

문제는 바로 《세계와 함께 읽는 월간 역술》이 출간됐다는 거야. 이게 딱히 《전 세계 지성인이 함께 보는 계간 역술》을 흉내 냈다는 법적 근거가 없잖아. 그 빌어먹을 잡지를 보니까 구성이며 콘셉트며 통째로 베낀 수준이더라, 그런데 어쩌겠어, 편집디자인이나 문장 등이 더 고급스럽고 전문가스러운데, 종이도 빳빳한 흰색 광택지더라니까! 진짜 화려한 편집에 가격은 15000원밖에 안 하고! 알고 보니까 《월간 낚시의 손맛》, 《계간 자연인》이랑 같은 잡지사

더라고. 나 혼자 당해 낼 수가 있겠냐고.《월간 낚시의 손
맛》은《계간 낚시》를《계간 자연인》은《월간 나는 자연인
이다》를 흉내 낸 거더라. 그래서 대박은 아니라도 웬만큼
안정적으로 잡지 판매 부수를 (뺏은 만큼) 유지하고 있더라
고. 나는 완전 좆 된 거지.

　광고주 역술인들 다 빠져나가고 정기 구독자도 완전히
소멸했어.《월간 역술》로 싹 다 갈아탄 것 같더라고. 딱 1년
장사하고 망한 거야. 계간지로서 차별화를 두려고도 나름
노력했지만 안 되더라.

　그러고 보니 차라리 잘된 것 같더라고. 어차피 젊은 역
술인들은 인터넷에 광고할 거고 나이 든 분들이랑 세대교
체 되면 이런 잡지는 쓸모없어질 운명이잖아. 그리고 내 일
도 아니었는걸. 이참에 내 의지와 상관없이 망했으니 빠져
나갈 수 있을 거 아냐. 내가 보이는 것처럼 마음이 약해서
역시 너밖에 없다. 너는 정말 효녀야. 이런 말 듣고 좀 끌려
다니기도 한 거라고.

　아빠랑 엄마도 잡지사 유지하려면 돈을 더 써야 할 판이
라고 하니까 할 수 없다고 금방 포기했어. 와 진짜 마지막
구독자, 진주시에서 점 보시던 연근선녀 아주머니, 그분도
《월간 역술》로 잘 갈아탔겠지? 속이 다 시원하더라니까. 돈
이야 나중에 벌면 되는데 뭐. 아니 돈 좀 못 벌면 뭐 어때?

　그렇게 딱 1년 장사 잘하고《월간 역술》나오고 다음 1년

겨우 버티다 겨울 호가 마지막이 된 거야. 진짜 두 번째 해 엔 다 해서 마흔 권도 안 팔렸어. 그렇게 폐간한 지 여섯 달이 지난 어느 날 밤, 발신자를 알 수 없는 전화가 왔어. 잡지사 전화번호랑 내 휴대전화 번호 연동시켜 놓은 걸 깜박했다는 걸 그제야 깨달았지.

—《전 세계 지성인이 함께 보는 계간 역술》입니까?

중년 아저씨 목소리야.

—네? 네…… 무슨 일이시죠?

—봄 호가 안 나와서 여름 호 기다렸는데 또 안 나왔길 래요. 여름 호랑 봄 호 한꺼번에 좀 보내 주십쇼.

—죄송합니다. 잡지는 작년 겨울 호를 마지막으로 폐간되었습니다.

—…….

전화가 뚝 끊겼어. 근데 바로 다시 전화가 오더라고.

—여보세요?

—말도 안 돼. 잡지를 누구 마음대로 폐간해? 우리는 계속 그 잡지를 봐야 된다고!

그 아저씨, 다짜고짜 소리 지르면서 되게 사납게 말하는 거야. 나는 다급하게 변명했어.

—죄송합니다. 역술 잡지는 월간지도 나오고 있어요. 요즘은 월간지가 대세예요. 월간지 보시길 추천드립니다. 가격도 세 달 치가 45000원밖에 안 하고요. 종이 질까지 완

전히 수준이 달라요. 혹시 업주시라면 거기 광고 내시는 게 더 효과 있을 거예요. 계간지는 더 이상 출간이 불가합니다.

코로 숨을 몰아쉬는 소리가 났어. 그 소리를 핸드폰으로 들으면 벽을 북북 긁는 소리 같다고. 이번에도 전화가 뚝 끊겼지. 무섭더라. 진짜 그만두길 잘한 것 같았어. 도대체 잡지 이름도 너무 비현실이지. 지성인은 무슨 얼어 죽을 지성인이야? 내가 마지못해 만들고 팔긴 했지만 진즉에 사라졌어야 할 잡지야. 그런 잡지 구독하는 사람들이 정상이겠어?

마음을 좀 가라앉히고 영화나 좀 보다가 자려는데, 내 원룸에 구멍이 생겨 버렸어. 천장, 유리창, 벽, 바닥에 시꺼먼 구멍. 내가 지금 이렇게 쉽게 말하니까 아무렇지 않은 것 같지. 당해 보지 않으면 알 수 없는 공포가 있어. 그 구멍으로 아저씨들이 뿜뿜 뿜어져 나왔다고. 그냥 보통 살아 있는 중년 아저씨랑 질감과 양감, 모양이 똑같았어. 홀쭉하고 퉁퉁하고 작고 크고 옷도 그냥 보통 한국 아저씨들 그 차림이고 말이야. 그런 아저씨들 열 명 정도가 내 좁은 집에 꽉 차 있었다고! 나는 소리소리 지르고 112에 신고하고 난리도 아닌데 그럼 또 싹 다 없어졌어. 경찰 아저씨들은 그냥 헛수고하고 갔지. 경찰 가니까 귀신 아저씨들이 다시 튀어나왔어. 실제로 귀신을 보니까 나중엔 그냥 덤덤해지더라고. 우리 할아버지가 잡지에 썼던 글도 떠올랐고.
「조정수 교수의 원귀론」이라는 글인데, '귀신은 절대 사람
을 해치지 못한다. 그냥 해소되지 못한 에너지가 뭉쳐 있
는 것이며 나약해 빠졌다.'라는 내용으로 귀신 때문에 무
서워할 것 하나도 없다는 게 주제야. 뭐 그래서 저 아저씨
들 생생해 보여도 TV 영상만도 못한 허깨비겠지 생각하니
까 하나도 안 무섭더라고. 근데 귀신이 그러더라.

"잡지를 내놔. 봄 호랑 여름 호."

과월호를 주겠다 했더니 그건 본인들도 있대. 정말 그렇
게 재미있는 잡지는 이 세상에 없을 거라고 난리 법석이더
라고. 내가 그랬지.

"저기, 어차피 3,40년 전 내용 계속 돌아가며 쓰는 거예
요. 과월호 또 보시는 거랑 다를 거 없어요."

"거짓말 마. 완전히 다르거든! 매번 다른 잡지라는 거는
우리 귀신들이 더 잘 알아!"

말이 통하지가 않더라. 귀신들은 이 계간지를 숭배하는
것도 같았어. 징그럽게. 하지만 숭배와 패대기는 같은 말이
지. 글들도 다 진리다. 너무 재밌다. 역술인들이 모시는 귀
신들 돌아가면서 소개한 것도 무슨 연예인 가십처럼 좋아
하더군. 그때까지만 해도 이 잡지가 진짜 사람과 귀신이 함
께 보는 잡지였구나. 소름 끼치긴 해도 그냥 그런 깨달음
이 왔던 건데, 이 아저씨들이 다시 잡지들 만들어 내라고

협박하니까 문제였어. 나는 불가능하다고 못 한다고 말할 수밖에 없잖아. 돈도 안 내는 귀신들한테 공짜로 보라고 내가 내 돈 써 가면서 잡지 만들 일이 어디 있어? 귀신들은 정말 할 일이 없는 것 같았어. 애들처럼 발을 구르고 내놓으라고 우기고 조르고 난리인 거야. 얼마나 원초적 재미가 없으면 저럴까 싶고. 재미에 허기가 진 것 같더라니까.

근데 그 어수선한 투정 속에서 키 좀 크고 얼굴 꺼멓고, 두꺼운 털이 더럽게 볼까지 듬성듬성 난 아저씨 하나가 갑자기 쓱 그러더라. 잡지 없어도 되겠다고. 쟤 좀 보라고. 귀신이 이렇게 왕림할 일이 얼마나 되겠냐고. 이것도 다 인연이라고. 쟤랑 놀면 되겠다고……

그렇게 귀신과 동거가 시작된 거야.

며칠간은 참 별일 없이 잠잠했어. 귀신도 안 보였고 귀신 봤다고 누구한테 이야기 할 수도 없잖아. 그러니 아무 일도 없었던 거지.

그날은 일어나 샤워하려고 샤워기 물을 틀었어. 물이 쏟아졌지. 분명 물이 쏟아지는데 그건 물이 아니었어. 물 영상일 뿐 진짜 물이 아니었다고. 물은 분명 하수구로 흘러가지만 나는 만질 수도 없고 느낄 수도 없었어. 내 손이 물을 통과하는데 그냥 빛을 통과하는 것 같았어. 아무 느낌도 없었다고. 다 벗고 샤워하려는데 이게 뭐야. 귀신 아저씨가 했던 마지막 말이 떠올랐어. '쟤랑 놀자.' 욕실 환기구에서 남자들 웃음소리가 희미하게 들렸어. 나는 욕실에서 어떻게 몸을 숨겨야 할지 몰랐어. 쪼그려 앉아 무릎만 안았어. 너무 수치스러웠어. 문득 차가운 물이 등을 때렸어. 악 차가워! 소리를 질렀지. 너무 놀라고 무서워서 눈물이 났어. 물은 새까만 색이야. 생선 썩은 내가 진동했어. 그 검은 물이 내 몸을 다 적셨어. 몸을 있는 대로 쪼그리고 온 힘을 다해 무릎을 꼭 안고 눈을 감았어.

그리고 정신을 차려 보니 나는 덜덜 떨면서 욕실 바닥에 누워 있더라. 찬물에 온몸이 꽁꽁 어는 것 같았어. 물은 그냥 수돗물이고. 그날 나는 강의를 못 갔어.

그 후로 모든 것이 바뀌었어. 하루는 귀신 때문에 이불 속에서 나오지도 못하고 머리까지 이불을 뒤집어쓰고 있으니까 차갑고 축축한 입이 귀에다 소곤거렸지. 내 이야기를 옮겨 봐. 그럼 그곳에도 찾아갈게.

"알았어요. 아무한테도 말 안 할게요. 그리고 제가 졌어요. 그냥 잡지 다시 만들게요."

내가 그랬다고. 돈 좀 들어도 이런 수모는 안 당해도 되잖아. 정말 돈으로 해결할 수 있는 일이 가장 쉬운 일이라던 엄마 말도 떠오르고 눈물이 줄줄 나더라.

청바지 입은 그 귀신 아저씨가 대답하더군.

"진즉에 그랬어야지. 이젠 안 돼. 너랑 노는 게 더 재미있는데? 그동안 사람과 노는 게 이렇게 재미있는 일이란 걸

잊고 살았다고. 못 되돌려."

"그럼《세계와 함께 읽는 월간 역술》좀 보시면 안 돼요? 그거 진짜 잘 만든 잡지예요."

"아니, 그건 그냥 싸구려야. 순 말장난이고 귀신들에 대한 진심이 없다고."

그래서 나는 아무한테도 귀신 이야기를 할 수가 없는 채로(막상 아무도 안 믿었겠지만) 계속 당하면서 살게 된 거야.

그 후로 난 학교도 다닐 수가 없었어. 일단 건강 악화로 휴학계를 냈지. 진짜 건강이 나빠졌어. 온갖 전염성 또는 스트레스성 병이란 병은 다 걸렸다고. 그러니까 할아버지 글은 틀린 거야! 잡지에 실렸던 성호 이익이 성호사설에서 쓴 귀신론이 진짜 귀신에 가까워.

즉, '귀'라는 것은 사람과 마찬가지로 지각이 있고, 사람이 하는 일은 무엇이든 다 할 수도 있다. 또한 귀는 본래 기(氣)이기 때문에 어디든 들어갈 수가 있다. 목석도 통과할 수가 있으며, 신출귀몰하고 변화무쌍하여 물정을 잘 알고 있으므로 사람의 마음속에 들어가서 그 사람의 개인적인 계획을 알아낼 수 있다. 귀신은 사람을 현혹하는 데 큰 흥미를 가지고 있기 때문에 곧잘 상상도 못할 일을 벌여 사람을 속이는 수가 많다.

당의 영창, 송의 경원중, 산이에게 이상한 일이 생긴 것은 모두 귀의 소행이었다. 귀는 때때로 사람의 힘으로는 도저히 상상도 못

할 일을 해낼 수가 있다.

(중략)

물(物)을 넓게 이용하고 많은 정(精)을 취하는 것은 정령신명이다. 신심을 거두어들이고 사고가 올바르고 경망스럽지 않으며 의지가 흔들리지 않고 형통하게 하는 군자, 육신에 권세를 지니고 사람을 다스리는 높은 지위를 가진 자, 무거운 책임을 가진 자 등이 죽으면 그 혼백은 반드시 백성의 존앙을 받는다.

(후략)

그러니까 나한테 나타난 귀신 아저씨들은 죽기 전에 올바르지 못한 사고를 하고 경망스러운 데다 책임감 따위는 개나 줘 버리고 산 인간들이겠지? 할아버지는 귀신이 아무 힘이 없다고 했는데 귀신을 못 본 게 틀림없어. 할아버지 주장도 주의 깊게 읽어야 할 부분이 있긴 했지만 말이야. 다음과 같은 주장은 꽤 신빙성이 있어.

"처녀귀신이라는 말이 있지만 사실 여자들은 '귀'가 되기 힘들다. 인간 세상에 떠도는 귀는 저승으로 떠나지 못한 억울한 원혼이다. 여자들은 역사적으로 억울할 일이 별로 없다. 워낙에 세상 자체가 그들을 억울하게 하기에 억울함은 당연한 것이 되어 그냥 포기하고 죽는다. 그래서 죽으면 지긋지긋한 세상을 빠르게 빠져나가게 마련이다. 인간 세상에 머물 필요가 없는 것이다. 억울함은 내가 가져야 할 것을 못 가졌다고 생각하는 자가 가지는 감정으로 꼭 누려야만 하나 현실적으로 누리지 못한 몇 가지에 대한 원한이 더 클 수밖에 없다. 그래서 인간 세상을 떠나지 못하고 떠돌며 상관없는 곳에 원수를 갚으려는 귀신의 성별을 따진다면 남성에 가까울 것이다."

진짜 나한테 나타난 귀신들도 다 남자들인 거 보면 할아버지 주장이 맞는 거 같기도 해. 그리고 이익 선생 말씀대로 정말 귀신들 해코지는 상상을 초월했다니까. 내 일상은 완전 귀신 아저씨들 판이 된 거야. 난 무엇이 사실이고 무엇이 귀신 장난인지 밝혀내야만 했는데 만져 봐도 냄새 맡아도 알 수 없었거든. 믿을 수 없는 세상이라니 매초 매 순간이 고문 같았어. 삶을 지탱해 주던 평범한 일상이 참 소중했구나. 귀신에게 시달리지 않는 사람들은 참 좋겠다. 위로 전화나 톡을 해 주는 친구들이 있었지만 그것도 다 귀신 장난이었거든. 난 전화도 받을 수 없게 되었단 이야기지. 완전 고립된 거야.

그러다 폐렴이 심해져서 입원까지 했어. 거기서 환우를 만났지. 병원 복도 휴게실에서 만났는데 처음에 델몬트 당근 주스를 주더라. 나랑 동갑 남자애였고 그 애도 폐렴이었고 맛없는 병원 밥이랑 TV 리모컨 독점하는 병실 할머니, 할아버지 들 피해 도망 나와 뒷담화 하느라 킬킬거렸어. 병원엔 귀신 놈들도 안 보였고 그 환우가 워낙 웃기는 애라 위로가 많이 됐어. 퇴원도 같은 날 해서 연락하고 지냈는데 그 와중에 고백까지 받았지 뭐야. 정신도 외모도 완전 최악의 상태였는데 고백하는 남자애가 있다니 나도 너무 힘들어서 도망치고 싶은 마음이 들 수밖에 없었다고. 결심하고 약속 장소로 나갔지. 밝은 그 애가 곁에 있으면 어두운 귀신 아저씨들이 도망갈지 모르잖아. 남 잘되는 거 보기 싫어서 말이야. 그날도 귀신들은 내 모든 걸 내 집 벽에 죽치고 앉아 지켜보더라. 쟤 연애할 건가 봐. 어떤 놈이 미쳤나 보네.

카페에서 만나 녹차를 마시면서 나도 너 좋아해. 목구멍에서 뜨거운 말이 토해져 나왔거든. 왠지 내가 살길은 이 길밖에 없구나 싶어서 쓰디쓴 눈물까지 났어. 그랬더니 그 애 얼굴이 이지러져.

"넌 또 속냐? 멍충아."

머리 가죽부터 살이 반으로 찢어지더니 피고름이 녹아내리고 눈알이 뒤룩대는 허연 해골이 상욕을 쏟아 냈어.

"더러운 년아 이게 믿어지디?"

살가죽이 계속 녹아내려 허연 늑골 안쪽으로 검붉은 심장이랑 보라색 폐까지 훤히 보이더니 펑 심장이 터졌어. 산산조각 난 뼛조각이랑 피랑 살덩어리가 나한테 뿜어졌어. 뼈가 내 얼굴에 박혔지. 욕과 피에 범벅이 돼서 나는 기어서 카페에서 나왔어. 얼굴에서 뼛조각들을 겨우 뽑아

냈어. 너무 아픈데도 그 어떤 감각도 믿을 수가 없더라.

귀신들은 돌아가면서 나를 데리고 놀고 싶어 하더라고. 그건 일종의 귀신 스포츠 경기 같은 거였어. 희롱과 조롱은 한 세트였지. 누가 누가 더 진짜 같은 질감을 만들어 내는가, 내기도 하는 것 같더라. 전기밥솥을 열면 썩은 밥과 우글거리는 구더기가 얼마나 구역질 나는가. 창문을 열고 들이닥친 괴한은 얼마나 사실적으로 위협적이고 위험한가. 볼일 볼 때 화장실 천장에서 블라인드처럼 쏟아져 매달린 우리 모두는 얼마나 경이로운가.

도대체 잡지 폐간한 죄가 이렇게 크다니 말이 안 되잖아? 그게 죄이긴 하냐고! 억울한 아저씨 귀신들의 알 수 없는 억울함이 나한테 몇 배는 뻥튀기돼서 쏟아졌어. 그들에게 나는 마음껏 던지고 부숴도 되는 접시였단 말이야. 접시 인간에게도 마음이라는 것이 있는데, 소중한 마음이라는 것이 있는데, 이렇게 하찮게 다뤄질 거면 도대체 왜 이 마음을 품은 채로 살아가야 할까, 산산조각 난 마음에 맞춰 몸도 산산조각을 내는 게 이치에 맞지 않을까 심각하게 고민했다고. 마음은 손톱 끝, 발톱 끝까지 깃들어 있게 마련이니까. 마음에 금이 가면 몸이 마모된다고.

왜 할아버지는 전 세계 지성인들이 역술 잡지를 봐야 한다는 신념으로 그런 허접한 잡지를 만들고 죽었으면서도 나를 구하러 나타나지 않을까? 귀신 들린 잡지라는 걸 이미 알고 있었을까? 아마 원한 없이 세상 편하게 떠서 멀리 멀리 지구와는 상관없는 저승으로 가셨겠구나. 돌아가신 할아버지가 밉고 너무나 원망스럽기도 했어. 베개를 적시고 있으면 귀신들이 그랬지. 이게 다 니 업보야. 받아들여.

친구들 가족들 그 누구에게도 말할 수 없이 이렇게 죽나 보다 했는데 문득 잡지에 실렸던 무당들 생각이 나더라. 무당들에겐 털어놔도 되는 거잖아? 비밀 보장이 원칙이니까. 굿을 몇 번을 했더라? 그러니까 굿으로 번 돈까지 다 날렸다는 거지. 귀신 들려서 시름시름 앓다 죽는다는 게 뭔지 알겠더라고. 2년을 귀신이랑 같이 사니까 내가 더 귀신 같고 그들이 생생한 생명체 같았지. 나는 넋이 다 빠져서 매일 누워 있었어. 그런데 어떤 애가 등장했지.

한 열두 살 정도 돼 보이는 똘똘한 남자아이였어. 내 침대 머리맡에 서서 나를 내려다보더라니까? 이젠 놀랍지도 않지. 아이 귀신까지 붙었군, 한탄스러운데 그 애가 그러더라.

"저 아저씨들 진짜 나쁘다. 나쁜 놈들이네. 내가 혼내 줄까?"

당연히 믿지 않았는데 저절로 입이 떨어지더군. 일단 어린아이니까 좀 무장해제 되는 것도 있고.

"어떻게?"

"사람은 귀신 못 쫓아. 귀신이 귀신도 처리할 수 있는 거라고."

그 애는 아저씨들처럼 내 방에 죽치고 앉아 있지도 않았어. 일주일에 한두 번 나타났는데 아무 말도 없이 사인펜으로 식물 잎사귀를 그린 조그만 조약돌을 하나씩 가져다줬어. 예쁜 잎사귀를 하나씩 그렸는데 조약돌마다 다 달랐어. 아저씨들은 내 방 벽에 다닥다닥 붙어서 화투를 치다가 그 애가 나타나면 욕을 하거나 귀엽다고 했지. 아이가 사라지면 조약돌이 조용히 속삭였어.

걱정 마. 힘내. 언젠간 끝날 거야. 곧 좋은 일이 생길 거야. 넌 혼자가 아니야.

그렇고 그런 흔하고 뻔한 말. 돌멩이가 하는 말인데도 울컥 눈물이 나더라고. 평소에 아무렇지 않게 하는 인사 같은 말이 누군가에게 얼마나 소중하고 큰 힘이 될 수 있는지 아무도 모를걸.

눈치챘겠지만, 돌멩이들도 입만 놀리면서 가만있진 않더라. 합체해서 돌 괴물이 되더라고. 에휴. 귀여운 조약돌들이 비도 안 왔는데 갑자기 차도로 굴러 내린 낙석처럼 변하더니 아무렇게나 타다닥 붙어서 거대한 발 모양이 됐어. 엄지발가락으로 괴팍하게 엄한 내 침대 다리 한쪽을 차서 부러뜨리더라니까. 참 내. 애가 어찌나 즐거워 보이던지. 낄낄거리면서 귀신 아저씨들이랑 하이파이브 하는 건지 뭔지……. 여전히 접시 마음은 귀신들이 보기엔 후려치고 깨트리기 좋은가 보네. 귀신 들린 집이란 소문이 났는지 별별 귀신이 들어오는군.

뭐 처음엔 진짜로 내가 좀 불쌍하고 마음도 쓰였겠지만 귀신은 귀신인 것이지. 사람을 우습게 보는 존재들. 마음대로 해도 되는데 그 빌어먹을 원한에 찬 마음이 이끄는 대로 안 하기가 쉽겠냐고. 사람이 이렇게까지 물건일 수도 있구나 싶더라. 내 소중하고 비싼 마음이 아까워서 눈물이 났어.

비스듬한 침대에 누워서 귀신들 웃음소리를 자장가 삼아 울다가 잠이 들었는데 꿈에 할아버지가 나왔어. 어릴 때 봤던 그 얼굴로 체크체크 패션을 입고 계셨어. 낙타색 잔 체크무늬 바지에 갈색이랑 남색 굵은 체크무늬 자켓을 걸치고선 할아버지가 말씀하셨어.

"아영아. 일어나. 할아비가 늦어서 미안하다. 할아비는 귀신이 아니라 이리로 내려오는 게 쉬운 일이 아니었어. 놈들 모르게 말이야. 할아비 있는 곳에서는 사흘이 지났는데 여기서는 상당한 시간이 지났을 거야. 적당한 통로가 아니면 제대로 된 메시지를 전달할 수 없지. 그 통로는 우주에서 가장 만들기 어려운 길이야. 쉽게 생기지 않는단다. 또 영의 세계는 너무나 혼탁하여 어떤 나쁜 기가 붙어 방향을 바꿀지 모르거든. 가장 안전한 것이 꿈으로 연결되어 모든 시공간과 완벽하게 단절된 길이야. 귀들은 이 길과 꿈만은 볼 수 없지.

음, 이제부터 할아비가 하는 이야기 잘 들어라. 우선 잠지를 잘 이어 줘서 고마웠다. 너를 선택한 것은 네 혼이 무르면서도 강해서야. 네 또래 다른 젊은이들이 다 그렇지만 말이다. 무름으로 세계의 희와 비를 흡수해 폭발적으로 커질 수 있는 가능성이 있지. 젊음이란 그런 것이다. 지금도 이렇게 견디고 버티고 있잖니. 네 아비라면 진즉에 죽었을 거다.

사실 잡지는 귀도 모르게 귀를 잡아 가두는 물건이었어. 억지로 가두면 어떻게든 도망치는 게 귀야. 그래서 악귀를 잡아 두려고 약을 친 거지. '지성인'이라는 말에는 겉으로는 보이지 않는 수많은 결계가 그물처럼 켜켜이 겹쳐 숨겨 있어 귀들을 끌어당기지. 또 잡지 안에도 그런 단어가 가득 차 있다. 하지만 그 효과는 짧으면 100일에서 200일이라 계속 새 잡지를 만들어야 했어. 그 결과 귀들은 잡지 중독이 되어서 잡지 속 세상에서만 살았던 거다. 스스로 만든 감옥만큼 나오기 힘든 감옥은 없지. 그런데 잡지가 폐간된 거야. 한 잡지가 열에서 천까지 귀신을 잡아 둘 수 있었는데 말이다. 잡지에서 풀려나온 귀들은 필연적으로 사람을 괴롭히게 되어 있다. 너뿐만 아니라 약한 사람들을 괴롭히고 있어. 그래서 귀가 생명을 죽이면 그 혼백은 그냥 흩어져 버리고 귀는 더욱 강해지거든. 젊은이와 아이 들이 피해를 보게 되어 있어 큰일이다.

이 일을 해결할 것도 너뿐이니 어떡하겠니. 미안하다. 퇴마철을 찾아. 이럴 때를 대비해서 10만 년 전 비법대로 만들어 놓은 거니까. 이 세상에 늘 존재하던 물건이란다. 실은 역사란 귀와 생의 끝없는 전쟁으로 이뤄졌어. 이제야 생이 우위를 점령하게 되었는데 이렇게 허를 찔릴지 몰랐지. 월간지를 만든 것은 귀의 짓이었다. 그 악귀 대마왕이 사람을 꼬여 잡귀들을 풀어내려고 월간지를 만들게 한 것이지. 세상에서 자기 세력을 확장하고 무고한 사람들이 죽어 나가게 하려고……. 귀들이 득세한 세상은 아무것도 믿을 수 없게 된다. 모든 가치와 아름다움은 허상일 뿐인 곳이 되지. 그런 곳에선 두려움만이 실체가 되는 거야.

미리 이야기하지 않은 것도 미안하구나. 아무것도 모르는 너희들에게 이 모든 것을 이해시킬 수는 없었단다.

퇴마철을 이용해. 귀신은 사람보다 약한 것이 맞다. 육신을 가진 사람은 지구 상에서 가장 강력한 존재라는 것을 잊지 말아라. 강하므로 보호하고 사랑하고 지킬 수 있는 거야. 귀들은 마음을 해할 뿐이야. 무너진 마음은 언제든 우주를 숨 쉬는 육신의 힘으로 다시 일으켜 세울 수 있다. 오늘 내가 해 줄 수 있는 말은 여기까지다. 다시 오마. 아마 몇 년 후가 되겠지."

할아버지를 바라보면서 눈을 번쩍 떴어. 눈앞에 할아버지는 없지만 할아버지의 한 마디 한 마디가 머리에 콕콕 박힌 것 같았어. 난 바로 일어나 파자마 차림으로 버스를 타고 엄마 아빠 집으로 갔어. 내 퀭한 얼굴을 보고 엄마 아빠가 구시렁댔지만 바로 할아버지 방으로 달려갔어. 할아버지 물건이 아직도 남아 있는 방. 어둑한 방구석 유리문이 달린 책꽂이에 오래된 잡지들이랑 발명품들이 가지런하게 놓여 있어.

난 1981년 창간호를 꺼냈어. 《전 세계 지성인이 함께 보는 계간 역술》 봄 호. 표지는 거대한 당산나무 가지에 흰색, 검은색, 노란색, 파랑색, 빨간색의 긴 천들을 묶어 길게 늘어트린 사진이야. 퇴마철은 1981년 잡지가 창간되면서 같이 나왔거든. 표지를 넘기니까 바로 표지 뒤에 한 페이지 가득 광고가 실렸어.

국산 철 100퍼센트. 대를 이어 쇠를 다룬 장인. 세계 최고 제련 기술 보유자 모래내 대장간 대장장이가 땅을 녹이는 불과 땅을 얼리는 물로 단련시켜 3000번을 두드린 강력한 철! 그 철에 깃든 밝은 기! 악귀를 쳐부수다! 여러분은 악귀가 아닙니다!

절찬리 판매 중 990원.

그리고 한쪽으로 갈수록 가늘어지는 검은색 쇠꼬챙이 사진이 있어. 나는 책장 한쪽에 길게 누운 채 쌓여 있는 꼬챙이를 하나 집어 들었어. 생각보다 묵직하고 무거워. 아랫부분엔 종이가 접혀서 말려 있고 스카치테이프로 붙여 놨는데 스카치테이프가 누렇게 변했어. 스카치테이프는 부서졌어. 나는 종이를 벗겨서 펼쳐 봤지.

사용법

1. 퇴마철을 두 손으로 잡는다.

2. 바로 서서 다리를 어깨너비로 벌리고 퇴마철을 상체와 평행하도록 세운다.

3. 눈을 감고 집중하여 주문을 크게 외우고 귀신을 후려치거나 귀신 형상을 찌른다.

ー 주문은 꼭 외워서 크게 말하여야 하며 거짓으로 외워서는 안된다.

ー 이것은 귀신의 기를 흩어 귀를 저세상으로 보내는 것이다.

주의: 귀신이 없는 곳에서는 작동하지 않음.

<주문>

…….

…….

주문은 검붉은 색 글씨로 인쇄했어. 이 모든 것을 보며 너무나 유치한 사기가 분명하다고 어처구니가 없어 허탈하게 웃었던 적이 있다는 것이 믿기지 않았어. 지금은 목이 멜 지경으로 감동이거든.

글씨 색처럼 검붉게 녹이 슨 퇴마철도 손에 쥐어 봤어. 비릿하고 서늘한 피 냄새가 났어. 길이는 60센티미터 정도

되고 두께는 손잡이 부분이 지름 3센티미터 정도고 위로 올라갈수록 가늘어져서 뭉뚝한 끝은 지름이 1센티미터야. 녹이 슬어서 손에 갈색 녹이 묻어났지. 나는 퇴마철을 챙기고 버스 안에서 주문을 몇 번이나 읽고 외웠어. 엘리베이터 안에서도 속으로 몇 번이나 외웠는지 모르겠어.

문을 열고 들어오니까 귀신 아저씨들이 잔뜩 화가 난 표정이야. 아저씨들 옆에 천진난만한 표정으로 서 있는 어린이도 있어.

"무슨 꿍꿍이야? 왜 부모 집에 가서 그 이상한 물건을 들고 온 거지? 냄새가 수상한데?"

"저거 어디서 많이 보던 건데 뭐더라?"

세계에서 가장 강력한 퇴마철을 시험해 볼 시간이야. 배낭에서 퇴마철을 꺼내 두 손으로 꼭 잡아 몸 가운데 세워 들었어. 퇴마철은 내 얼굴 목 심장을 가로질러 똑바로 섰지. 눈을 감고 주문을 외웠어.

"정각도원(正覺道源) 진리의 근원을 올바로 깨달아

체지체능(體智體能) 몸의 지혜와 능력으로

선도일화(仙道一和) 하늘의 도와 하나가 되어

구활창생(求活蒼生) 세상 모든 생명을 구하리라!"

정말 배 속이 뜨거워지도록 뭉클했어. 그리고 눈을 떴지. 아저씨들은 다들 눈을 끔뻑이면서 굳어 있더니, 곧 배꼽을 잡고 웃어 젖히더라. 아무것도 달라진 게 없어. 뭐가 잘못됐지? 뭐야? 다 사기고 장난인가? 순간 의심스러워.
나는 개꿈을 꾼 것인가. 에잇, 모르겠다.

난 퇴마철 끝으로 항상 제일 앞에 있는 키 큰 아저씨 똥
배를 쿡 찔렀어. 근데 신기하게 날카로운 칼로 찌른 것처럼
퇴마철이 아저씨 뱃살을 헤집고 살 속으로 빨려 들어갔어.
철을 훅 잡아 뺐지. 붉은 피가 솟구쳐. 멍하던 아저씨 얼굴
이 고통으로 일그러져. 배를 움켜쥐고는 겨우 말을 뱉어.

"으윽 그, 그, 게 뭐야. 이럴 수 없는데……."

나는 좀 정신이 나가서 퇴마철로 다시 아저씨 배를 찔렀
어. 쑥 철이 밀려 들어가.

"욱!"

다시 철을 뺐어. 물컹한 느낌이 좋아. 정신없이 아저씨
배를 찔렀어. 팔이 아플 정도야. 한 서른 번은 쉬지 않고
찌른 것 같아. 나는 피범벅이 됐어. 아저씨 몸에서 피가 콸
콸 쏟아지면서 아저씨는 물주머니처럼 쭈그러들었어. 바닥
에 깔렸지. 마룻바닥에 흐르는 아저씨 형상은 꼭 피 위에
뜬 마블링 같아. 눈 코 입 귀 엉덩이 팔 다리가 핏물 위에
뒤엉켜 부유해.

난 바로 옆에 서 있는 뚱보 아저씨 목도 베었어. 뭉뚝한
쇠꼬챙이가 이렇게 예리하고 날카로울 수가 있을까? 목이
반쯤 잘려서 피가 천장으로 솟구쳐. 뚱보는 추락하려는 머
리통을 잡고 어쩔 줄을 몰라. 내가 어떻게 해야 할지 알려

췄어. 머리통을 잡고 있는 손을 잘라 버렸지. 머리랑 손이 바닥에 툭 떨어져. 나는 오른손에 퇴마철을 쥐고 멍청하게 서 있는 몸통을 난도질했어. 살점이 회 조각처럼 사방으로 튀었지. 뚱보도 피시시 바람 빠지듯 몸이 쭈그러들어 바닥을 기었어. 난 점점 더 기분이 가라앉고 차분해지는 느낌 속에서 다음 상대를 향해 퇴마철을 휘두르려는데 다른 아저씨들은 겁에 질려서 순식간에 사라져 버렸어. 바닥에 핏물이 돼 깔린 귀신들은 타는 것처럼 부글부글 끓더니 연기가 돼 없어지더라. 다 사라졌는데 아이만 뚱한 얼굴로 제자리에 서 있어.

"넌 왜 안 가고 그래?"

난 겨우 숨을 몰아쉬고 물었어.

"네가 나한테 할 말 있을까 봐."

"어 맞아. 실은 할 말이라기보다 부탁이야. 너는 타락하지 마. 제자리로 돌아가. 다시는 아무에게도 나타나지 마. 사람 우습게 보는 저런 쓰레기가 되지 말라고."

아이는 한쪽 입꼬리를 올리면서 픽 웃더니 사라졌어.

텅 빈 원룸 여기저기를 봤어. 내 공간이 이렇게 넓었나 싶더라. 귀신은 너무 쉽게 안 보이게 됐어. 그동안 셀 수 없던 고통은 어딘가 숨어 있겠지. 거울을 봤어. 내 눈이 붉게 빛나고 있어. 흰자도 눈동자도 다 새빨간 색이야. 이도 난 거 아냐? 입을 아 벌려 보니까 그냥 뭉뚝하고 네모난 초식

동물 치아들이 제자리에 있어. 금방 얼굴의 핏자국이 스르르 없어지고 눈도 다시 희고 검게 변했어.

이제 내 눈앞엔 그저 망가진 침대, 물건이 어지럽게 쌓인 책상, 더러운 방이 보일 뿐이야. 아무것도 없어. 쓰레기뿐이야. 방을 치웠어. 세상으로 나온 귀신들이 어딘가에서 누군가를 마음껏 괴롭히고 죽음으로 몰아갈 걸 생각하면 아무것도 달라지지 않은 것 같아.

이제 뭘 어떻게 해야 할까? 잡지로 다시 귀신을 끌어들여야겠지? 무조건 다시 잡지를 내자. 돈을 벌어야겠어. 또 귀신을 퇴치하는 법을 알려야겠지. 괴롭힘 당하고 있는 사람들은 어떻게 구해야 해? 그들은 분명 이 세상 구석에 혼자일 텐데? 아 씨발, 지금도 괴로워서 죽음으로 걸어가야만 하는 사람들이 있겠지. 어떡하면 좋을까? 우선 인스타그램에 전 세계에서 가장 강력한 퇴마철을 광고해야겠어. 무조건 내가 구해 준다고 해야겠어.

잘 부탁드립니다

브릿G에서 2020년 11월 발표

유파랑

하루 종일 16인치 노트북 앞에 앉아 낮에는 코드를 밤에는 소설을 써낸다. 새와 나무와 동물을 좋아하고 다정함이 가득한 세계를 꿈꾼다.

스타트업에 합류한 지 이제 두 달이 지났다.

"서버에 고사를 지내자고요?"

성공이나 돈을 바라며 온 건 아니다. 그저 정글에 가 보고 싶었을 뿐. 새롭고 어렵고 멋진 것. 그런 걸 하고 싶었다. 뜨끈한 권태감에 푹 퍼져 있다가도 몸서리가 쳐졌다. 이렇게 안주하기에 나는 아직 너무 젊잖아. 그렇게 이직에 성공했지만, 새로 구비한 여섯 대의 서버 컴퓨터에 회사의 성공을 기원하는 고사를 지내자는 제안을 듣자 깨달아 버렸다. 나는 정글에 온 게 아니라 도를 아십니까에 끌려왔다는 것을.

"서버한테 잘 부탁한다고 말하는 거죠. 아 글쎄 내가 전에 있던 데서 나오려다 스톡옵션이 아까워서 마지막으로 고사라도 한번 해 보자, 하고 족발 사 와서 했더니⋯⋯."

"했더니?"

"다음 날 우리 앱 다운로드 수가 5000건이 넘은 거 있죠?"

앱 개발자 주성이 냉면을 후루룩 먹으며 말했다. 타코야키 같은 노릇한 민머리를 뽐내는 그는 올해로 마흔. 시도 때도 없이 과거의 스톡옵션 자랑을 할 때면 나불대는 조동아리를 콕 나무 꼬챙이로 쪼아 버리고 싶다. 그나마 타코야키는 맛있기라도 하지.

"그게 무슨 개소…… 아니, 컴퓨터에 지박령이라도 산대요?"

오늘은 너무 당황해서 비속어가 나올 뻔했다. 하루에 한 번씩은 꼭 누군가 이상한 소리를 한다. 그러나 몽상과 아이디어는 한 끗 차이라 했던가. 개중에 참신한 생각이 나와서 삽시에 프로토타입까지 뚝딱 만들어 내는 게 스타트업의 묘미긴 했다.

"돼지 발이 아니라 머리로 했으면 코스피 상장했겠네요."

모두가 웃음을 빵 터뜨렸다. 봄에 고등학교를 졸업하자마자 이곳에 취업한 신입 개발자 지원이었다. 앳된 얼굴의 지원 덕분에 이곳엔 특이한 사칙이 하나 있다. 바로 회식할 때 사원증을 목에서 빼지 않기. 지원의 첫 출근 날 호프집에서 환영 회식을 하던 중 경찰이 들이닥쳤다고 한다. 아저씨들이 어린 여자애를 하나 데리고 소맥을 말자 주인이 경찰을 부른 것이다. 가출 청소년 혹은 성매매 같은 걸 의심했으리라. 가끔은 이 업계의 극단적인 성비에 한숨이 나온다. 그 자리에 여자 어른이 한 명이라도 더 있었으면 괜찮았을 텐데.

"그래, 머리! 그땐 회사에 돈이 없어서 족발로 했는데, 내가 왜 그 생각을 못 했지?"

주성은 감탄 섞인 탄성을 내뱉었다. 무언가 깨달았다는 듯이 눈동자가 반짝였다. 이 사람 진심인가. 앨런 튜링이 이걸 보면 저승에서 스틱스강을 헤엄쳐 건너올 텐데. 불안감이 엄습하던 귓가에 짝짝 소리가 들려왔다.

"저 나가 봐야 하는데 다 드셨으면 일어나시죠."

파트너 매니저로 일하는 상철이 손뼉을 치며 바쁜 체를 했다. 파트너 매니저라, 멋진 직함이지만 뭘 하는지 알 수가 없었다. 매일같이 외근이랍시고 끼니 때마다 나가서는 월말이면 법카로 긁은 음식점 영수증만 한 뭉치 들고 나타나는 걸로 봐선 낙하산이 아닐까 싶었다. 알고 보면 대표의 사촌이라든가, 아니면 뭔가 큰 약점을 쥐고 있다든가.

안정적인 직장을 내던지고 뛰어든 이곳은 푸드테크 스타트업이다. 원래 푸드 테크놀로지라는 단어는 식품 자체에 관한 기술을 뜻해서, 우유 브랜드로 유명한 파스퇴르의 저온살균법이나 통조림의 발명 같은 게 푸드테크에 해당된다. 하지만 스타트업 세상에선 먹는 것에 관한 모든 기술이 푸드테크로 통칭된다는 것을, 나 역시 이직을 준비하며 처음 알았다.

충청도 과수원 집 자제인 대표는 유독 못난 것들에 애정이 많은 사람이다. 태풍을 이겨 낸 못난이 사과 같은 것들 말이다. 첫 면접 때부터 나를 맘에 들어 했는데 나도 그 못난 것 중 하나일려나. 아무튼 고향 과수원의 B급 과일을 팔 가게를 열려다가 수도권의 비싼 임대료에 좌절한 그는 아예 새로운 시장을 열겠다는 포부를 품고 산지에서 식탁까지 생산자와 소비자를 연결하는 식료품 플랫폼 비즈니스를 시작했다. 물론 플랫폼 비즈니스는 희망사항일 뿐, 현실은 영세한 온라인 식료품 쇼핑몰이다. 뭐, 괜찮다. 실리콘밸리의 거물들도 모두 누구누구네 집 차고에서 시작했지 않았던가. 우리도 아직은 대표의 고향 인맥이랑만 알음알음 판매계약을 맺었고 서비스 지역도 대전, 세종, 서울, 인천으로 한정되어 있건만, 신기하게도 찾아 주는 고객이 꽤 있었다.

미래가 보이는 곳이었다. 함께 성장하고 싶었다.

서버에 고사를 지내자는 건 글쎄.

여하튼 그것만 빼면 다 괜찮을 것 같았다.

*

어느덧 퇴근 시간이 지나고도 해가 한참을 떨어지지 않더니, 본격적인 여름을 앞두고 하지(夏至)가 다가왔다. 화이트칼라 노동자로 계절이라고는 덥네, 춥네밖에 모르고 살던 내가 각종 절기를 외우게 된 건 이 회사에 오면서부터다. 절기는 아주 좋은 마케팅 포인트였다. 특별한 날엔 마땅히 특별한 음식이 함께해야 하지 않겠는가.

와 여름이다!
지 - 옥 더위를 이겨 낼
하지 - 옥수수 판매 시작!

덕분에 지난 며칠간은 요상한 개그감각의 문구가 떠워질 팝업창에 연결되는 이벤트 기능을 개발하느라 여념이 없었다. 피곤한 와중에 웃기기도 했다. 웬 일기예보에서나 들던 동양 절기가 인생을 이렇게까지 바쁘게 만들지는 상상도 못 했는데 말이다.

여느 때처럼 머그컵을 들고 탕비실로 발걸음을 옮기던 참이었다. 수면부족으로 뻑뻑한 눈을 비비며 출근 의례의 마지막 단계로 커피 한 잔을 내리려는데, 컵안쪽으로 누렇게 찌든 크레마 자국이 눈에 들어왔다. 나는 커피머신 앞에 우두커니 서서, 설거지를 미루면 돌아오는 그 작은 업보를 노려보았다.

컵은 일종의 세이브 포인트이다. 모험 게임에서 특정 NPC에게 말을 걸면 원이 빙글빙글 돌면서 '잠시 기다려

주세요…… 저장되었습니다!' 하는 메시지가 뜨고 데이터가 저장되듯, 나도 퇴근 직전에 컵을 뽀득하게 씻으며 일과를 마무리하곤 했다. 컵과 함께 그날의 마음도 책상 한 편에 올려두고 나면 아무리 고약한 하루라도 결국 끝이 나는 법이었다. 설거지의 교훈이라고 까지 얘기하면 너무 거창할까 싶지만, 루틴이 있다는 건 지속 가능한 직장 생활에 도움이 된다. 무엇보다 아침에 깨끗한 컵을 보면 기분이 좋아지니까.

그러나 그땐 미처 몰랐다. 아침마다 깨끗이 닦인 컵을 만나는 것조차 여유와 체계가 있는 곳에서 부리는 사치라는 걸. 이직 후 첫 금요일에 달빛이 걸린 창문 아래로 모니터에 비치는 멀건 얼굴을 발견하고 주위를 둘러보니 다른 모니터에도 퀭한 얼굴이 저마다 하나씩 떠 있었다. 도전 정신이니 신대륙 발견이니 스타트업은 21세기의 콜럼버스로 비유되는데, 사실은 기착지도 모르고 죽어라 돛을 오르내리다가 탈진하는 선원들이 가장 적절한 대칭점이었다. 꿈은 원대하지만 기한은 짧고 돈은 떨어져만 가는데 이것도 중요하고 저것도 중요하고 그것도 중요하며 어디서 적당히 기착할지도 모르는 채로 모두가 눈 앞의 일에만 매달려 있었다.

컵을 대충 씻고 얼음을 찾아 비좁은 냉동 칸을 열었다. 손을 들이밀자 얼음칸 대신 수상한 검은 비닐 봉지가 떡하니 제자리마냥 손을 맞이했다. 거 누군지 냉장고 혼자 쓰나, 투덜거리며 봉지를 살살 피해서 얼음 칸으로 손을 뻗을 때였다.

쾅! 쾅! 쿠당탕탕!

아슬아슬하게 놓여 있던 검은 봉지가 요란하게 떨어졌다. 적갈색 직육면체가 봉지에서 불쑥 튀어나와 똑또르르 하고 컬링 스톤처럼 바닥으로 미끄러졌다. 그때 탕비실 문이 끼릭하는 소리와 함께 활짝 열렸다. 문 틈으로 나타난 주성의 얼굴은 땀범벅이었다.

"아이고 덥다. 안녕하세요! 그거 보셨네요."

"웬 벽돌이에요?"

"편육이에요. 고사상에 올리려고요."

냉동실의 한기가 가슴속을 관통했다.

"이번엔 진짜로 돼지머리 구해 보려 했는데 정육점 사장님한테 핀잔만 들었어요. 요즘 누가 그런 걸 사 가냐며…… 최대한 머리랑 가까운 거 달라고 했더니 목살 편육을 주시네요. 머리 필요하면 이틀 전에는 말해 달래요."

"……진심이었어요?"

"하짓날 가기 전에 해야 좋지 않겠어요? 이따 12시에 시작하려고요. 고기도 녹이고 과일이랑 떡이랑 전도 사 오고. 냉동이어도 국내산 원플러스 암퇘지라 맛있을 거예요. 끝나고 같이 옥상 가서 먹어요."

손가락을 접으며 더 필요한 음식을 세는 주성을 멍하니 바라보다가 그대로 탕비실 문으로 향했다.

"커피 안 드세요?"

"네. 잠이 깨서요."

*

"아메리카노랑 소시지 페이스트리요. 먹고 갈게요."

예고대로 12시가 되자 주성이 서버에 고사를 지내자며 프로그래머, 디자이너, 기획자, 마케터 들을 하나둘 불러 모았다. 나는 점심 약속이 있다는 핑계를 대고 홀로 회사 앞 카페로 나왔다.

"그거 한다고 매출이 올라? 천재 프로그래머로 변신이라도 시켜 준대?"

서울, 시애틀, 바르샤바, 케이프타운, 텔아비브. 세상의 온갖 똑똑하고 꿈 있는 사람들이 모여 만드는 스타트업들 중 몇이나 살아남을까. 접속되지 않는 홈페이지 주소만 남기고 사라지는 게 대부분이다. 머리를 한데 모아 다음 스텝을 도모해도 모자랄 판에 미신에 빠져서 컴퓨터에 돼지 머리, 아니, 편육을 바치면 우리만 살아남을 거라 기대하다니. 21세기 기복신앙이란 이런 것인가. 여름 가뭄이라 과수 농가들이 울상이라던데, 매입 단가를 낮추려면 차라리

기우제를 지내는 게 매출에 더 도움이 되지 않을까. 카페인에 지끈거리는 눈두덩을 누르자 깜깜해진 눈앞으로 서버실의 모습이 영화처럼 펼쳐졌다.

모터 소리로 시끄러운 방 안. 거대한 서버들이 금속 진열대에 칸칸이 놓여 있다. 검은 사제복을 걸친 사람들이 모여든다. 팬에서 나오는 세찬 바람에 주성의 옷깃이 흩날리며 스산한 분위기를 풍긴다. 제단처럼 놓인 간이 의자에 해동된 편육과 시루떡, 눅눅한 부침개, 서툴게 깎은 사과가 놓여 있다. 주성이 천천히 무릎을 꿇고 두 팔을 만세하듯 올린다.

주성: "비나이다 비나이다. 서버신(神)이시여. 1000만 사용자를 찍게 인도하시고 더 좋은 서비스를 만들 지혜를 주소서. 그때까지 무탈하소서. 비나이다. 아멘. 관세음보살."

동료들 일동: (손을 싹싹 비벼 대며) "비나이다 비나이다 비나이다……."

파뜩 놀라며 상상에서 빠져나왔다. 주성의 눈동자가 난데없이 파랗게 빛나며 이쪽을 노려보길래 나도 모르게 비나이다, 하고 읊조릴 뻔했다. 어젯밤 인기리에 종영한 중세 판타지 미드를 시청한 부작용일 것이다. 커다란 서버 장비

앞에서 굽실거리며 파리처럼 손바닥을 비비던 동료들의 모습이 떠오르자 속이 쓰려 왔다.

"전기 먹는 서버에 고기와 떡이라니, 이건 IT 업계를 지탱하는 과학기술에 대한 배신이야. 알 만한 사람들이 어떻게 그럴 수 있어."

얼음이 다 녹아서 미지근해진 커피가 여름밤 맥주처럼 꿀꺽꿀꺽 들어갔다.

*

"예? 월세 지원이요?"

거짓말처럼 회사에 좋은 일이 생기기 시작했다. 중소기업진흥청의 벤처기업 대상 사무실 임대료 지원 사업에 선정된 게 그 첫 번째였다. 처음엔 담당 공무원의 전화를 보이스피싱으로 의심하기도 했다. 그 정도로 경쟁률이 높았기에 기적 같은 일이었다. 며칠 후엔 제주도로 출장 간 대표가 해녀 협동조합과의 계약이 순조롭게 진행돼서 마지막 도장만 남았다는 희소식을 전해 왔다. 첫 해산물 계약에 모두가 흥분을 감추지 못했다.

다음 날엔 지난달 입찰에 참가했던 국책 연구사업을 모두 따냈다는 메일이 날아왔다. 정부에서 벤처기업을 지원한다는 명목으로 흩뿌리는 IT기술 연구과제와 국책사업들은 당장 목이 마른 스타트업들을 먹여살렸고, 우리도 그 가운데 하나였다. 자신이 만들어 낸(적어도 그는 그렇게 믿는) 겹경사에 들뜬 주성은 달콤한 주전부리를 잔뜩 사 왔다. 지원은 그날 고사상에 올린 사과를 예쁘게 깎았으면 더 영험했을 거라든가, 서버 장비 제조국의 제철 과일인 아보카도를 놓았으면 서버신이 더 좋아했을 거라든가 하는 수다를 점심마다 재잘재잘 늘어놓았다.

그즈음부터 내게는 미스터리한 일이 벌어지기 시작했다. 처음엔 사소했다. 펼쳐 둔 책이 몇 장 넘어가 있다든가. 의자가 미세하게 7도가량 기울어져 있다든가. 그러나 어떤 날에는 노트북에서 작업하던 코드 프로그램의 글자 커서가 한참 위로 올라가 있었고, 메모 앱이 열려서 마지막 수정 시각이 달라져 있기도 했다.

하지만 노트북에는 비밀번호가 걸려 있었다. 괜히 동료들을 떠봤다가 의심하는 분위기를 풍기고 싶진 않았고, 기껏 말을 꺼내도 "혼자 고사 안 지내 놓고 혜택은 같이 보니까 서버신이 노한 거 아닐까요?" 같은 헛소리나 들을 게 분명했다. 제멋대로 돌아가는 컴퓨터와 귀신을 믿는 동료들이라니, 올해의 IT 스타트업 괴담 후보다. 아니지, 진짜 IT 스타트업 괴담을 모으면 귀신 따위가 뽑히진 않으리라. 진짜배기는 다 사람이 할 게 뻔하다. 그 사람, 설날 이후로 추석까지 집에 돌아오지 못했대. 그 사람, 벌써 반년째

월급이 밀렸대. 고객정보 해킹당한 그곳, DB 비밀번호가 123456789였대. 잘나가던 그곳, 대표가 투자금 뽑아서 해외로 튀었대. 꺄악!

나는 비밀번호를 바꾸고 이 문제를 잊어버리기로 했다. 요즘 워낙 정신이 없으니 범인은 나일지도 몰랐다. 내가 해놓고 까먹었겠지 뭐. 그렇게 생각하니 마음이 한결 편해졌다.

*

고사를 지낸 지 열흘째 되던 밤이었다. 자정이 넘은 시각에 갑자기 휴대폰이 울려 대며 뜨거워졌다.

> [00:21:04] Server-Bot: [Alert] Exceeded 80% of Max Request Limit!
>
> [00:22:01] Server-Bot: [Alert] Exceeded 81% of Max Request Limit!
>
> [00:23:02] Server-Bot: [Alert] Exceeded 85% of Max Request Limit!

회사 메신저였다. 홈페이지 트래픽이 한계치에 가까워지면 오는 경고 알림이다. 이 시간에 방문자가 폭주할 리는 없고, 설마 디도스나 해킹인가? 급하게 노트북을 켜서 확인해 봤지만 다행히도 이상은 없었다. 하지만 여기서 끝이 아니다. 만약 트래픽이 한계치를 넘어 서버가 다운되면 가뜩이나 귀여운 매출이 더욱 앙증맞아질 게 분명하다. 나는 졸린 눈을 비비며 클라우드 설정 페이지에 들어가서 최대 노드 수를 네 배로 늘려놓았다. 이 정도면 내일 아침까지는 괜찮을 것이다. 버그만 없다면.

다음 날 출근하자마자 보인 건 주성의 책상에 모여 웅성대는 사람들이었다. 잔뜩 흥분한 듯한 지원이 어서 와서 이걸 좀 보라며 내게 손짓을 했다. 모니터에는 옥수수 사진이 떠 있었다.

어제 산 초당옥수수 영업하러 왔습니다.
때깔 곱고 탄탄해요 그냥 먹어도 되는데
쪄서 냉장고에 뒀다가 먹으니까
달달 아삭하고 시원하고 아 진짜 넘맛
미쳐 부려. 멈출 수가 없어……!

트위터였다. 우리 쇼핑몰에서 구매한 옥수수를 홍보하는 트윗이었고 그 아래에는 쇼핑몰 좌표를 요청하는 무수한 답글이 달려 있었다. 리트윗 수가 무려 5389회. 그제야 어젯밤 디도스의 범인을 알 수 있었다. 해커가 아니라 진짜 고객이었다.

"이참에 내돈내산 이벤트 같은 거 할까요?"

소식을 듣고 몰려온 마케터와 기획자가 새로운 기획안을 우다다 쏟아 냈다.

"구매 통계 페이지 좀 띄워 봐 주세요. 세상에 20,000건?"

나는 주성의 마우스를 빼앗아 이리저리 움직이며 상세 지표들을 눌러 보았다. 이 회사에 들어온 이후로 처음 보는 수치들에 심장이 벌렁거렸다. 주성은 옆에서 흐뭇하게 웃고 있었다.

"으흐흥, 진짜 고사 효과가 좋다니까요? 그때 같이 하셨으면 더 효험이 컸을 텐데…… 머릿수가 중요하거든요. 다음에는 진짜 같이 하기예요?"

*

서버신이 내린 축복에 모두들 곱절로 바빠졌지만 활기가 넘쳤다. 현실에서도 입소문을 탔는지 매출은 급격히 상승 중이었다. 지원은 오늘도 가장 일찍 출근하고 가장 늦게 퇴근했다. 역시 이십 대는 다르다고, 사람들은 제각기 뻐근한 어깨와 허리를 두드리며 지원의 열정에 감탄했다. 한번은 왜 대학에 진학하지 않았는지 누군가 눈치 없이 묻자 지원은 빨리 사회에 나오고 싶었다고 대답했다. 지루한 대학 강의와 등록금 고지서보다는 역동적인 세상과 급여 명세서가 더 좋다고.

나도 태어나서 처음으로 출근길이 설레기 시작했다. 이렇게 신나게 일하는 건. 신입 시절 이후로 처음인 것 같았다. 이미 정해진 프로세스에 내가 부품처럼 끼는 게 아니라, 세상에 없던 것을 내 손으로 하나하나 만들어 나가는 쾌감은 대단했다. 힘들어도 이 맛에 스타트업을 다니는구나 싶었다.

화장실을 다녀오다가 서버실을 발견하고 우뚝 멈춰 섰다. 그날 밤 그렇게 많은 트래픽이 몰렸는데도 뻗지 않은 게 기특했다. 한번 구경이라도 하자는 마음에 살며시 문을 열자 비행기 이륙 소리가 복도로 울려 퍼졌다. 선풍기 정도의 소음을 상상했건만 몇천만 원짜리 기계를 너무 얕본 모양이다.

"어…… 안녕하세요, 리드 프로그래머 신선우입니다. 농장부터 식탁까지 실시간으로 생산과 배송을 추적하는 저희 기술을 소개하겠습니다."

나는 서버실 안으로 들어서서 귀를 틀어막고 중얼거리기 시작했다. 트위터 사건 이후 많은 벤처캐피털에서 연락이 왔고, 그중 제일 큰 곳과 오늘 오후에 미팅이 잡혀 있었다. 사람을 훤히 꿰뚫어 보는 눈을 가진 것으로 유명한 그 대표 앞에서 프레젠테이션을 할 생각에 며칠 전부터 속이 울렁거렸다. 공기의 흐름이 갑자기 달라진 건 그때였다. 등 뒤로 무언가 스르르 지나가며 서늘한 냉기를 흘렸다. 오싹한 느낌에 목 뒤의 피부가 닭살처럼 곤두섰다. 나는 아주 천천히 뒤로 돌았다.

"하."

서버였다. 정확히는 서버의 뒷면이었다. 온도가 높아졌는지 팬이 세차게 돌기 시작한 것이었다. 나는 참았던 숨을 내쉬며 옆 의자에 털썩 주저앉았다. 귀신, 혹은 그 어떤 초자연적인 존재를 상상했던 건가. 헛웃음이 밀려왔다. 내가 너무 단물만 빨아먹어서 정말로 노한 서버신이 바람처럼 뒤통수를 한 대 갈겨 버렸는지도 모르는 일이었다. 매끈한 금속 면과 넝쿨처럼 뒤엉킨 원색의 전선 뭉치를 멍하니 바라보고 있자니 다시 한번 웃음이 피식 터져나왔다. 이렇게 시끄러운 기계에 기거하는 신이라니. 이런 신이라면 정말 행운을 가져다줄 수 있을 것만 같다.

"농산물을 판매하는 것뿐만 아니라 생산자에겐 수요 예측 기능을, 구매자에겐 곧 수확할 제철 농산물에 대한 알림 기능을 제공하여 더욱 빠른……."

혼자 놀랐다가 웃었다가 원맨쇼를 하며 긴장이 풀렸는지 방금 전까지 기어들던 목소리가 또렷하게 나왔다. 그래, 투자자나 심사위원이나 밖에서 만나면 그냥 아줌마 아저씨지 뭐. 가슴은 활짝 펴고, 주먹은 꽉 쥐고! 어릴 적 엄마의 성화에 다녔던 웅변학원의 가르침을 떠올린 채로 서버 사이를 휘적휘적 걸으며 대사를 머릿속에 집어넣었다.

"잘 부탁드립니다."

연습을 마치고 나가려다가 뒤돌아 작게 속삭이고 후다닥 서버실을 뛰쳐나왔다. 얼굴이 화끈거렸다. 서버신 따위 믿진 않지만 이 정도는 괜찮겠지.

다시 사무실로 돌아왔을 때 옆자리에 앉아서 이어폰을 끼고 다리를 덜덜 떨며 일하는 주성과 그의 지저분한 책상이 이전만큼 눈에 거슬리진 않았다. 그래, 당신이 앱만 잘 만든다면 서버신을 믿든 고무신을 믿든 무슨 상관일까.

*

새로운 달이 시작됐다. 고공 행진하던 매출의 기울기는 이제 수평에 가까워지고 있었다. 늘어난 고객만큼이나 불만도 쌓여갔다. 이렇게 정체되는 건가. 위기를 감지한 기획자들은 새로운 기획서를 끊임없이 생산해 냈고, 마케터들은 없던 절기까지 만들어 낼 기세였으며, 나를 포함한 프로그래머들은 신규 기능을 개발하고 버그를 고치는 와중에 틈틈이 국책과제까지 진행하고 있었다. 수면부족으로 불안정하게 쿵쿵거리는 심장을 달래며 에러 로그를 훑던 중에 모니터 앞으로 대표의 얼굴이 나타났다. 한눈에도 이를 악물고 있다는 걸 알 수 있었다.

"이거 왜 이래요?"

내 눈앞에 들이밀어진 건 지난달 클라우드 비용 고지서였다.

클라우드는 돈을 내고 서버를 원격으로 빌리는 서비스인데, 한 대당 수억을 호가하는 고성능 서버를 적은 돈으로 개인 컴퓨터처럼 사용할 수 있어서 스타트업에는 필수적이다. 우리는 고정비용을 줄이기 위해 자체적으로 구매한 서버와 클라우드를 이중으로 활용하고 있었다.

"에에? 3000만 원이요?"

고지서의 청구액은 믿을 수 없는 수치였다. 평소에는 300만 원 선에서 나갔는데 3000만 원이라니. 지난달 트위터 사건 이후로 사용자가 많아진 만큼 클라우드 비용이 꽤 나갈 거라고 예상했지만, 어떻게 열 배가 나오나?

"오전까지 원인 분석해서 리포팅해 주세요."

대표의 이가 뿌드득 갈렸다. 아 젠장. 진짜로 서버신의 저주인가. 그때 잘 부탁한다고 말까지 했는데 어떻게 나한테 이럴 수가 있어. 꿀만 빤 게 아니라고요. 나도 열심히 일했다고요. 억울했으나 이미 엎어진 물이고 써 버린 서버비였다.

＊

"저, 선우 님."

심호흡을 하며 탕비실에서 물을 따르는데 등 뒤로 누군가의 목소리가 들렸다. 뒤를 돌아보자마자 지원과 눈이 마주쳤다. 어쩐지 눈을 똑바로 마주치지 못하고 이리저리 시선을 던지는 지원을 보고 있자니 어릴 때 키우던 강아지 코코가 떠올랐다. 먹지 말라는 걸 먹었거나, 뜯지 말라는 걸 뜯었거나, 싸면 안 될 곳에 쌌을 때의 그 눈망울이.

"그게……."

지원은 뭔가를 말하려다가 다시 입을 닫았다. 우물쭈물하는 그 모습에 나는 조바심이 일었다. 오전 안으로 원인을 파악해서 보고까지 해야 하는데 시간이 없었다. 내 표정이 굳어지는 걸 발견한 지원은 결심한 듯 눈을 질끈 감았다가 입을 열었다.

"제가 한 것 같아요."

"뭘 해요?"

"클라우드…… 비용 많이 나온 거요."

"지원 님이 그걸 어떻게 해요?"

지원에게 되묻는 그 순간, 어떤 불안한 예감이 머릿속을 화살처럼 스쳐지나갔다. 한 달 전쯤 지원은 평소처럼 이것저것 질문을 하다가 클라우드 아키텍처에 대해 물어왔다.

문제는 하필 그날이 서버에 편육이 바쳐진 날이었다는 것이다. 성가시고 귀찮았던 나는 지원에게 직접 보고 공부하라며 실제 서비스의 클라우드 설정에 접근하는 아이디와 패스워드를 알려 줬다. 백문이 불여일견이라는 말은 21세기 테크 업계에서도 통하는 진리라는 말도 덧붙이면서.

"실수로 멀티 리전이랑 오토 스케일링 설정을 켠 채로 저장했나 봐요."

머릿속이 하얘졌다. 우리가 사용하는 해외 클라우드 회사에서는 서울, 도쿄, 파리 등 여러 국가의 대도시에 '리전'이라고 칭하는 데이터센터를 지어 두었다. 보통은 한 리전만 정해서 쓰지만 여력이 되는 큰 회사들은 여러 리전을 동시에 사용하기도 한다. 서비스 속도나 장애 방지에 도움이 되기 때문이다. 물론 우리는 서울 리전만 사용했는데, 지원이 리전 여러 개를 띄우고 서버 용량을 자동 조절해 주는 유료 옵션도 켜 버린 것이었다. 그리고 때마침 고객이 급증했으니 클라우드 사용량도 급증했을 것이다.

"어디 리전?"

"미국 애틀랜타요."

속으로 한숨을 쉬었다. 그나마 도쿄나 싱가포르였으면 가까워서 조금이라도 덜 나왔을 텐데. 애틀랜타는 태평양 너머에 있고 그만큼 해저케이블을 오고 가는 비용이 많이 들었겠지. 하지만 책임을 묻기에 지원은 너무 어렸다. 나는 한숨을 푹 쉬고 입을 열었다.

"괜찮아요. 원래 사고 한 번은 쳐야 진정한 프로그래머가 된다고 하잖아요."

우리가 쓰는 그 클라우드 회사는 창의적이고 수평적인 사내 문화로 유명해서 신입사원이 첫 실수를 저지르면 축하 파티를 열어 준다는 얘기가 떠올랐다. 이렇게 클릭 한두 번으로 초보자가 실수하기 쉽게 만들어 놓고, 그렇게 번 돈으로 자기네 신입은 등개등개 해 준다 이거지? 속이 비틀리던 그 순간 어떤 생각이 머릿속을 스쳤다.

"지원 님, 이왕 말 나온 김에 물어볼게요. 혹시 제 컴퓨터 만졌어요?"

핏기 없던 지원의 얼굴이 순식간에 더욱 하얗게 질려 버렸다. 일종의 대답이었다.

"솔직히 말해 보세요."

"어떻게 일하시나 너무 궁금해서 그랬어요. 일정이랑 업무 관리는 어떻게 하는지, 프로그램은 어떤 걸 쓰고 메모는 어떻게 하시는지…… 정말 죄송해요. 다른 건 안 했어요. 그냥 제가 잘하고 있는지 전혀 모르겠어서……."

너무 어처구니가 없으면 화도 나지 않는다. 언젠가 출근해서 컴퓨터를 켰을 때 메모 앱에 암호 같은 글자들이 적혀 있던 적이 있다. 그날은 어쩐지 아무것도 손에 잡히지 않았다. 나 때문에, 내가 신의 노여움을 사 버려서, 우리 회사의 반짝 행운은 끝났고 이제 추락만 남은 것 같아서. 괜한 무서움을 달래기 위해 어릴 적 본 만화 「꼬마 유령 캐스퍼」의 OST를 하루 종일 들으며 일했다. 타닥타닥 자판을 두드리는 귀여운 꼬마 유령 캐스퍼. 언제나 동글동글 사랑과 친구가 필요한 꼬마 유령 캐스퍼가 아니라 지원이었다니.

"물어보시지 그랬어요. 설마 제가 꽁꽁 숨기고 안 알려 드렸겠어요?"

지원은 파들파들 떨고 있었다. 유령을 본 듯, 유령이 되어 버릴 듯 하얘지고 있었다.

"다시는 그러지 마시고요, 지금도 충분히 잘하고 계세요. 바보 같은 질문이라고 생각하지 말고 궁금한 건 바로 물어보세요. 매일 늦게 가시던데 오늘은 일찍 들어가서 좀 쉬세요. 대표님한테는 제가 잘 얘기할게요. 괜찮으니까 그만 우세요."

푹 숙인 지원의 얼굴에서 눈물이 뚝뚝 떨어지고 있었다.

"가기 전에 하나만 더. 제 비밀번호는 어떻게 아셨어요?"

"노트북 뒤에 있는 시리얼 넘버를 입력해 봤더니 열려서…… 그게 기본값이잖아요."

허, 한 방 얻어맞은 느낌이었다. 초기 비밀번호를 바꾸지 않은 나의 실수였다. 어쨌든 물도 보안도 셀프인 세상이다.

대표한테 한 차례 쓴소리를 듣고 돌아왔을 때는 이미 점심시간이 한창이었다. 지원은 반차를 쓰고 퇴근한 듯 자리가 비어 있었다. 차가운 삼각김밥을 사 들고 터덜터덜 옥상으로 올라갔다. 벤치엔 상철이 홀로 앉아 샌드위치 포장을 벗기고 있었다. 상철, 우리의 파트너 매니저. 지금 그가 딱히 위안이 될 것 같진 않았지만 나는 말동무나 하자는 마음으로 그의 옆에 털썩 주저앉았다.

"이제 점심 드세요?"

"상철 님도요?"

상철과 나는 나란히 앉아서 각자의 끼니를 한 입 베어 물었다. 대표의 씩씩대는 콧김 소리가 아직도 귓가에 울렸다. 아무도 없었으면 공중에 시원하게 소리라도 한번 지르려 했는데, 침묵이 견딜 수 없이 무거웠다.

"상철 님은 요즘 무슨 일 해요?"

"조만간 중소기업벤처부에서 과제가 하나 올라올 예정이라서요. 관련해서 동향 리서치하고 있어요. 사람들도 좀 만나고."

나는 이 인간이 대표의 친척도 아니고 약점을 잡은 것도 아니라는 사실에 호기심이 생겨 더 캐묻다가 반쯤 먹은 김밥을 쥔 손을 툭 떨어트렸다.

원래 상철은 정보통신진흥원 소속 공무원이었다고 한다. 치열한 경쟁을 뚫고 국책사업을 따내기 위해선 정부부처에 연줄이 있어 소문에 빠르고, 높으신 분들이 좋아할 만한 'n차 산업혁명', '지능형 OO', '융합 OO' 같은 용어를 사업계획서 구석구석에 잘 배치할 수 있는 인재가 필요했다. 그게 바로 상철이었다. 주성의 고사 덕인 줄로만 알았던 국책사업 낙찰은 모두 상철의 성과였다. 어쩐지 고작 냉동 편육으로 지낸 고사가 지나치게 영험하다 싶더라니.

"주성 님이 다 자기가 지낸 고사 덕분이고 어쩌고 할 때 뭐라고 했어야죠!"

벌컥 화를 내고 말았다. 참아 왔던 눈물이 찔끔 나오려 해서 서둘러 삼각김밥을 베어 물었다. 고고하게 혼자 힘으로 다 해 나가는 척 유세 떨다가 남몰래 잘 부탁드린다고 고철 덩어리에 속삭인 주제에 묵묵히 일한 상철을 낙하산으로 여겼던 오만함이라니.

주인공은 나야 나. 우리 곁에 정말로 신이 있을지도 몰라. 컴퓨터에 고사를 지내는 게 어리석고 나약하다 여겼지만 연이은 희소식에 속내가 말랑해진 건 사실이었다. 이대로 쭉쭉 성장해서《포브스》의 '올해의 주목할 만한 스타트업'에 선정되면 "하하, 사업 초기엔 절박한 마음에 서버에 행운을 비는 전통의식도 지냈습니다. 전부 서버신의 가호 덕분이라고 생각합니다."라고 겸손하게 인터뷰하리라 꿈꿨는데. 한없이 부끄러움이 몰려왔다. 어디 인생에 노력 없이 얻어지는 게 있었던가. 빌어먹을 서버신 같으니라고.

"저는 괜찮아요. 덕분에 서버실 구경도 했고 편육도 맛있었는걸요."

가볍게 웃던 상철이 이내 진지해진 목소리로 속삭였다.

"선우 님 오시기 전에 주성 님이 앱이랑 서버 백엔드까지 혼자 다 한 거 아세요? 적당히 하지, 왜 저렇게 무리하나 싶었거든요. 알고 보니 그 스톡옵션 쏠쏠하게 받았다던 스타트업에서 좋게 나온 게 아니래요. 다른 직원이 서버 관리 잘못해서 외국 해커한테 고객정보가 털렸나 봐요. 피해는 적었지만 밖에 내세울 희생양이 필요했는데 주성 님이 마침 지분 문제로 대표랑 사이가 안 좋았고…… 그렇게 초기 멤버로 일궈 낸 회사에서 팽 당했으니 보란 듯이 다시 성공하고 싶지 않겠어요? 고사 지낼 만하죠, 뭐."

*

이를 닦고 오다가 다시 서버실 문 앞에 멈춰 섰다. 무더운 여름날 아침부터 편육을 사 온 주성의 모습과 탕비실에서 눈이 빨개지도록 펑펑 울던 지원의 모습이 번갈아 떠올랐다.

웅……. 웅…….

굳게 닫힌 철문 밖으로 기계 소리가 새어 나왔다. 이 문 뒤에 신이 산다면. 이상한 상상의 나래가 펼쳐졌다. 이곳에 정말 신이 산다면, 애틀랜타의 데이터센터에도 신이 있겠지. 어쩌면 두 신이 힘겨루기를 했을지도 몰라. 그러면 비싼 서버가 가득한 애틀랜타가 당연히 이겼을 거고. 아하, 그래서 지원을 실수하게 만들어 버린 거군. 서버신 싸움에 새우 등 터진 꼴이네.

안정적인 직장 나와서 개고생인가?

웅……. 웅…….

그래도 지금 아니면 언제 이렇게 해 보겠어.

웅……. 웅…….

뜨거워지는 얼굴을 식히기 위해 철문에 볼을 갖다 댔다. 비릿한 쇠 냄새가 났다. 그 인간은 왜 하필 서버신을 믿어서. 이왕 믿을 거면 좀 메이저한 걸 믿지, 태양신이라든가. 그런데 아스텍 문명은 결국 사라졌지. 그럼 달의 신이라면 좀 나으려나. 주성은 야행성이니까 태양보다는 달이 더 어울리겠다. 누구건 무엇이건 당신의 다음 신은 지금보다 더 유능한 존재이길.

볼이 차가워졌다. 토닥이듯 문을 두어 번 가볍게 톡톡 치고 사무실로 걸음을 옮겼다. 지원에게 추천해 줄 만한 기술 서적과 아티클을 생각하다가 문득 지원이 한 말이 떠올랐다.

'잘하고 있는지 모르겠어서······.'

잘하고 있는지 모르겠다라. 나는 잘하고 있나. 이 회사로 이직한 건 잘한 걸까. 불안정한 시대에 스타트업이라니. 얼마 전 높은 연봉의 대기업 이직 제안을 거절한 것은 현명했을까. 이렇게 불규칙하게 쿵쿵거리는 심장을 부여잡고 사는 게 현명한 걸까.

유튜브에서 본 외국 자연 다큐멘터리 클립이 떠올랐다. 짝짓기 철이 되면 화려하게 꾸미고 우스꽝스럽게 몸을 부풀리는 새들이 있다. 그들은 숲에서 가장 높은 나무로 날아가 목이 터져라 노래하며 요란한 춤을 춘다. 굵은 목소리의 내레이션은 연이어 말한다. 어라, 취향이 아닌가 봅니다. 포드닥 날아가 버리네요. 이 새는 노랫소리가 너무 작아서 관심을 받지 못했습니다. 저 새는 불행히도 포식자의 이목을 집중시켰습니다. 모두 자연의 이치입니다. 어느새 나는 꽁지를 방정맞게 흔들어 대는 새에 이입하고 있었다. 저렇게까지 하고도 선택받지 못하다니, 너무 불쌍해.

우리의 구애 끝에는 무엇이 있을까. 이대로 외면받아 도태되는 건 아닐까. 하이리스크 하이리턴이라지만 다들 어떻게 이 불확실함을 견뎌 내는 걸까. 견디는 걸까, 버티는 걸까, 무너지고 있는 걸까. 이 회사의 모든 사람들이 상시 번아웃 상태라는 걸 이미 알고 있었다. 지원은 사실 모두를 대표해서 울어 버린 것일지도 모르겠다.

어쩌면 모든 스타트업엔 어떤 형태로든 신이 필요할지도 모른다. 초조함에 사위어 버리지 않고 일상을 살아 내려면 어떤 종류의 받아들임이 필요하다. 모든 게 다 내 탓이지도 내 덕분이지도 않으니 그저 할 만큼만 하자는 마음. 주성에겐 서버신이 그런 존재였던 걸까. 네가 바친 편육 덕분에 나는 문제없이 잘 돌아가고 있으니 너도 적당히 즐겁게 하거라, 그런 체념 어린 응원을 해 주었을까.

*

"주성 님, 우리 오랜만에 개발팀 티타임 할까요? 지원 님 일찍 가셨으니까 오늘은 말고 내일."

"뭐야! 설마 퇴사하는 건 아니죠?"

주성이 눈을 동그랗게 뜨고 기겁하며 물었다. 그게 제일 두려웠던 건가. 슬그머니 장난기가 발동했다.

"혹시 기대하셨던 거예요? 안 그래도 어제 링크드인*으로……."

"아니, 아니, 무슨 말을 그렇게 섭섭하게 해요. 선우 님 없으면 우리 회사 완전 망해."

타코야키같이 생긴 게 능구렁이 같기는. 그래도 넉살 좋

* 미국의 구인구직 소셜 네트워크 사이트

은 주성이 밉지는 않았다.

"요 앞에 새로 생긴 마카롱 집 가 보자고요."

계속하든가, 그만두든가. 결국 선택지는 두 개로 좁혀진다. 그만두는 게 두렵진 않다. 또 어디선가 어떻게든 흘러가겠지. 그래도 아직은 이곳에서 해 보고 싶은 것들이 더 있었다. 그 끝에 아무것도 없을지라도.

의심은 내부에서도 외부에서도 끝없이 던져진다. 돈을 줄 것도 아니면서 이 사업은 쓰레기라며 독설을 날리는 무례한 투자자도 있었고, 앱스토어 리뷰에는 낮은 별점과 함께 욕설이 달렸으며, 앱에 있는 버그 리포팅 기능으로 음담패설이 날아오기도 했다. 식료품 쇼핑앱에서 원나잇 상대를 찾는 사람이 이렇게 많다니! 다음에 이직할 땐 데이팅 앱 회사를 알아보기로 진지하게 마음먹었다.

아무튼 그렇게 힘이 빠질 때면 엉뚱하게도 우리의 트위터 귀인을 떠올렸다. 미쳐 부려, 라는 호들갑스러운 감상을 멍하니 읽고 또 읽었다. 상품 리뷰에는 정성스레 사진과 레시피를 올리는 사람도 있었고, 신선한 무화과로 아내의 입덧 시기를 잘 넘겼다며 고맙다는 손편지가 사무실로 오기도 했다. 어떤 말들은 모두를 일으켜 세웠다. 포인트를 위한 피드백이라 해도 뭐 어떤가. 괜찮은 것이 만들어지고 있다는 감각, 내 손으로 빚어 가고 있다는 감각, 그래서 누군가에게 작은 즐거움을 선사해 주었다는 그 감각만은 꽤

나 견고한 것이었다.

어쨌든 번아웃의 수렁에서도 할 만한 것들이 있을 것이다. 일 얘기는 접어 둔 채 일상 안부를 묻고, 맛집을 추천해 주고, 드라마를 추천해 주고, 화면에 버튼 하나 추가하는 게 얼마나 많은 노력과 고민이 필요한지 이해하지 못하고 자꾸만 최종 설계서를 멋대로 바꿔 버리는 동료를 흉보는 것이다. 우리는 괜찮게 해 왔고 앞으로도 그럭저럭 혹은 멋지게 해낼 거라고. 다시금 불안해져도 좋고 실수해도 괜찮으니 꾸역꾸역 같이 만들어 나가자고.

그러니 내일은 오후에 티타임을 가지면서 케이-피-아이*니 오-케이-알**이니 하는 것들은 잠시 잊고, 완벽하게 동그랗고 분홍색이고 노란색인 마카롱을 하나씩 살살 녹여 보면 좋을 것이다. 단걸 먹으면 다시 쓴맛을 찾을 용기가 생기는 법이니 말이다.

그렇게 여름이 지나서 입추와 처서와 한로가 차례로 지나가고, 소설과 대설과 팥죽과 동짓날 밤을 보내고 입춘과 우수와 경칩까지 찾아오고 나면 그제야 알을 깨고 나올지

---

* KPI(Key Performance Index; 케이-피-아이). 기업의 목표를 성공적으로 달성하는 데 핵심적으로 관리해야 하는 요소들에 대한 성과 지표. 주로 수치화된 지표를 사용한다. IT 기업의 KPI로는 일간 방문자 수(DAU), 클릭률(CTR), 구매 전환율(CVR) 등이 있다.

** OKR(Objectives & Key Results; 오-케이-알). 구글에서 성공적으로 도입하여 유명해진 목표 설정 방법으로, 빠르고 정확한 목표 달성을 위해 스타트업에서 널리 사용된다. 현실적인 목표를 세우고(Objectives), 목표의 달성을 측정할 핵심 지표들(Key Results)을 정한다.

도 모른다. 깨고 나와서 땅을 박차고 눈부신 하늘로 날아오르는 유니콘이 될지, 아니면 평범한 계란 프라이가 될지는 잘 모르겠지만, 그건 아직은 생각할 단계가 아니니 우선은 유니콘의 꿈을 품어 보는 것도 썩 괜찮을 것이다.

자매의 탄생

브릿G에서 2022년 1월 발표

이준

베를린 예술대학교에서 건축학을 전공했다. 낮에는 도면을 그리고 밤에는 글을 쓴다. 황금가지 온라인 플랫폼 브릿G를 통해 「자매의 탄생」과 이어지는 연작소설 「발광하는 여자친구」, 「베를린까지 320 킬로미터」, 「렌항과 나」를 발표했다.

"그러고 나가려고?"

낮은 목소리가 막 집을 나서려는 혜진의 발목을 붙잡았다. 동생을 깨우지 않으려고 까치걸음까지 했던 혜진의 노력이 실패로 돌아간 것이다.

"학교?"

"응. 좀 늦었어."

혜진이 운동화 뒤축을 꺾어 신으며 급히 몸을 일으켰다. 그리고 현관문을 밀어 나가려는데, 동생이 이번에는 단호하게 "스톱." 하고 뒷덜미를 잡더니 "아가씨, 나 좀 봐 봐." 하며 기어이 사람을 불러 세웠다. 돌아본 거실에는 리아가 반쯤 감긴 눈을 끔뻑이고 있었다. 소파에 몸이 구겨 박힌 채로 부풀린 입술만 겨우 움직이는 게 혜진이 거실을 지나치며 본 그대로였다. 여름 홑이불이 허벅지를 훑으며 바닥으로 떨어졌다.

"내가 말했잖아. 언니는 무채색이 안 어울린다고."

"알았다니까."

"거울 좀 보고 나가. 오늘 자기 아주 엉망이야."

더 이상은 참지 못하고 혜진이 한숨을 내뱉었다.

"네가 할 말은 아닌 것 같은데? 오늘은 씻고 있든지 좀 해라."

리아는 반격하는 대신 리모컨을 들었다. 막 켜진 화면에서 비쩍 마른 아이들이 환한 미소로 살랑이며 다가왔다가 멀어지기를 반복하고 있었다. 무심히 그들을 감상하던 리아가 말했다.

"중학생도 아니고. 누가 널 여자로 보겠어. 그러니까 남친이 안 생기는 거야."

"지금은 필요 없거든. 졸업해야 하는데 남친은 무슨 남친."

말은 그렇게 했지만 혜진은 신발장 거울을 빠르게 곁눈질했다. 줄무늬 티셔츠와 통 넓은 여름 청바지, 어깨에 멘 크로스백까지 거울 속 혜진은 누가 봐도 성실한 여대생이었다.

"머리 좀 높게 묶고, 아이라인도 진하게 그리라고. 갖다 준 건 버렸어? 왜 안 써?"

동생의 지적대로 혜진의 옷차림은 언제나 수수한 편이었다. 그나마 눈썹은 늘 깔끔했는데 그건 부숭부숭하게 관자놀이까지 난 털이 징그럽다며 리아가 정기적으로 왁싱을 해 준 덕분이었다. 졸업반이라 모든 사치를 취업 뒤로 미룬 것뿐인데, 오히려 한심하다는 듯한 말을 듣자 혜진은 동생의 뒤통수에 신발이라도 던지고 싶어졌다.

"팔자 좋다."

비꼼에도 리아는 아무런 타격이 없다는 듯 채널을 돌렸다. 그리고 돌고 도는 채널 탐색은 혜진이 현관문을 거칠게 닫고 나갈 때까지 이어졌다. 쾅 하고 닫힌 문소리에 놀라 치와와가 뱅글뱅글 돌며 한참을 항의했다. 발소리가 멀어져도 치와와가 흥분을 가라앉히지 못하자 리아가 구부정히 일어났다. 키 180센티미터가 넘는 그녀는 거실에 서 있으면 천장이 낮게 보였다. 리아가 발발 떠는 치와와를 붕 안아 올려서 뒤통수에 입을 맞추었다.

"촌스러운 년. 어떻게든 내가 갱생시켜 줘야 하는데……. 그렇지 뽀삐? 너도 그렇게 생각하지?"

리아가 혜진을 못마땅해하며 핀잔을 주는 데는 그럴 만한 이유가 있었다. 리아에게 집 현관만큼 통과하기 어려운 관문도 없었기 때문이다. 턱을 닳도록 핥는 뽀삐를 겨우 내려놓고 리아도 나갈 준비를 했다.

리아는 샤워하기 전에 늘 속옷 보관함부터 들여다봤다. 속옷 보관함은 주공아파트와 전혀 어울리지 않는 로코코 풍으로, 물론 금속 조각이 아닌 분홍 플라스틱 조형물에 불과했지만 리아는 개의치 않았다. 겉모양만 그럴듯하면 그녀에게는 충분했다.

고민 끝에 리아는 친구가 신주쿠 출장에서 사 온 언더 웨어 세트를 꺼냈다. 그리고 거울 앞에서 태그도 안 뗀 브 래지어를 가슴에 대어 보는데, 보관함 속 배열이 미세하게 흐트러져 있는 게 신경 쓰였다. 아니나 다를까 자세히 보 니 낯선 브래지어 한 장이 엉큼하게 숨어 있는 게 아닌가. 둔한 혜진의 짓이 분명했다. 마치 부패된 음식물 쓰레기를 처리하는 사람처럼 오만상을 찌푸리며 리아가 그것의 어깨 끈을 집어 올렸다. 얼핏 봐도 유니클로에서 만 원 정도 하 는 거였다. 기능성 에어 어쩌고 저쩌고로 여름에 땀이 잘 빠진다나? 매년 여름이면 대문짝만 하게 광고하기에 리아 도 오다가다 본 적이 있었다. 불행히도 유니클로 스몰 사이 즈 브래지어는 더 이상 밝은 베이지톤이 아니었다.

"구질이…… 짜증 나."

그대로 혜진의 브래지어는 쓰레기통에 처박혔다. 리아는 혜진이 왜 저런 싸구려를 두르는지 이해할 수 없었다.

불순물 하나를 꺼내느라 쏟아진 나머지 속옷을 그대로 바닥에 내버려 둔 채, 리아는 뾰족한 집게손가락으로 짝이 맞는 레이스 팬티만을 건져 올려 욕실로 들어갔다.

＊

주공아파트 승강기 오른쪽 벽면이 각종 광고물로 그득했다. 세경 공인중개사, 옛날 치킨집, 금성 세탁소, 몬드리안 인테리어 시공업체까지 아파트 단지 상가에 입주한 가게들이 너 나 할 것 없이 상호명을 들이댔다.

리아는 그중 아파트 맞은편에 개업했다는 피아노학원 레슨 안내란을 찬찬히 읽어 보다가, 그보다 한 뼘 아래에 납작하게 붙어 있는 하얀 A4 용지 한 장에 눈길이 갔다.

아파트 관리사무소 경고문이었다.

6월 10일 14시 9분경, 3동 앞에 소파와 고양이 놀이터 버리신 부녀분 스티커 부착하세요. 다음엔 사진 공개합니다.

"여기도 구질구질……. 짜증 나네, 오늘따라."

생리를 하는 것도 아닌데 리아는 신경이 곤두섰다.

그 주공아파트는 자매가 줄줄이 태어난 무렵부터 살던 곳으로 두 사람의 나이를 합한 만큼 오래됐다. 유년 시절 사이좋았던 이웃들은 하나둘씩 직장이나 학군을 이유로 이사 나갔고, 그들의 빈자리에는 과민한 괴짜들만 들어왔다. 밤에 고성이 오가다가 결국 경찰을 부르거나, 경찰이 와도 실랑이가 길어져서 경광등 불빛이 거실까지 침입해

들어오는 날이면 자매는 조용히 암막 커튼을 쳤다. 어차피 자매의 부모도 귀농을 핑계로 버린 집이었다. 이사 나가지 않는 한 진보는 없을 거라고 리아는 생각했다.

승강기 내부 층 표시기 아래에 붙어 있는 손바닥만 한 거울에 리아가 얼굴을 요리조리 비추어 보았다. 속눈썹도 립도 완벽했다. 리아는 늘 자신의 눈동자가 이국적인 갈색이라고 주장했는데, 그 빛깔이 혜진처럼 둔한 사람도 알아차릴 만큼 튀는 건 아니라서, 아예 눈이 고양잇과 동물처럼 호박색이었으면 좋겠다고 생각했다.

'수술로 눈동자 색깔도 바꿀 수 있을까?' 하는 호기심이 생겨 리아가 유심히 눈을 관찰하고 있는데, 느긋하게 내려가던 승강기가 3층에서 멈췄다. 문이 열리자 처음 보는 아기 엄마가 작은 유모차를 밀며 들어왔다.

아기 엄마는 리아를 잠시 올려다보더니 흠칫 놀라 서둘러 유모차 덮개를 내렸다. 리아도 승강기에 흐르는 묘한 긴장감을 느꼈지만 거울에 취해 있던지라 신경 쓰지 않기로 했다. 1층에서 문이 열리자 리아가 물러서며 유모차가 나갈 수 있게끔 공간을 만들어 주었다.

"어우, 감사합니다."

유모차와 아기 엄마가 아파트 현관을 빠져나갔다. 종종걸음으로 멀어지는 그 뒷모습을 보며 리아는 잠시 기다렸다가 나가기로 했다. 겁을 줄 마음은 없으니까. 그리고 시간은 많으니까. 유유히 하이힐에 붙은 먼지를 털어 내다가 리아는 자매의 집 우편함에 꽂혀 있는 편지를 발견했다. 보통 우편물 확인은 혜진의 일이었지만 리아는 그날따라 편지를 스스로 확인하고 싶은 마음이 생겼다. 이런 게 여자의 감인가? 어쩌면 백화점에 응모했던 그 수많은 이벤트 중 하나가 당첨됐을지도 몰랐다.

편지를 뜯어 본 리아는 롤러코스터의 하강 직전 레일에서 안전바가 덜컥 올라간 사람처럼 비명을 질렀다. 눈을 씻고 다시 읽어 봐도 병무청에서 날아온 현역병 입영통지서였다.

'병역법 제16조 규정에 의하여 위와 같이 현역병 입영을 통지합니다? 이게 무슨 마른하늘에 날벼락이지? 언제부터 대한민국이 여자가 군대에 가는 나라였단 말인가?'

당혹감에 리아가 가슴을 움켜쥐며 주저앉았다. 이내 묽은 마스카라 국물이 뚝뚝 대리석 타일 위로 떨어졌다.

*

리아보다 두 시간 먼저 집을 나선 혜진은 대학도서관이었다. 시험 기간도 아닌데 열람실에 자리가 없어서 혜진은 몇 바퀴를 헛돌다가 구석 자리에 겨우 앉을 수 있었다. 그리고 이내 다른 사람들처럼 혜진도 노트북을 꺼내 리서치

를 시작했는데 사실 그녀의 머릿속에는 집에서 들었던 말
이 맴돌고 있었다.

'그러니까 남친이 안 생기는 거야.'

되씹을수록 동생에게 지는 일이지만 혜진은 연약한 부
분이 건드려지면 쉽게 수렁에 빠지는 스타일이었다. 그리
고 이런 성격은 리아와의 관계에서 약점으로 작용했는데,
어렸을 때부터 리아는 혼자 고꾸라지는 혜진을 보고 비웃
으면 비웃었지 도와주지는 않았기 때문이다.

혜진이 기분 전환을 할 겸 커피를 사 오려고 일어서는
데, 아뿔싸, 엉덩이를 덜 드는 바람에 의자에서 부르륵 하
는 소리가 났다.

맞은편에서 가만히 타이핑 중이던 비니 쓴 남자가 혜진
을 무심히 쳐다봤다. 그리고 남자가 시선을 돌리기까지 그
찰나의 순간은 혜진의 얼굴을 달아오르게 만들기에 충분
했다. 혜진이 조용히 코를 가리며 열람실에서 나왔다. 화장
실에 들어가 흐르는 물에 코를 푸는데 문득 이런 생각이
들었다.

오늘 내가 그렇게 별로인가? 세면대 거울 속 혜진은 자
신의 눈을 자꾸만 피하고 있었다.

시원한 캔커피를 들고 덩굴이 뻗은 퍼걸러 아래 벤치에
혜진이 주저앉았다. 역시 등나무 그늘이 에어컨보다 한결

편안했다. 그러나 별로 한 것도 없는데 해는 이미 서쪽으로 기울어 있었고, 혜진은 이게 다 날이 무더운 탓이라고 무기력한 마음에 이유를 붙이며 넓은 캠퍼스를 바라보았다. 학생들이 달구어진 캠퍼스를 가로질러 다들 어디론가 부지런히 가고 있었다.

혜진은 한눈에 그들 중 누가 신입생인지 고학번인지를 구별할 수 있었다. 신입생은 인상을 써도 어딘가 즐거워 보였고, 고학번은 여유로워 보여도 묘하게 자세가 구부정하기 때문이다.

신입생으로 여겨지는 무리의 옷차림을 구경하던 혜진은 그 뒤에 홀로 걸어오는 여학생에게 시선이 갔다. 그녀의 복숭아뼈를 감싼 자몽 빛 샌들이 빛에 반사되어 멀리서도 선명하게 보였다. 가녀린 인상의 그녀는 씩씩한 발걸음으로 도서관에 가는 듯싶더니, 갑자기 방향을 틀어 혜진이 있는 퍼걸러 쪽으로 걸어왔다.

"저기 죄송한데요, 혹시 창조경제혁신센터가 어디 있는지 아세요?"

어느새 그늘 안으로 여학생이 불쑥 들어와 혜진에게 말을 걸었다. 혜진은 당황스러웠지만 이렇게 대답했다.

"혁신센터요. 도서관 1층 뒤편에 보시면 신한은행 인출기가 있거든요? 그 오른쪽 통로로 쭉 가시면 있어요."

"아, 거기구나. 한참 돌았네요. 감사합니다."

"거기가 새로 개설된 데라 찾기가 좀 어려워요."

여학생은 옆자리에 가방을 놓더니 속을 뒤적였다. 물을 마시려는 건가 싶었던 예상과는 달리, 그녀의 작은 손은 가방에서 말보루를 꺼냈다. 여학생이 혜진에게 물었다.

"옆에서 피워도 될까요?"

"네…… 그러세요."

여기가 흡연 구역인지는 모르겠지만…….

혜진은 리아 덕분에 담배에 익숙했고, 그저 오늘 같은 날에 불을 들고 있으면 더 덥지 않을까 하는 물음이 생길 뿐이었다. 여학생의 조그마한 입술 사이에서 연기가 뿜어져 나왔다. 립이 뭔지는 몰라도 색이 예뻤다. 리아의 화장대 위에 일렬횡대로 늘어서 있는 (과해서 훔쳐 쓰고 싶지도 않은) 립스틱과는 의도가 달라 보였다.

리아의 화장술은 (본인의 말에 의하면) 신의 경지라는데, 혜진은 형광 립스틱은 언제 바르는지, 크레파스도 아닌 립스틱을 왜 빨주노초파남보로 갖추어야 하는지 이해하지 못했다. 여학생은 담배를 벤치 모퉁이에 지지더니 하수구에 쏙 던져 넣었다.

"언니, 오늘 너무 덥지 않아요? 해도 해도 너무한 것 같아요."

"그러게요. 비도 안 오네요."

벌써 몇 주째, 비 한 방울 내리지 않고 35도를 웃도는 폭염의 연속이었다. 조선 시대였으면 몇십만 명이 죽었을 가뭄이라는 기사가 났고, 거리에는 가로수 껍질이 각질처럼 일어나 아침이면 공무원이 물을 뿌렸다.

"아, 남자들 부럽다."

여학생이 지나가는 웃통 벗은 남자를 보며 조그맣게 탄식했다. 혜진은 남자들이라고 복수형으로 말하는 건 무리가 있다고 생각했다. 아무리 봐도 캠퍼스에 웃통 벗은 남자는 저 사람 혼자였으니까. 구릿빛 등이 탄탄한 걸 보면 겨우내 열심히 운동했을 것이었다. 아니면 전역한 지 얼마 안 되었거나. 혜진은 문득, 전역 후 몸은 단단해졌지만 눈빛이 흐리멍덩해진 남자 동기들을 떠올렸다.

"센터에는 무슨 일로 가세요? 오늘 학교 2시까지만 할 텐데."

"근로장학생 면접이 있어서요. 아직 시간 있어요."

생글생글 웃는 그녀의 뺨에 등나무 그늘이 어른거렸다. 얇은 머리카락 뒤로 보랏빛 등나무 꽃잎이 선들선들 춤을 췄다. 더운 바람이 불어와 가벼운 것들이 동시에 흔들렸던 것이다. 그녀는 귀찮은 듯 머리카락을 귀 뒤로 넘겼다.

"그렇구나."

딱히 할 말을 못 찾은 혜진이 어색하게 웃었다. 그러자 여학생이 혜진 쪽으로 어깨를 살짝 기울이며 말했다.

"언니……. 혹시 커피 한 모금만 마실 수 있을까요? 목이 너무 타서요."

"아, 다 드세요. 전 다 마셨어요."

"정말 그래도 돼요? 감사합니다."

사실 세 모금밖에 마시지 못했지만 혜진은 홀린 듯이 커피를 여학생에게 건네주었다. 그리고 그녀의 입술이 캔커피 입구에 그대로 닿는 것을 보았다. 립스틱 자국이 캔 입구에 남았다.

'드디어 더위를 먹은 건가?'

혜진은 당장 그늘을 벗어나야 한다고 본능적으로 느꼈다.

"그럼, 면접 잘 봐요."

도서관 정문 입구까지 도망치듯 걷고 나서야 혜진은 뒤돌아볼 수 있었다. 등나무 그늘 아래 여학생이 미지근해졌을 커피를 홀짝홀짝 마시며 휴대폰을 들여다보고 있었다.

그늘에서 커피를 마시고 있던 건 리아도 마찬가지였다. 한때 은하수를 표현했던 네일이 잘근잘근 무참하게 뜯긴 채. 하지만 얼룩졌던 얼굴은 완벽하게 복구되어 있었다. 카페테라스에서 모델 같은 여자가 우울한 분위기를 풍기고 있으니 지나가는 행인의 눈길이 쏠렸다. 하지만 정작 테이블 위에 비장하게 놓여 있는 편지 한 장은 아무도 신경 쓰지 않았다.

리아는 오늘 밤, 그 편지를 아무도 모르게 불태워서 자신은 그런 편지를 받지 못했노라 발뺌할까 고민했다. 아니면 갑자기 쥐도 새도 모르게 사라지는 것이다.

'실종되기'는 리아가 어렸을 적 즐기던 놀이였다. 가족들과 까르푸에 가면 부모님이 카트를 몰고 언니가 장난감에 한눈파는 사이에 리아는 은근히 걸음을 늦췄다. 당시 까르푸 직원은 정갈한 유니폼에 롤러블레이드를 타고 근무했는데, 유려하게 손님 사이로 미끄러지듯 다리를 구르는 직원을 보며 리아는 커서 까르푸 직원이 되고 싶다고 생각했다. 그러기 위해서는 기업 견학이 선행되어야지, 암.

가족들의 주의가 시식코너에서 흐트러질 때 리아는 슬며시 다른 식품관으로 발길을 돌렸다. 그리고 무작정 앞으로 걸었다. 누군가가 리아에게 "어머 애, 부모님은 어디 계시니?" 하고 물을 때까지. 그러면 리아는 천연덕스럽게 "모르겠어요. 보호소에 데려다주세요."라고 말하고는 했다.

조금 있으면 예쁜데 친절하기까지 한 언니가 리아의 이름을 마트 전체에 방송해 주었다. 미아보호소의 어린이 의자에 앉아 사탕을 빨아 먹고 있으면 가족들이 어이없는 웃음을 지으며 찾아왔다.

카트를 밀며 지나가는 다른 어른이 '귀여운 아이가 무사히 부모를 찾아 다행이야.'라는 듯 훈훈한 눈빛으로 바라볼 때마다 리아는 우쭐한 마음이 들었다. 높은 의자에 앉아서 그럴 수도 있겠지마는.

하지만 이제는 길을 잃어도 성인을 받아 줄 미아보호소는 없으므로 '실종되기'는 좋은 대안이 아니었다. 리아는 이제 어엿한 인디펜던트 우먼이니까 역경을 헤쳐 나가야 했다. 카페인 효과인지 모르겠지만 아이디어가 불쑥 솟았다.

리아는 갑자기 나타난 인생 최대의 고난을 정면으로 돌파하기로 결심했다. 생각해 보면 문제는 아주 심플했다. 병무청이 소환한 날짜에 가서 리아가 정숙한 성인 여성으로 성장했기 때문에 땀내 나는 애송이들과는 함께 동고동락할 수 없음을 전달하면 되는 것이다.

리아는 턱을 들고 건너편 옷가게 쇼윈도에 반사된 여자를 보았다. 어느 모로 보나 아름다웠다.

"결전의 날이니까……. 새 전투복이 필요해."

빨대를 납작하게 씹으며 리아가 중얼거렸다.

*

그렇게 기승을 부리던 찜통더위가 장마에 수그러들었다. 굵은 빗줄기에 대학도서관의 산책로에는 군데군데 물웅덩이가 생겼다.

혜진은 여름비를 좋아했다. 장마철마다 동생이 베란다에서 욕을 지껄였지만 그녀는 도이 노부히로 감독의 영화「지금, 만나러 갑니다」를 보는 게 연례행사일 정도로 비를 기다렸다.

그 영화의 가녀린 주인공처럼 하얀 스커트를 입고 장대 같은 빗속에서 누군가를 하염없이 기다리는 게 로망일 정도로. 하지만 혜진은 치마는 일찍이 포기했고 대신에 리아가 생일 선물로 준 빨간 우산을 아꼈다.

그날도 혜진이 도서관 입구에서 받은 비닐에 우산을 소중히 넣어 둔 날이었다. 비 때문인지 열람실은 한산했고 혜진은 오롯이 창가 자리를 차지할 수 있었다.

혜진은 창문에 미끄러지는 빗줄기를 관찰하다가, 그 투명한 사선 너머로 라임 색 우산이 바람을 거스르며 걸어오는 걸 보았다. 상체는 우산에 가렸고 무릎까지 내려오는 단정한 청치마를 입은 여자였다. 가늘고 하얀 정강이가 혜진이 이상적으로 생각하는 다리였다.

'저런 사람 옆에 있으면 나는 꺽다리처럼 보이겠지.' 하고 혜진이 자조적인 생각에 빠지려는데 정문 입구에서 라임 색 우산이 기울더니 작은 물방울을 털어 내며 작아졌다.

혜진의 손가락이 움찔했다. 그 귀여운 여학생이었다. 살짝 뾰로통한 표정. 한눈에 알아볼 수 있었다. 근로장학생은 붙었을까? 과제에 집중이 되지 않았다.

도서관 로비는 눅눅했다. 혜진이 캔커피를 뽑아 들고 신한은행 인출기 앞에 섰다. 사람이 있으면 줄을 설 계획이었는데 아무도 없어서 혜진은 바로 체크카드를 인출기에 넣었다.

고객님, 신한은행을 이용해 주셔서 감사합니다.
인출하시겠습니까?

네.
혜진이 만 원을 눌렀다. 그리고 인출기 옆 오른쪽 통로를 의식하며 그 복도 끝에 사무실 불이 켜져 있는지를 확인했다.

불은 켜져 있었다. 혜진은 저기가 정말 창조경제혁신센터인지, 저기서 무슨 업무를 볼 수 있는지는 정확하게 기억할 수 없었다. 지난번엔 무슨 자신감으로 길을 알려 줬는지 의아할 정도로.

커피를 마시며 혜진은 로비 의자에 앉아 빗소리를 들었다. 어두운 복도 깊숙이에서 문 열리는 소리와 함께 키득키득 웃는 소리가 울려 퍼졌다. 아무래도 한 쌍의 남녀 같았는데 그들의 경쾌한 발걸음이 로비 쪽을 향하고 있었다. 혜진이 혹시나 하고 그쪽을 바라보았다. 그 여학생이 한 남학생의 팔뚝을 치며 로비를 지나가고 있었다.

"어, 또 보네요!"
막상 혜진은 말없이 고개를 끄덕여 인사를 받는 것밖

에 못 했다. 게다가 얼굴에 땀이 나 안경이 콧방울로 내려오는 바람에 혜진은 손바닥으로 안경을 밀어 올려야 했다. 그런데 이번에는 시야가 얼룩덜룩해졌다. 소매로 대충 안경을 닦으려는 혜진을 등 뒤에서 누군가가 말렸다.

"언니, 그러면 안 돼요. 기스 나요."

어느새 그녀가 가벼운 나비처럼 혜진의 옆에 날아온 것이다. 그녀와 함께 걷던 남학생은 멈춰 서서 혜진을 보고 있었다.

귀여운 그녀는 에코백에서 선글라스 집을 꺼내더니, 또 그 안에서 부드러운 천을 꺼내 얼떨떨해하는 혜진에게 건네줬다. 혜진은 감사하다는 말도 못 하고 어색하게 렌즈를 닦았다. 그리고 안경닦이를 돌려주자 그녀는 다시 남학생 옆으로 돌아가 도서관 뒷문으로 사라졌다. 이후로도 혜진은 로비의 인출기에서 돈을 자주 뽑았고, 지갑은 점점 두툼해졌다.

그녀와 다시 이야기할 기회는 어렵지 않게 찾아왔다. 여우비가 내리던 날에 그녀가 등나무 아래에서 담배를 피우고 있었고 혜진은 도서관에 가려다가 우연히 그녀와 마주쳤다.

"우산 예쁘네요."

혜진은 잠시 주저하다가 이내 빨간 우산을 접고 퍼걸러

안으로 들어갔다.

여름 동안 등나무 덩굴이 제법 무성해졌다. 그래도 빈틈은 있어서 간혹 커다란 빗방울이 정수리에 떨어졌지만 혜진은 이것도 운치가 있다고 생각했다.

여학생은 은근히 푸념을 늘어놓았다. 생각보다 근로장학생이 만만치 않은 모양이었다. 이전에 봤던 남학생도 같은 근로장학생인데 사무 경험이 있어서 도움을 받고 있다고 했다. 로비에서 어색하게 혜진을 바라보던 남학생의 얼굴을 떠올리자 혜진의 입에서 이상한 말이 튀어나왔다.

"오, 혹시 둘이 사귀어요?"

"걔요? 남자 친구 아니에요. 그런 한남…… 저 싫어해요. 친구로는 참아 줄 만하지만."

"한남이 뭐예요?"

"한국 남자요. 언니는 그것도 몰라요?"

짓궂게 그녀가 웃었다. 여학생은 비가 오니 이 세상의 모든 것을 불평하고 싶어 하는 사람처럼 굴었다.

"저는 여름이 싫어요. 오늘 같은 날은 너무 찝찝하고…… 특히 여자는 브래지어를 하잖아요. 불쌍해 진짜."

"그러게요. 그래도 주말부터는 장마가 지나간다고 하더라고요."

혜진이 화제를 애써 돌리려고 했지만 여학생은 하나에 꽂히면 끝까지 말해야 하는 성격으로 보였다.

"생각만 해도 싫어. 여름에 브라 하면 징난 아니게 땀 차잖아요. 그래서 저는 깔끔하게 안 하고 다녀요. 너무 편해요."

혜진은 시선을 내리지 않기 위해 노력했다. 그러고 보니 여학생은 늘 루즈한 상의를 입었다.

혜진은 어느 TV 프로에서 슈퍼모델이 자신은 브래지어를 하지 않는다고 이야기하던 게 생각났다. 요즘 그게 유행인가 보다 하고 혜진이 막연하게 생각하는 동안 여학생은 쫑알쫑알 말을 많이 했다.

"언니도 집에서라도 한번 벗어 보세요. 신세계예요."

여학생은 부끄러움이 없는지 혜진의 둥근 가슴을 빤히 보았다. 생각만 해도 혜진은 아찔했다. 집에서 가슴을 덜렁거리며 돌아다니면 리아가 야만인 같다고 소리를 지를 것이 분명했기 때문이다. 드디어 여자이길 포기한 거냐고. 앙칼진 리아의 목소리를 떠올린 것뿐인데도 혜진은 기가 빠지는 느낌이었다.

혜진이 그런 생각에 잠겨 있는데 갑작스럽게 흉부 쪽에 낯선 감촉이 느껴져서 소스라치게 놀랐다. 가슴의 두툼한 패드 위로 따뜻하고 부드러운 게 올라와 있었다. 여학생의 작은 손이었다. 혜진은 무슨 일이 벌어지고 있는 건지 파악하기 어려웠다. 비가 어지럽게 햇살을 뚫고 주룩주룩 내리는 소리만 들렸다.

리아가 평소보다 화려하게 차려입고 나가서 집에 들어오지 않은 지 며칠이 지났다.

혜진은 걱정이 되었지만 문자를 보내지는 않았다. 리아가 겉으로는 텅 빈 페르시안 고양이 인형처럼 보여도 사실은 속이 깊고 나름의 사정이 복잡하다는 걸 알기 때문이었다. 길을 헤매는 것 같아도 결국은 자신만의 답을 내리는 동생을 진심으로 존경했다. 그리고 리아가 그렇게 집을 비우는 데에는 이유가 있을 거라고 생각했다.

뽀삐와 단둘이 빈집을 지키기도 오랜만이었다. 뒤숭숭한 마음을 다잡기에는 청소만 한 것이 없다. 신발장 거울까지 반들반들하게 닦아 놓으니 기분이 나아졌다. 그날은 거울에 비친 모습이 비율 좋게 보였다. 혜진은 거울 앞에서 이리저리 자유롭게 몸을 둘러보았다. 그 몸짓을 본 뽀삐가 장난치는 줄 알고 발목을 물려고 달려들었다.

"아야 아야, 물지 마."

뽀삐를 안고 혜진이 어설프게 웃었다. 그리고 생각했다. 여학생의 말대로 정말 티셔츠 위의 곡선이 '사회적으로 학습된 미적 기준'인가 하고.

여학생은 진지하고 뜨거웠다. 하지만 안타깝게도 혜진에게는 마치 리아의 립스틱처럼 받아들이기 어려운 수위라는 인상만 남았는데, 나중에는 그녀가 당장이라도 혜진의 브래지어를 벗기고 싶어 안달이 난 사람처럼 보여서 혜진은 다시 그날을 생각하면 얼굴이 화끈거렸다. 사실 혜진은 그녀가 뭐라고 주장하건 크게 중요하지 않았다. 그저 "그렇군요." 혹은 "맞아요." 하고 동조해 주면 그녀가 기뻐했기에 성실하게 리액션을 했다.

여학생의 웃는 얼굴을 떠올리니 혜진은 가슴이 답답했다. 생리하려고 그러나?

생리가 시작할 무렵이면 혜진의 가슴은 부풀어 올라 브래지어를 빵빵하게 채웠다. 생리가 끝나면 바람 빠진 풍선으로 돌아가지만, 가슴은 혜진에게 리아만큼 큰 의미는 없으므로 상관없었다. 가슴은 그저 어깨 같은 신체의 일부에 불과했고, 다들 가려야 한다고 하니까 가릴 뿐이었다.

혜진이 등 뒤로 손을 보내 브래지어를 풀었다. 무언가 허전하긴 했지만 나쁘지 않았다. 티셔츠 위로 두 개의 콩알이 볼록했다.

'망측해라. 편하긴 하지만 이렇게 하고 밖에 나갈 수는 없겠지.' 하고 혜진이 생각에 잠겼다.

혜진이 브래지어를 풀기 사흘 전, 그 자리에서, 리아는 신발장을 열어 고혹적인 하이힐을 꺼내고 있었다.

스와로브스키 크리스털이 박혀 있어서 눈이 부시는 리아의 보물 1호였다. 현관 바닥에 힐을 내려놓고 리아가 마치 미스코리아처럼 굽 위에 발꿈치를 조심스럽게 올렸다.

스와로브스키 하이힐은 XX 사단 운동장에서 진가를 발
휘했다. 흙바닥에 서 있어도 리아는 화보 모델 같았다. 까
까머리를 한 남자들과 부모들이 크게 술렁였지만 주목을
즐기는 리아에게는 문제가 되지 않았다.

　훈련소에서 전자시계나 우표 등, 입대 준비물을 파는 잡
상인도 천막에서 나와 작은 소동을 구경했다. 높은 단상에
서 군인들은 우왕좌왕할 뿐, 리아에게 아무도 다가오지 않
았다.

　리아는 훈련소에 오면 드라마틱한 일이 벌어질 줄 알았
는데 현실은 생각보다 평범했다. 땡볕에 화장이 지워질까
조바심이 날 때쯤 사단장이 내려왔다는 소리가 들렸다. 군
인들은 서로 알 수 없는 눈길을 주고받더니 그중 한 명이
리아에게 다가와 말했다.

　"어떻게 오셨습니까?"

　"뭔가 오해가 있는 것 같아서요, 오빠."

　리아가 선글라스 너머로 군인을 새초롬하게 스캔했다.
정색하고 있지만 본바탕은 귀엽게 생긴 남자였다. 군인은
리아가 건네준 입영통지서를 훑어봤다.

　"김정석 씨, 본인 맞으십니까?"

　"……맞긴 한데. 지금은 리아라고 해요."

　군인은 잠시 사단장이 서 있는 단상의 눈치를 보더니 리
아를 건물 안으로 안내했다. 또각또각 도도한 그녀의 뒤태

에 다들 넋을 잃고 쳐다보았다.

리아는 사흘 동안 일반 입대병과는 달리 격리 생활을 했다. 식사할 때도 혼자였다. 군인이 물류 상자가 쌓여 있는 창고에 간이침대 하나를 던져 줬다. 밤에는 창고 구석에서 꼬리가 긴 쥐가 나와 리아는 꺅 하고 비명을 지르기 일쑤였고, 그럴 때면 헐레벌떡 남정네들이 달려와 조용히 하라고 입단속을 시켰다.

리아는 모든 상황이 불편했다. 장교들로부터 내키지 않는 질문을 많이 받았고 제대로 대답해야 한다는 걸 알면서도 화가 나고 무서웠다.

'카페처럼 산뜻한 곳에서 하면 어디가 덧나나. 여긴 그런 거 없겠지?' 하고 리아는 생각했다.

군에서 리아를 몰아넣은 창고는 교도소처럼 창살이 있고 곰팡내가 났다. 하지만 호랑이 굴에 들어가도 정신만 차리면 살 수 있다는 마음으로 리아는 크게 숨을 들이켰다.

언제부터 이렇게 살았는지, 호르몬은 맞고 있는지, 여러 가지 예민한 질문에 리아는 정직하게 대답했고 장교는 빠르게 빼곡한 문서를 채워 나갔다. 날씨도 더운데 여기저기 뺑뺑이를 돌리는 탓에 리아의 인내심은 한계까지 치달았다. 창살 너머로는 다른 입대병이 훈련을 받는 소리가 들렸다.

차가운 철제 의자에 앉아 기한 없이 대기하던 리아의

앞에 한 남자 장교가 섰다. 그리고 한다는 이야기가 확인할 게 있으니 옷을 벗으라는 것이었다. 리아는 목구멍까지 욕이 치밀었지만 꾹 참고 교양을 지키기 위해 최선을 다했다.

"당신 앞에서 옷을 벗으라고요? 미쳤어요? 지금 이거 명백한 성희롱이에요. 나가면 당장 고발해 버리겠어요."

그 흔들림 없는 눈빛이 한 마리 맹수 같았다. 하지만 리아의 불같은 기세에도 장교는 꿈쩍도 안 했다. 그래서 리아가 "알았어요. 옷은 벗을게요. 그런데 여군을 불러 줘요. 여군 불러 주면 할게요." 하고 능글맞게 이야기해 보았지만 장교는 어떤 표정도 짓지 않고 가만히 리아를 쳐다봤다.

그리고 그는 잠시 리아가 하품을 하는 새에 창고를 나가 버렸다. 아무래도 리아의 요구를 들어줄 것 같았다. 문이 닫히고 나서야 리아는 두근거리는 가슴을 부여잡았다.

'잘했어. 나 지금 멋졌어.'

리아는 작은 승리감에 젖었다.

반 시간쯤 뒤에 장교 계급을 단 여군 두 명이 창고에 들어왔다. 그들은 리아의 알몸을 훑어보고는 무언가를 계속 기록했다. 리아는 여자 앞에서라면 그래도 좀 낫지 않을까 했는데 수치심이 밀려오는 건 어쩔 수 없었다. 그녀는 지푸라기라도 잡는 심정으로 밝고 긍정적인 마음을 짜내었다.

'그래, 여기가 미스코리아 선발대회라고 생각해 보자. 수영복 입고 무대에 서는 거랑 뭐가 달라? 한 겹 입는다고

뭐가 달라져?'

하지만 그건 현실을 도피하기에는 너무나 연약한 망상이었다. 두 여군의 눈은 건조했고, 또 옅은 경멸이 섞여 있었다. 두 사람은 리아의 몸에서 두 부위를 확인하고 있었다. 상체와 하체 한 부분씩. 특히 아래에 오랫동안 시선이 머물렀다. 그들의 미간에 옅은 주름이 지는 걸 보자 리아는 가슴에서 무언가 무너지는 것을 느꼈다.

'이놈들은 죄다 내 아랫도리에만 관심이 있구나…… 미개한 것들.'

살면서 산전수전 공중전 다 겪은 리아였지만 그녀는 이날 무너진 마음을 회복하려면 앞으로 오랜 시간이 필요하리란 걸 짐작했다. 심리학을 전공한 적 없어도 리아는 스스로 진단할 수 있었다.

*

리아는 3개월 후에 다른 군 시설에 출석하라는 명령과 함께 귀가 조치를 받았다. 먼지로 빛깔이 탁해진 스와로브스키 구두를 손에 들고 맨발로 XX 부대 정문을 통과했다. 꼬락서니가 말이 아니라 도저히 집으로 곧장 돌아갈 엄두가 나지 않았다.

무엇보다 그 승강기를 보면 더 비참해질 것 같았다. 그래서 리아는 강남 오피스텔에 사는 친구 집에 마음을 달래러 갔다. 혜진에게는 요코하마에 타코야끼 먹으러 여행을 다녀오니 걱정 말고 밤에 문단속이나 잘하라는 문자를 남겨 두었다.

마음을 추스르고 2주 만에 다시 아름다운 모습으로 아파트에 돌아온 리아는 집 안 분위기가 달라진 것을 느꼈다. 지나치게 깨끗하다고 해야 하나? 혜진은 그렇게 부지런하지 않은데. 뽀삐도 눈물 자국이 없는 얼굴로 꼬리를 흔들며 리아를 반겼다.

언니는 집에 없었다. 리아는 깨끗한 주방 싱크대를 보자 오랜만에 실력 발휘를 하고 싶은 생각이 들었다. 어릴 때부터 리아의 필살기는 요리였다. 그녀의 손끝을 거치면 모든 요리가 맛있어졌다. 네일을 시작하면서부터는 언니의 옆에 서서 입으로 요리를 했지만.

'오늘은 뭘 할까? 혜진이가 좋아하는 홍합탕을 하자. 오랜만에 같이 소주 한잔하지 뭐.'

리아는 난생처음 철이 들었다는 게 이런 느낌인가 하고 소스라쳤다.

리아가 시장에서 사 온 홍합을 물에 담갔다. 그리고 하나하나 껍데기에 묻은 얼룩을 지우고 수염을 뗐다.

얼마나 시간이 지났을까 현관문 밖에서 익숙한 발소리가 다가오는 게 주방에서도 들렸다. 이어 잠금장치 비밀번호가 명쾌하게 눌렸고 뿌삐가 현관으로 뽀르르 달려 나갔다. 문이 열렸고 혜진이 신발장에서 고고하게 놓여 있는 리아의 베이비를 보았는지 대뜸 소리를 질렀다.

"너 집에 왔어? 이거 뭐야. 구두 또 샀어?"

"이쁜 건 또 귀신같이 본다니까? 기지배."

주방에서 천연덕스럽게 입을 가리며 흥흥흥 웃는 리아를 보고는 혜진은 기가 막혀 백팩을 소파에 내려놓았다.

"저건 얼마야. 너 무슨 돈으로 샀어?"

"기깔나지? 내 사생팬이 사 줬어."

혜진이 농담을 받아칠 줄 알았는데 리액션이 없었다. 리아는 고개를 돌려 혜진을 제대로 쳐다봤다.

언니는 평소와 다름없이 촌스러웠다. 주공아파트처럼 지난 2주간 별다른 진보는 없었던 것이다. 그런데 무언가 작은 디테일이 달라진 걸 리아는 감으로 느꼈다. 도대체 뭐지? 돈돈돈 하는 혜진의 말을 듣지 않고 리아가 언니를 아래위로 쭉 훑어봤다. 그리고 금방 그 이질감이 무엇인지를 알아차렸다.

"아직 네가 정신을 못 차렸구나……. 야, 너 내 말 듣고 있어?"

혜진이 적잖이 화가 난 얼굴이었지만 리아는 괘념하지 않았다. 그리고 믿을 수 없다는 표정으로 리아가 입을 열었다.

"잠깐만. 너 그러고 밖에 나갔다 온 거야?"

"뭐가."

"브라자를 안 했잖아? 젖꼭지 다 보여 너. 뭐야, 미쳤어?"

'정신병동에서 탈출한 여자를 보면 이런 느낌일까?' 하고 리아는 현기증을 느꼈다. 리아의 마음을 아는지 모르는지 혜진은 동생과 눈을 마주치길 거부했다. 몇 초간의 침묵 끝에 혜진이 마른침을 삼켰다.

"네가 상관할 바가 아니야."

"아니긴 뭐가 아니야. 상태가 심각한데 너."

이번에는 아무런 대답이 없었다. 언니는 그저 뽀삐를 쓰다듬고 있었다.

"나이 다 먹고 사춘기가 온 거야? 정신 차려 김혜진. 오늘 얼마나 많은 사람이 널 보고 눈이 썩었겠어. 당장 브래지어 입어."

"싫어. 네가 뭔데 이래라저래라야."

"여자는 여자다워야지. 그게 무슨 꼴이니. 가슴도 납작해서."

리아는 폭격기라도 입에 문 것처럼 평소보다도 더 예리하게 혜진을 갈궜다. 그러나 말을 내뱉고 나니 괜히 군에서 맞은 화살을 혜진에게 돌려주는 것 같아 마음이 약해지려고 했다. 오늘 저녁은 좋게 보내려고 했는데. 하지만 경직된 얼굴을 풀자니 언니가 말귀를 못 알아들은 게 보였다. 혜진은 무슨 생각을 하는지 알 수 없는 눈으로 리아를 멍하게 바라보다가 작게 읊조렸다.

"……너도 어쩔 수 없는 한남이구나."

"뭐라고?"

"너도 한남이라고."

리아의 손에 들려 있던 홍합이 싱크대로 툭 하고 떨어졌다. 리아는 그 단어가 뜻하는 게 무엇인지 정확하게 알고 있었다. 혜진이 그 말의 위력을 예상했는지는 모르지만 리아의 심장을 산산조각 내기에는 부족함이 없었다.

"한남이라고? 내가?"

부서지려고 하는 리아를 외면한 채 혜진이 방으로 들어가려고 했다. 거실로 홍합이 날아왔다. 검은 껍질이 콱 하고 깨져 장판 바닥에 파편이 흩어졌다. 그 난리에 뽀삐가 겁에 질려 소파 아래로 숨고는 눈을 끔벅였다.

"개 같은 년. 네가 무슨 말을 했는지 알아?"

리아가 입술을 깨물었다. 혀끝에서 살짝 비릿한 피 맛이 났다.

"지금까지 다 연기였구나? 나를 여동생으로 생각하는 척. 이해하는 척. 역겨운 년."

리아의 가슴속에서 간신히 버티고 있던 둑이 터져 버렸다. 닭똥같이 떨어지는 동생의 눈물을 보고 혜진이 당황스러워했다. 서럽게 우는 리아의 모습은 너무나 낯설었다. 혜진은 어떻게든 수습하고 싶었지만 실핏줄 터진 리아의 눈이 활활 타오르고 있어서 가까이 다가갈 엄두가 나지 않았다.

"내가 어떻게 지금까지 살아왔는지 알아? 내 모든 걸 안다고 착각하지 마. 이 위선자야. 다시는 네 얼굴 안 볼 줄 알아."

리아는 XX 부대에서처럼 맨발로 아파트에서 뛰쳐나갔다. 그녀가 부서져라 박차고 나간 현관문에서 찢어질 듯한 전자경보음이 터져 나와 아파트 복도를 타고 울려 퍼졌다. 제대로 문이 닫히지 않은 탓이었다. 혜진은 한참을 그대로 방치해 두다가 옆집 아저씨가 욕하는 소리를 듣고 문을 제대로 닫았다. 조금 전 일이 현실이 아닌 것 같았다. 뿌연 안개 속에서 방향을 잃은 사람처럼 혜진은 거실에 우두커니 서 있었다.

방향지시등은 눈앞에 있지 않고 혜진의 속에서 켜졌다. 몸을 뒤트는 뜨거운 감정이 스멀스멀 피어올랐던 것이다.

"너도 내 삶을 모르잖아. 여자로 태어나 산다는 게 어떤 건지. 여자로 길러지는 게 어떤 건지."

혜진은 받아쳤어야 할 말을 뒤늦게 생각해 내고는 혼잣말을 했다.

한동안 분한 마음에 혜진은 리아에게 연락하지 않았다.

사실 상처를 줄 마음은 없었는데 먼저 연락하자니 자존심이 상했다. 혜진은 오히려 리아가 일본에서 돌아오면 상담받고 싶은 것이 있었다. 리아는 방대한 무지갯빛 인맥이 있으니 혜진의 상담사로 적격이었다. 사실 동생만이 자신을 응원해 줄 유일한 사람이라는 걸 알고 있었다.

동생이 집을 나간 이유가 자신이 브래지어를 하지 않은 탓이라고 생각한 혜진은 다시 브래지어를 차 보려고 몇 번을 시도했다. 하지만 5분을 견디질 못하고 침대 위에 브래지어가 나뒹굴었다. 지금까지는 어떻게 잘 때도 하고 잤는지 의문이었다. 이렇게 갑갑하고 불편한데.

무엇보다 혜진은 이제 브래지어를 하면 생기는 인공적인 두 개의 섬이 우스꽝스러워 보였다. 여자의 가슴은 자연스럽게 중력이 끌어당기는 대로 처져 있는 게 아름다웠다.

사람들이 제각기 다른 귀를 가지고 있듯이 가슴 모양도 사람마다 개성이 다른데 그걸 숫자와 로마자로 치수화해서 천편일률 동그란 패드에 가리는 건 슬픈 일이었다. 브래지어의 숫자가 높을수록, 알파벳이 뒷자리일수록 열광하는 사회가 새삼스레 이상하게 느껴졌다.

혜진은 이전에는 통학하는 지하철 안에서 스타일 좋은 여학생들을 보며 부러워했다면, 요즘은 인위적인 반구를 만들어 한껏 압박된 그녀들의 가슴에 숨통이 죄어 오는 것을 느꼈다. 그리고 사람들은 혜진에게 전혀 관심이 없다는 걸 깨달았다. 가끔 혜진의 후줄근한 줄무늬 티셔츠 위로 타란툴라라도 기어가는 양, 눈이 휘둥그레지는 사람도 있었지만 직접적으로 혜진에게 해코지하지 않았다.

사람을 만나지 않고 기껏해야 혼자 통학하는 게 전부였으니, 솔직히 혜진은 리아가 일본에서 돌아오면 심드렁하게 반응할 수 있을 거라는 희망을 품어 왔다. 그 바람은 홍합과 함께 산산조각이 났지만.

그날 저녁 혜진은 거실에서 비참하고 분한 마음을 삼키며 물에 젖은 검은 홍합 껍데기 파편을 하나하나 주웠다. 그리고 자신도 모르게 귀여운 여학생을 떠올렸다.

그녀는 혜진의 변화를 알아챈 첫 번째 사람이었고 누구보다 깊이 공감해 주었다. 공감대를 매개로 혜진은 그녀와 마주치면 말을 걸 핑계를 만들어 냈다. 처음에는 쑥스러웠지만 유두라든지 하는 몸의 이야기를 하는 게 점점 재미있어졌다. 귀여운 그녀는 눈을 반짝거리며 혜진의 목소리에 귀를 기울였고, 혜진이 그럴듯한 말을 하면 당장이라도 안겨 올 것처럼 웃었다.

혜진은 보드라운 그녀의 볼을 만지고 싶었다. 웃을 때마다 입꼬리 아래에 살짝 파인 보조개가 얼마나 사랑스러운지. 그녀는 자신이 얼마나 어여쁜지 모르는 모양으로 혜진을 매번 위협했다.

그리고 여름 폭풍처럼 다가온 거대한 감정의 소용돌이

에 혜진은 몸을 슬며시 맡기기 시작했다. 가끔 과감하게 여학생이 일하는 사무실 바로 앞에서 서성이기도 했다. 운 좋게 커피를 건네준 날이면 혜진은 넋이 나간 얼굴로 도서관 로비에 한참을 앉아 있었다. 특별한 말을 주고받지 않았지만 혜진에게는 몇 번이고 돌려 보고, 더 깊이 해석하고 싶은 영화의 하이라이트 장면 같았다.

감사하다는 말, 눈웃음, 명랑한 목소리, 보조개, 입술, 작은 어깨 그리고 복숭아뼈……

여학생은 하루하루 빛이 나는데 혜진은 점점 쪼그라들었다. 리아와 다툼 이후로 가슴을 활짝 펴고 다니기가 어려웠기 때문이다. 거북목을 하고 어깨를 앞으로 숙이고 다니니 목덜미가 자주 결렸다. 이럴 거면 차라리 브래지어를 다시 할까 싶다가도 돌아가기에는 지는 것 같아서 싫었다. 무엇에 지는지는 혜진 자신도 몰랐다.

현관문의 도어록은 이후로도 자주 공허한 비명을 질렀다. 결국 사람을 불러 다른 것으로 교체해야 했다. 혜진은 도어록을 이전과 같은 비밀번호로 설정했다. 싸웠다고 하더라도 돌아올 곳은 여기라는 걸 알아야 할 텐데. 그렇게 오랫동안 못 볼 줄 알았다면 따라 나가 빌었어야 했다고 후회했다.

더위가 한풀 꺾여도 동생은 돌아오지 않았다. 가끔 집에 아무도 없을 때 왔다 갔는지 옷가지를 가지고 나간 흔적이 있어서 경찰서에 실종신고를 내지 않았지만 혜진은 점점 초조해졌다.

*

혜진이가 등나무 그늘에서 여학생을 처음 만났던 날처럼 푹푹 찌는 일요일이었다. 가을이 오는 줄 알고 카디건을 꺼내 놨더니 기온이 변덕스럽게 30도를 웃도는 바람에 혜진은 뭘 걸쳐야 하나 고민했다. 저녁에는 쌀쌀할 게 분명한데 옷을 의논할 사람이 없었다.

집은 지나치게 조용했다. 혜진은 리아가 뽀삐를 안은 채 배란다 방충망을 열고는 의미 없이 하늘을 향해 욕하던 것도 그리워졌다. 다른 이웃들은 그런 리아를 보고 무서워했지만, 혜진은 주변 시선에 아랑곳하지 않고 자기표현을 자유롭게 하는 동생이 부러웠다. 지금 어디에서 무얼 하고 있는 걸까. 혜진은 문자 한 통을 동생에게 보내고는 집을 나섰다.

일요일에는 혜진처럼 스펙 한 줄이라도 더 채우려고 도서관으로 향하는 고학번이 많았다. 혜진은 정문 뒤편에 흡연 구역에서 후줄근한 슬리퍼를 신고 담배 냄새에 전 남자들 사이에 조그마한 그녀가 하얀 연기를 피우고 있는 걸 발견했다. 남자들의 흘끔거리는 시선이 신경 쓰여 혜진은 그녀에게 다가갔다.

그녀는 그날따라 유독 예뻤다. 노란 귀걸이가 어깨 위에서 반짝였다.

"주말인데 여기서 뭐 해요?"

가까이 다가가도 그녀가 기척을 전혀 알아채지 못해서 혜진이 먼저 말을 걸었다. 보통은 그녀가 먼저 혜진을 알아보지만, 이런 날도 있는 거지. 혜진은 예민하게 생각하지 않았다.

그녀는 갑자기 나타난 혜진을 보고 깜짝 놀라며 사무실에 놓고 온 것이 있어 잠시 들렀다고 했다. 데이트가 있어서 금방 가 봐야 한다고. 그 말에 혜진이 당황한 표정을 숨기지 못했다.

"데이트요?"

"말 안 했구나. 저 남자 친구 생겼어요."

쑥스러워하며 손을 만지작거리는 그녀의 웃음은 가짜였다. 분명 가짜 웃음이었다. 남자 친구가 생겼다고 저렇게 행복한 듯 웃을 수는 없는 거였다. 혜진이 아는 그녀는 그런 사람이 아니었다.

'아니야, 내가 제대로 알고 있나? 그녀의 이름은 뭐지? 그러고 보니 전공은? 어떻게 내가 이 사람을 알고 있다고 확신한 거지?'

혜진은 차라리 모든 게 꿈이길 바랐다.

"……축하해요."

"언니도 본 적 있을걸요? 저랑 같이 근로장학생 하는 애예요."

비가 오던 날, 그녀에게 기꺼이 맞아 주던 남학생이었다. 내리치는 주먹이 매워 보였는데도 즐거워 보였던 이유가 있었구나. 남학생은 혜진과 엇비슷하게 키가 컸고 어깨가 넓었다.

"아, 예전에 한남이라던 친구 말인가요?"

혜진은 목이 메어 목소리가 잘 나오지 않았지만 사건의 진상을 알고 싶어 물었다. 그러자 곤란하다는 듯이 그녀가 긴 속눈썹을 내리깔았다.

"친해져 보니까 그 정도는 아니더라고요. 워낙 보수적으로 커서 그렇지……. 제 얘기도 잘 들어 주고, 담배 피우는 것도 이해해 주고. 성실하고 좋은 애예요."

그녀는 핸드폰을 꺼내 확인하더니 손을 흔들며 늦여름 태양이 마지막으로 발광하는 그늘 밖으로 나가 버렸다. 남자 친구가 앞에서 기다린다는 것이다. 혜진은 어처구니가 없었다. 그럼 도대체 내 가슴은 왜 만진 거야?

한참을 흡연 구역에서 싱거운 농담을 주고받던 남자들이 담배꽁초를 재떨이에 버렸다. 우두커니 서 있는 혜진을 다들 한 번씩 쳐다보고는 도서관으로 들어갔다. 누가 봐도 실연당한 여인이었다.

혜진의 눈은 그녀가 멀어진 방향을 하염없이 바라보고 있었다. 혜진은 도서관에 있을 이유가 없어져서 캠퍼스를 벗어나 무작정 걸었다. 얇은 슬리퍼를 뚫고 뜨거운 지열이 발바닥을 따갑게 자극했다.

아스팔트 위로 아지랑이가 피어올라 거리의 간판대를 아른거리게 왜곡했다. 매일 보던 거리 풍경이 낯설어져 혜진은 길을 잃을 것만 같았다. 햇살이 눈 부셔 눈물도 나오지 않았다.

그대로 장장 두 시간을 걸어 동네로 돌아왔다. 주공아파트 앞에서 집에 들어가지 못하고 서성이고 있는데 그런 혜진의 어깨를 누군가 뾰족한 것으로 쿡 찔렀다.

"어머 이 언니, 드디어 살 빼려고 작정했나 봐?"

마녀 같은 손가락, 그리고 귀에 착 감기는 카랑카랑한 목소리는 분명 리아였다.

3개월 만에 눈앞에 나타난 리아는 하얀 레이스 양산을 쓰고 고고하게 혜진을 내려다보고 있었다. 혜진은 그녀를 보자마자 양산 안으로 뛰어들어 리아의 품에 안겼다. 당황한 리아가 순간적으로 저음을 내뱉었다.

"어우 땀 냄새 나, 기지배야."

그리고 민망했는지 주위를 둘러보며 홍홍 웃었다.

"떨어지라고, 냄새 나는 것아."

리아가 어깨를 밀어내려는데 언니의 상태가 심상치 않음

을 눈치챘다.

"너 울어? 어머머, 별꼴이야."

리아는 못생긴 얼굴을 못 봐주겠다며 아파트 안으로 도망쳤다. 혜진은 눈물을 훔치고는 동생을 따라 뛰어 들어갔다.

동생이 재빨리 승강기에서 닫힘 버튼을 눌렀지만 언니를 막을 수는 없었다. 코를 훌쩍거리는 혜진을 혐오하는 눈으로 흘겨보던 리아는 한숨을 푹 쉬고, 종이 한 장을 언니의 코앞에 들이밀었다. 병무청에서 발급한 병적증명서였다.

"5급 면제⋯⋯?"

혜진의 눈에서 눈물이 멎었다. 얼떨떨한 혜진을 뒤로하고 리아가 클러치백에서 스카치테이프를 꺼냈다. 그리고 주저 없이 리아는 승강기 벽면 관리사무소 경고문 위에 김정석 씨의 병적증명서를 떡하니 붙여 놓았다. 입을 벌리고 그 광경을 쳐다만 보고 있는 언니에게 동생이 말했다.

"오늘 같은 날은 홍합탕에 소주 마셔야지. 넌 나가서 장좀 봐 와."

홍합 껍데기가 식탁에 산처럼 쌓였다. 자매는 어릴 적 추억을 안주 삼아 벌써 소주를 두 병이나 비웠다. 둘 사이에서 뽀삐도 어떻게든 대화에 참여하고 싶다는 듯 의자 위에 자리를 잡았다. 그 모습이 귀여워 리아가 홍합 알맹이를 건네주었지만 뽀삐는 자그마한 코로 냄새만 킁킁 맡더니 비릿한지 고개를 홱 돌렸다.

혜진이가 술의 힘을 빌려 그동안 미루어 왔던 이야기를 쏟아 냈다. 마치 이 세상에 자신의 이야기를 들어 줄 사람이 단 한 명인 것처럼. 당연히 혜진도 리아의 무용담이 무척 듣고 싶었지만 참았다. 리아가 먼저 이야기할 마음이 생길 때까지 기다리면 언젠가는 말해 줄 테니까.

도서관 그녀에게 속수무책으로 흔들렸던 시간을 혜진은 덤덤하게 말하고 싶었는데 자꾸만 눈물이 났다. 한참을 그렇게 술주정하는 언니를 쳐다보던 동생은 피식 비웃으며 이렇게 말할 뿐이었다.

"고거 아주 요망한 년이네."

샛길

브릿G에서 2022년 5월 발표

김현재

대학에서 영화연출을 전공했다. 재학 중 연출한 단편영화 「반납」이 KBS 「독립영화관」에 방영되었다. 《씨네21》《The DVD》 등 매체에서 필자로 활동했고, 영화 「살아 있는 시체의 밤」 한국판 DVD와 「대괴수 용가리」 북미판 블루레이 디스크의 음성 해설에 참여했다. 미국 만화 『엄브렐러 아카데미』 『엄브렐러 아카데미-댈러스』의 세미콜론 초판을 번역했다. 제3회 한국과학문학상 중단편 부문 가작 수상작 「웬델른」으로 데뷔. 그밖의 발표작은 「평원으로」, 「잿빛 추방」, 「모든 개는 영이네 집에 간다」 등이 있다.

1.

지금까지는 모든 것이 다 좋았다.

전체 시스템은 정상이었고, 탑승 직후 초저온 수면에 들어간 승무원들은 8개월에 걸친 항해 내내 아무런 방해를 받지 않았다. 이주 행성으로 향한 열두 번째이자 마지막 이주선인 '매듭'은 목적지에 도착할 때까지 단 한 차례의 사고도 겪지 않은 행운의 배 두 척 가운데 하나였다. 승무원 한 명을 급히 더 태우느라 예정보다 늦게 출발했지만, 그런 건 절차상 있을 수 있는 일이었다.

매듭의 중앙 관리 시스템은 이주 행성 '모운(暮雲)'에 착륙하기 일주일 전, 선장과 항해사를 초저온 수면에서 깨웠다. 충분한 휴식을 취한 그들은 매듭을 모운의 궤도에 막

안착시키려던 참이었다. 모든 과정은 순조로웠다.

항해사가 그것을 발견하기 전까지는.

2.

"커피 좀 줄래? 블랙으로."

"속에서 안 받을 텐데."

"그냥 좀 줘……."

항해사 최인식은 가볍게 한숨을 쉬며 조종실 입구에 면한 탕비실로 향했다. 조종실에는 선장 임라정과 방금 커피를 청한 소지영만 남았다. 작업복을 갖춰 입은 라정, 인식과 달리 지영은 잠옷 차림으로 덜덜 떨고 있었다. 잠옷 위에 두툼한 모포를 둘둘 말았지만 오한을 막기엔 역부족인 듯했다.

"미안해. 힘들지?"

라정이 말했다.

지영은 손가락으로 왼쪽 관자놀이를 지끈지끈 누르면서 물었다.

"뭣 때문에 이렇게 일찍 깨웠어요?"

"이거 한 번만 봐 줘."

라정은 모운이 내려다보이는 메인 스크린을 가리켰다.

스크린 속 영상은 5배로 확대되어 있었다. 지영은 무거운 눈꺼풀을 억지로 들어 올리면서 영상을 노려보았다. 확대된 부분은 궤도에서 그리 멀지 않은 우주 공간이었는데, 스크린 왼편에 작고 좌우로 갸름한 물체가 떠 있었다.

"저게 뭐예요?"

"잠깐만."

라정이 영상을 30배로 확대하자 피사체의 구체적인 형태가 드러났다. 생명체임을 표시하는 보라색 사각형이 피사체를 둘러싼 채 깜빡거리고 있었다.

"어……? 이게 왜 이런 데 있어……?"

지영이 눈꺼풀에서 무게가 사라진 듯 두 눈을 부릅떴다.

"깨울 만했지?"

지영이 벌떡 일어나서 스크린 쪽으로 고개를 갖다 댔다. 그 바람에 덮고 있던 모포가 흘러내려 바닥에 떨어졌지만 더 이상 추위를 느끼지 않는 것처럼 보였다. 지영은 스크린에 나타난 물체, 아니, 생명체를 열띠게 바라보았다.

라정이 말했다.

"실은 그냥 무시하고 착륙할까 했는데, 그래도 수의사의 의견을 듣는 게 맞는다 싶어서. 어떻게 하면 좋을까?"

지영이 스크린에서 눈길을 떼지 않은 채 대답했다.

"이게 정말로 제가 생각하는 그거라면 선내에 들여놓는다 해도 별 문제는 없을 거예요. 하지만 왜 여기 있는 거지……? 뭔가 잘못된 것 같아요."

"100퍼센트 괜찮다는 보장은 없어?"

"이럴 땐 규정에서 뭐라고 해요?"

라정은 메인 스크린 오른편 구석에 규정 일부분을 띄웠다. 질릴 정도로 빽빽하게 채워진 문서였다.

"간단히 요약하자면 생명체를 조사하는 게 우리 임무에 포함되진 않아. 그렇지만 보고되지 않은 종의 개체 또는 무리와 조우할 경우, 선장의 재량에 따라 대처할 수 있어. 우주 공간이든 아니든. 이렇게 장황한 글 속에 어째선지 새로운 종을 '어디'에서 조우하는가에 대한 내용은 없네."

"새로운 종…… 근데 이건……."

중얼거리던 지영은 고개를 왼쪽으로 살짝 기울이며 왼쪽 눈썹을 살살 긁었다. 라정이 지영의 머릿속을 들여다본 것처럼 말했다.

"중력에 이끌리고 있는데 앞으로 45분이면 대기권에 닿을 거야. 그렇지만 예정대로라면 우리는 그때쯤 모운으로 내려가야 해. 널 탓하는 건 아니지만, 어쨌든 일정이 밀렸으니까."

지영이 라정 쪽으로 얼굴을 돌렸다.

"알아요. 하지만 대기권을 통과해도 괜찮은 건 우리뿐이잖아요."

인식이 뜨거운 커피를 담은 튜브를 들고 조종실로 돌아

왔다. 라정이 인식에게 물었다.

"항해사 의견은 어때?"

인식은 탕비실에서 커피를 내리는 동안 스피커로 조종실의 대화를 듣고 있었다.

"저야 선장님 말씀이라면 무조건 따르죠. 기왕 늦어 버린 거, 몇십 분 더 늦는다고 어떻게 되겠어요? 게다가 수의학이 제 분야도 아니고."

라정이 미소 지었다.

"그럼 이야기는 됐네. 무슨 일이 생기면 사전에 수의사한테 자문 받았다고 잡아떼면 되잖아?"

"정말!"

지영은 인식이 건네준 커피 튜브를 받아 들면서 어이없다는 얼굴로 외쳤다. 라정은 뻔뻔스럽게 미소 지으며 지영에게 물었다.

"필요한 게 뭐야?"

지영이 스크린을 확인한 뒤 대답했다.

"길이 약 1.2미터에 너비 약 25센티미터…… 8호 채집용 캡슐이면 얼추 맞겠어요. 나머지는…… 알 수 없지만요."

라정이 인식을 돌아보며 말했다.

"뭐 거기서부터는 다들 알아서 할 수 있잖아? 접촉 경로 세트해."

라정의 명령에 인식이 왼쪽 엄지손가락을 가볍게 들어

올려 보였다.

"고마워요."

지영은 감사를 표한 뒤 커피를 한 모금 마셨다.

"봐. 착륙하기도 전에 보람 있게 생겼잖아?"

라정이 웃으면서 조종 패널 쪽으로 좌석을 돌렸다.

3.

원래 지영은 매듭의 승무원이 아니었다. 정식 승무원은
라정과 인식 두 사람이었고, 선내의 나머지 공간은 장비와
보급품으로만 가득 채울 예정이었다. 두 승무원은 모운에
도착하여 선내에 기본 탑재된 작업용 로봇들이 짐을 부려
놓으면 곧바로 지구로 귀환할 예정이었다. 그러나 앞서 이
주민들이 모운에 데리고 간 몇 마리의 동물들이 번식하여
수가 불어나면서, 이주민들 사이에 수의사가 있어야 한다
는 요망이 강해졌다.

8개월 전, 수의사 면허를 갓 따낸 지영은 첫 근무지로
떠날 채비를 하고 있었다. 근무지는 지영이 수의대에 입학
하기 전부터 정해져 있었다. 남극의 한 소도시가 면허 취
득 후 5년 동안 근무하는 조건으로 지영의 학비 전액을
지원했기 때문이다. 그날, 지영은 집에서 남극 생활에 대비

한 워크숍을 시청하려던 참이었다. 워크숍 전용 사이트에 접속하자, 메인 화면 대신 낯선 이의 얼굴이 나타났다. 그는 지영에게 새로운 발령서를 전송하면서 워크숍에 참가하지 않아도 된다고 말했다. 학비는 새 근무지에서도 갚을 수 있다면서.

지영은 근무지가 갑자기 바뀐 일에 대해 딱히 불만이 없었다. 지구 바깥 생활에 대비한 속성 훈련 과정이 조금 성가실 따름이었다. 하도 멀어서 거리감이 제대로 느껴지지 않는 이주 행성보다 남극이 더 나은 점도 있을 테지만, 익숙하고 편리한 도시 생활에서 벗어나야 하는 건 마찬가지였다. 무엇보다도 그는 오래전부터 수의사의 의무를 완수할 각오가 되어 있었다. 새로이 자격을 갖추게 된 수의사로서 신조에 충실할 의무, 재학 기간 동안 받았던 학비 지원에 대한 변제 의무 같은 것들. 그에게는 의무를 다함으로써 훌륭한 수의사가 되는 것 말고는 어떤 일도 중요하지 않았다. 지영은 바로 이튿날 짐을 쌌고, 모은의 마지막 이주민이자 매듭의 세 번째 승무원이 되었다.

"25분 전. 슬슬 준비해."

라정이 지영을 돌아보며 명령했다. 지영은 다 마신 커피 튜브를 돌돌 말면서 좌석에서 일어난 다음, 인식의 어깨를 톡 쳤다.

"커피 잘 마셨어."

인식이 찌익 웃어 보였다.

"제산제 같은 건 직접 챙겨 드시라고."

지영은 풋풋 웃으면서 바닥에 떨어진 모포를 줍고는 조종실을 나섰다. 그는 라커룸으로 향하는 동안 조종실 메인 스크린에서 본 생명체와 여름이를 함께 떠올렸다. 이제는 다시 볼 수 없는, 그를 배웅하던 여름이의 마지막 모습. 지영이 수의사의 길을 걸으리라 결심하게 했던 그 모습이 우주 공간을 조용히 떠다니던 생명체의 영상과 뭉그러지듯이 하나가 되면서 가슴속으로 가라앉았다. 그러고는 딱딱하고 차가운 돌덩이 같은 것이 되어 지영의 새로운 무게 중심으로 자리 잡았다. 그는 서둘러 선외작업복을 입기 시작했다.

매듭은 마침 공전궤도의 진행 방향으로 다가오는 그 작은 생명체를 붙잡을 계획이었다. 라정은 작업용 로봇을 써도 된다고 만류했지만 지영은 직접 선외로 나가겠다고 고집을 부렸다.

"내가 승무원의 안전을 위해 선장 권한을 좀 세게 쓰면 어쩌려고?"

"잘 자고 있던 수의사를 깨운 것만으로도 이미 센 거 아니었어요?"

지영은 좌현 화물실의 탑재용 입구를 거쳐 처음으로 우주 공간에 나갔다. 라정은 조종실을 인식에게 맡긴 다음,

선외작업복을 입고 화물실로 향했다. 라정이 화물실에 도착했을 때는 압력 조정을 마친 내부 에어로크가 막 열리던 참이었다. 곧이어 지영이 화물실로 돌아왔다. 그는 헛웃음을 지으면서 라정에게 털어놓았다.

"이렇게 긴장한 건 진짜 오랜만이에요."

"수고했어. 아무튼."

라정의 격려가 지영의 헬멧 안으로 들려왔다. 지영은 라정을 좋아했다. '수고했어' 같은 의례적인 말들에도 따뜻한 진심이 어려 있었고 '아무튼'이라고 덧붙인 말에는 가장 걱정했던 일이 끝난 것에 대한 안심감이 배어 있었다. 그는 곁에 있으면 항상 든든한 좋은 맏언니나 고모 같은 사람이었다.

"에어로크 들어갔을 때만 해도 훈련받은 게 하나도 기억나질 않아서 당황했거든요. 그래도 밖으로 나가니까 어찌어찌 되더라고요."

"네가 잘 배운 거지 뭐."

"그렇죠?"

싱긋 웃는 지영의 말이 끝나는 동시에 신호음이 들려와 두 사람의 주의를 돌렸다. 내부 에어로크 옆의 작은 해치가 열리면서 채집용 캡슐이 밀려 들어왔다. 지영이 선내 진입 직전 외부 에어로크 옆 해치에 집어넣어 기본 검역을 거치게 한 것이었다. 지영은 벽면 패널에 표시된 데이터를 확인하면서 말했다.

"알려진 세균이나 바이러스, 방사능 없음. 어떻게 맨몸인데도 이럴 수가 있지?"

"한숨 돌렸네."

지영은 라정과 함께 캡슐을 근처의 밀폐식 화물 검수 테이블로 옮겼다. 그가 캡슐을 테이블 하단의 입구에 밀어 넣자, 잠시 후 사방이 투명한 방호벽으로 둘러싸인 테이블 위로 올라왔다. 이어서 지영은 뒤편 벽면에 고정해 두었던 자신의 휴대용 도구함을 떼어 내어 마찬가지로 테이블 안에 밀어 넣었다.

라정이 물었다.

"산소 얼마나 남았어?"

"45분요."

"손님은 어때?"

지영이 캡슐의 투명한 면 안쪽을 들여다보며 대답했다.

"여전히 움직이지 않네요. 꼭 잠든 것 같아요."

라정이 테이블로 다가가서 가장자리에 배치된 패널을 조작한 다음 말했다.

"준비됐어."

"열어 주세요."

라정이 패널을 누르자 캡슐 양끝을 붙잡고 있던 고정장치가 동시에 왼쪽으로 90도 비틀렸다. 이윽고 캡슐의 투명한 창이 오른쪽으로 밀려나 사라지고, 본체가 좌우로 갈라지며 생명체가 모습을 드러냈다. 지영과 라정의 눈길이 잠시 서로 만났다.

4.

그것은 얼핏 길쭉한 털 뭉치처럼 보였다. 온몸을 뒤덮은 털은 보랏빛이 감도는 짙은 갈색이었고 깜짝 놀랄 만큼 빽빽하게 돋아 있었다. 둥그런 머리와 긴 몸통, 네 개의 짧은 다리, 몸길이의 절반쯤 되는 꼬리가 달린 그것은 지구의 포유류와 매우 흡사했다. 두 앞발을 가슴에 포개 놓고 누워 있는 모습은 사람이 똑바로 누워 잠들어 있는 모습과 그리 다르지 않았다.

지영이 테이블 옆의 패드를 눌러 대며 생명 징후를 재빨리 점검했다. 그는 이내 미간을 찌푸리고 고개를 왼쪽으로 살짝 기울였다. 그 모습을 본 라정이 물었다.

"왜 그래?"

"생명 징후가 없어요."

"그러면 죽은…… 거야?"

"수치상으로는 그런데……."

"몸에 흉터가 엄청 많네."

"네. 얼마나 험한 생활을 했을까. 잠시만요……."

지영이 흉터를 살피면서 말을 이었다.

"아까 밖에서도 좀 보긴 했는데, 흉터가 오래된 것들이라 지금 상태와 관련이 있어 보이진 않아요."

"어떻게 할 거야?"

지영은 가볍게 한숨을 내뱉었다.

"지켜봐야죠. 일단 캡슐에 다시 넣고 인큐베이팅 모드로 맞춰 둬야 할 것 같아요."

"하지만…… 죽지 않았어?"

지영은 단호하게 고개를 한 번 저었다.

"아직 그렇게 결론 내리고 싶진 않아요. 애초에 왜 여기까지 오게 됐는지도 알아야 하고요."

라정은 생명체로부터 눈길을 거두지 않은 채 말했다.

"그럼 그렇게 해. 캡슐은 계속 여기 두고."

지시를 마친 라정은 나직하게 숨을 몰아쉬었다. 지영은 아예 시원하게 헬멧을 벗어 버리고는 캡슐을 인큐베이터로 전환하는 작업에 들어갔다. 잠시 후 지영이 라정에게 동그랗게 눈을 떠 보이며 물었다.

"근데 이 아이, 낯익지 않아요?"

라정은 캡슐이 생명체를 감싸면서 다시 닫히는 모습을 물끄러미 보고 있었다.

"응. 잘 기억은 안 나지만, 비슷한 동물을 본 적이 있는 것 같아. 어렸을 때 도감에서 봤나, 다큐멘터리 같은 데서 봤나?"

"그렇죠? 제가 얘를 가리켜 해달이라고 하면 열에 아홉 은 다 그런 줄 알 거예요."

"해달?"

"바다에 사는 작은 포유류예요. 누워서 바다 위를 떠다 니면서 물고기나 어패류를 잡아먹죠. 조개처럼 딱딱한 먹 이는 가슴팍에 올려놓고 돌을 내리쳐 깨서 먹기도 하고 요. 잘 때는 몸에 해조류를 감아서 표류하지 않도록 해요. 체온을 유지하려고 온몸의 털을 하루 종일 앞발로 고르는 게 일이죠."

"지금 이렇게 누워 있는 것처럼 떠다니는 거야? 난 한 번 도 실물을 보질 못해서."

라정이 캡슐을 가리키며 물었다.

"네. 아까 처음 발견했을 때도 이대로였죠?"

"그랬어."

"여기 모운으로 오는 이민선을 전부 맡았다고 하셨죠? 해달이 함께 온 적 있어요?"

"없어. 네가 나가 있는 동안 목록을 확인했거든. 근데 왔 다고 해도 대기권 밖에 있을 이유가 없잖아. 여기까지 일 부러 올라와서 해달을 유기할 만한 사람은 더더욱 없고."

순간, 라정의 시선이 지영이 힘껏 깨문 아랫입술에 닿았다. 잠시 후 하얗게 변색한 지영의 입술 사이로 말이 흘러나왔다.

"꼭 그렇진 않아요. 상상하기도 싫지만……."

지영은 곧 얼굴을 풀고 캡슐 쪽으로 고개를 숙이며 패드를 눌러 대기 시작했다.

"일단 해달에 맞춰 인큐베이팅을 설정해 볼게요."

이윽고 지영의 얼굴이 다시 굳었다.

"만약에 우리가 그냥 지나쳐서 대기권에 말려들었더라면……."

라정이 지영의 오른쪽 어깨를 살짝 토닥였다.

"그렇게 안 되게 했잖아. 지금부터라도 잘 지켜봐 줘."

인식의 목소리가 들려왔다.

"선장님, 저 아래에서 통신이 왔네요."

라정이 대답했다.

"이리로 돌려 줄래?"

"어…… 저기, 아무래도 오셔야겠어요."

라정은 가볍게 콧김을 뿜어냈다. 그러고는 지영에게 살짝 웃어 보인 뒤 조종실로 향했다.

라정이 자리를 뜨자, 지영은 가까운 벽면에 고정된 간이 좌석을 펼치고 몸을 기댔다. 고된 신음이 절로 나왔다. 동물을 들여놓으려고 지영은 난생처음 우주선 밖으로 나갔다 왔다. 매듭에 타기 전, 급하게 훈련을 받느라 정신을 차릴 수 없을 만큼 긴박하게 흘렀던 나날의 기억이 뇌리를 주르륵 스쳐 갔다.

게다가 이번 일로 초저온 수면에서 깨어나자마자 몸을 추스를 새도 없었다. 머리가 아팠고 온몸이 쑤셨으며 속은 뒤집혀 있었다. 이마에 식은땀이 송송 올라왔다. 자리에 앉아서 몇 분이라도 졸고 싶은 생각이 간절했다.

'커피를 좀 남겨 놓을걸 그랬네.'

고개를 세차게 흔들며, 지영은 자리에서 벌떡 일어섰다.

한편 조종실에서는 라정이 메인 스크린에 떠 있는 한 중년 남성과 대치하듯이 서 있었다. 남성은 머리카락과 수염은 물론 눈썹까지 깨끗이 밀어 버린 얼굴을 찡그리고 있었다. 얼굴이 민숭민숭해서 표정이 한층 강조되어 보였다. 그는 조종실에 내려앉았던 침묵을 깨고 말을 이었다.

"이해가 잘 안 가는데요. 예정보다 2주나 늦게 도착하신 건 어쩔 수 없다고 쳐도 말이죠, 궤도 진입까지 됐으면 속히 착륙을 해서 짐을 내려 주셔야 하지 않습니까? 기다리는 입장도 생각을 하셔야죠. 지금 그것 때문에 밀린 일이 몇 가진데요."

라정이 묵례를 하며 대답했다.

"다시 한번 죄송합니다. 기관 쪽에 생긴 문제라서…… 아무래도 1차 이민 때부터 써 온 선체니까요."

라정의 말에 남성이 잠시 침묵하다 입을 열었다.

"그…… 저희가 보니까 화물칸 문을 한동안 열어 두셨던 데 말이죠."

라정의 표정이 일순 딱딱해졌다. 옆자리에서 스크린을 바라보던 인식도 남성의 말에 움찔했다.

"혹시 예정에 없던 일…… 이를테면 수상한 거래랄까, 뭐 그런 걸 하시려던 건 아니겠지요?"

라정과 인식의 시선이 마주쳤다. 라정이 스크린을 다시 바라보며 씹어 뱉듯이 말했다.

"저희 배 주변에 다른 배가 있던가요? 아니면 접근하는 배가 있던가요?"

남성은 대답하지 않았지만 불편한 표정은 그대로였다.

"그리고 짐 목록은 일찌감치 보내 드렸고, 내릴 때 직접 검수하시면 되잖아요? '수상한 거래랄까'라뇨? 저희를 대체 뭘로 보고 그런 말씀을 하세요?"

남성이 헛기침을 하면서 라정의 시선을 피했다. 라정이 계속 퍼부었다.

"그리고 애초에 도착이 늦어진 건 그쪽 때문 아닌가요? 막판에 갑자기 수의사가 필요하다면서……."

갑자기 선체가 진동하여 라정의 말을 끊었다. 스피커로 지영의 다급한 목소리가 잡음과 뒤섞여 들려왔다.

"선장님! (치직) 꿈을…… (치지지직) ……괜찮으세요?"

선체의 진동이 한층 강해지면서, 메인 스크린 속 남성의 얼굴이 좌우로 잡아당겨지다가 무수한 선이 휘몰아치는 노이즈로 변했다. 이윽고 경보가 울렸다. 인식이 소리쳤다.

"화물실이에요!"

라정이 휘청이는 몸을 애써 가누면서 조종실 문 쪽으로 향했다.

"계속 보고해!"

요동치는 화물실에서는 지영이 두 팔로 테이블을 붙들고 있었다. 시선은 캡슐 안에 고정되어 거기서 벌어지는 변화를 계속 관찰했다. 동물은 의식을 잃은 채로 온몸을 비틀었다. 고개가 좌우로 획획 꺾였고, 네 다리는 제멋대로 허공을 그어 댔다. 지영은 생명 징후 등 동물의 데이터가 표시된 패널을 확인하고는 짧은 비명을 질렀다. 지영이 외쳤다.

"수치가 이상해요! 다른 수치는 말도 안 되는데, 뇌파가…… 꿈을 꾸는 상태 같아요!"

라정의 목소리가 들려왔다.

"(치지지직) ……은 됐고! 너는 괜찮아? (치직) ……실은 어때?"

선체가 한층 더 강하게 흔들리며 테이블 주위가 환히 밝아졌다. 빛은 테이블을 중심으로 일정 범위까지만 닿았고, 경계 너머의 화물실 내부는 보통의 밝기를 유지하고 있었다. 지영은 넘어지지 않으려고 상반신을 테이블 위로 수그려서 바짝 붙였다. 캡슐 안에서 몸부림치는 동물에게서 시선을 떼지 않으며 라정에게 소리쳤다.

"지금까진 괜찮았는데…… 이젠 저도 모르겠어요!"

테이블 주위를 감싸던 빛이 한순간 폭발하듯 빛났다. 눈을 질끈 감은 지영이 비명을 질렀다. 라정과의 통신은 이미 끊어져 있었다.

잠시 후 라정이 가까스로 화물실에 다다랐을 때는 테이블을 중심으로 지름 약 3미터 정도의 공간이 깨끗이 사라져 있었다. 지영과 테이블, 캡슐과 그 속의 동물은 물론 화물실의 벽면과 바닥 외장까지 도려내어지듯 없어져 내부 장치를 볼 수 있었다. 에어로크는 손상되지 않았고 사라진 부분 말고는 별다른 피해가 없어 보였다.

한동안 망연히 서 있던 라정은 경보가 멈추고, 복구된 통신망에서 인식의 목소리가 흘러나오자 정신을 차렸다.

"선장님! 괜찮으세요?"

"안 괜찮아."

5.

5분도 채 걸리지 않았다. 처치실에서 터덜터덜 걸어 나온 수의사는 건조한 표정과 말투로 여름이를 "잘 보내 줬다."라고 중얼거린 뒤 자기 방으로 돌아갔다. 수의사가 사라진 뒤 어머니는 "됐다. 이제 잊어버리자."라고 말했고, 그 순간 이미 굽이치고 있었던 지영의 길은 더욱 가파르게 틀어졌다.

골든리트리버 여름이는 지영이 열 살이던 해 암에 걸렸다는 진단을 받았다. 열일곱 살이던 여름이는 그 뒤로 1년 반을 병마와 싸웠다. 태어났을 때부터 여름이와 함께였기에, 지영은 여름이가 없는 삶을 단 한 순간도 상상해 보질 않았다. 그럼에도 지영의 어머니는 여름이가 떠나고 생길 변화에 대해 딸과 시간을 들여 이야기를 나누지 않았다.

이듬해 7월, 수학여행에 갔던 지영은 집단 식중독이 일어나면서 예정보다 하루 일찍 돌아왔다. 지영의 학급 대부분이 입원했으나 그를 비롯한 몇 명은 증상이 가벼워 귀가 조치를 받았다. 지영은 대문을 열자마자 여름이를 불렀지만 여름이도 어머니도 대답하지 않았다. 집에는 아무도 없었다. 지영은 그날따라 계속 머뭇거리기만 하던 이웃집 아주머니를 졸라 여름이와 어머니의 행방을 알아냈다.

지영이 동물병원에 도착했을 때, 수의사는 처치실로 막 들어가던 참이었다. 지영은 비명을 지르며 따라 들어가려 했지만 어머니와 간호사들에게 붙들렸다. 수학여행을 출발하던 날 아침, 요람에 누워 있던 여름이는 떠나는 지영을 보고 일어서려다 기력이 없어 번번이 주저앉았다. 그때마다 여름이는 다시 일어서려고 왼쪽 앞다리를 뻗었다. 발톱이 딱딱하고 미끄러운 거실 바닥에 부딪히면서 '탁' 소리가 났다. 그러나 찰기를 잃은 발바닥은 거실 바닥 위에서 미끄러졌고, 얼른 남은 앞다리를 '탁' 하고 다시 뻗었지만 헛수고였다. 그렇게 몇 번씩 '탁 탁' 소리를 내며 힘겨워하던 여름이를 지영은 한참 쓰다듬어 주었다. 그것이 마지막이었다.

"됐다. 이제 잊어버리자."

어머니의 말을 들은 지영의 눈물샘은 그 자리에서 말라붙었고, 그 뒤로 지영은 다시는 여름이를 위해 눈물을 흘리지 않았다. 몸과 마음이 벅찰 때마다, 그날 동물병원에서 했던 결심을 잊었을까 봐 겁이 덜컥 날 때마다, 여름이가 자신에게 두 눈을 맞추고 힘겹게 일어서려 했던 모습과 거실 바닥에 다리를 뻗으면서 냈던 소리를 수도 없이 되새겼다.

탁. 탁.

지금도.

탁. 탁.

가벼운 진동과 소리가 지영을 깨웠다. 그의 눈에 가장 먼저 들어온 것은 뿌옇게 흐려진 작업복 헬멧의 바이저였다. 호흡 때문이 아니었다. 바깥에 먼지나 모래 따위가 잔뜩 달라붙은 것이었다. 지영은 헬멧을 벗어서 뒤통수 쪽으로 넘겨 둔 것을 분명히 기억했다. 산소가 부족해지거나 위험한 상황이 닥칠 때 자동으로 씌워지는 기능이 작동한 모양이었다.

탁. 탁.

진동과 소리는 오른쪽 가슴께에서 느껴졌다. 지영이 양 팔로 단단히 끌어안고 있는 캡슐은 지영의 상반신을 비스 듬히 가로질러, 윗부분이 지영의 오른쪽을 향하고 있었다.

탁. 탁.

동물이 깨어났다.

지영은 다급히 캡슐을 들어 올렸지만, 바이저가 흐려져 있어 어렴풋한 윤곽만 볼 수 있었다. 캡슐은 제법 무거워 서 곧장 가슴 위에 올려놓아야 했다. 이어 등과 허리, 엉덩 이, 발뒤꿈치 등이 딱딱한 표면과 밀착해 있다는 감각을 느꼈다. 자신이 누워 있음을 알게 된 지영은 몸을 오른쪽 으로 굴려 캡슐을 바닥에 내려놓고 천천히 몸을 일으켰다. 허리에서 싸한 통증이 느껴졌고 어깨와 팔꿈치 등 여기저 기가 쑤시고 얼얼했지만 견딜 만했다. 바이저 내부의 디스 플레이가 헬멧과 작업복에 손상이 없음을 알렸다. 움직일 수 있어 다행이었다.

탁. 탁.

옆에 놓인 캡슐에서 또다시 소리가 들려왔다. 지영은 손 으로 바이저 바깥에 묻은 먼지와 모래 같은 것들을 쓸어

내고 캡슐로 다가갔다. 캡슐의 투명한 창도 더럽혀져 있어 안쪽이 들여다보이지 않았다. 지영이 창에 손을 대자…….

탁. 탁.

소리와 함께 진동이 느껴졌다. 지영은 손바닥으로 닦아 낸 창 너머로 해달을 닮은 동물의 둥그런 머리와 앞발 한쪽이 찰싹 달라붙어 있는 모습을 보았다. 동물은 까만 두 눈을 한 번 깜빡이고는 앞발로 창 안쪽을…….

탁. 탁.

두드렸다.

"나오고 싶구나."

지영이 동물을 향해 말했다. 동물의 앞발이 창 안쪽에 달라붙은 채 아래로 조금 미끄러지면서 '뽀드득' 소리를 냈다.

지영은 일어서서 주위를 둘러보았다. 동물을 캡슐 밖으로 내놓기 전에 지금 자신과 동물이 어디에 있는지를 확인해야 했다.

그곳은 매듭의 좌현 화물실이었다. 지영의 뒤편으로 테이블이 있었고 그 위는 바닥에 있는 캡슐을 빼고는 모두 아까 그대로였다. 테이블 너머로는 지영이 잠깐 앉았던 간이 의자가 설치된 벽면까지 보였다. 그러나 화물실은 딱 거기까지였다. 벽면은 깨끗이 잘려 있었고 바닥도 마찬가지였다. 벽면과 바닥 너머의 공간은 매듭 선내가 아니었다.

회갈색 모래로 뒤덮인 평지가 끝도 없이 펼쳐져 있었고, 엷은 회색 하늘에는 구름 한 조각 없었다. 사위는 고요했다. 들리는 것은 지영이 헬멧 속에서 멍하니 들이쉬고 내쉬는 숨소리뿐이었다.

갑자기 경고음이 울리며 바이저 위에 붉은색 글씨가 나타났다. 산소가 10분 뒤에 고갈된다는 경고였다. 깜짝 놀란 지영은 자신도 모르게 라정과 인식의 이름을 불렀으나 대답이 들려오지 않았다. 그제야 지영은 바이저 한쪽에 '통신 범위 이탈'이라는 메시지가 떠 있었음을 알아차렸다.

지영은 산소를 아껴야 한다는 생각에 다급히 사로잡힌 나머지, 바이저를 강제 개방했다가 이내 질식하기 시작했다. 위급 상황을 감지한 바이저가 자동으로 닫혔다. 바닥에 드러누워 가쁜 숨을 쉬면서, 지영은 스스로에게 모질게 화내었다. 어딘지도 모를 곳에 와 있으면서 대기 상태 확인도 하지 않을 만큼 패닉에 빠진 자신을 나무랐다. 흥분이 다소 가라앉자, 지영은 왼팔에 달린 간이 패드를 눌러 바이저에 지금 있는 곳의 대기 성분 데이터를 불러냈다. 이산화탄소 농도가 28퍼센트에 달했다. 우주복이 아니었다면 그는 이미 죽었을 것이다. 그리고 우주복은 바이저를 통해 앞으로 8분 56초 뒤에 산소가 고갈된다고 경고했다.

탁. 탁.

캡슐에서 들려온 소리에 지영이 다시 집중했다. 애초에

동물을 캡슐에서 내보내도 괜찮을지 확인하려고 주변을 둘러보다가 이렇게 된 것이었다. 지영은 고통스러운 질식의 기억 때문에 망설였다. 이 환경에 동물을 내보내도 괜찮을지 확신할 수가 없었다. 그렇지만 동물을 언제까지나 캡슐에 가둬 둘 수도 없었다. 매듭에서 떨어져 나온 이상 캡슐의 인큐베이팅 기능도 이미 정지되었을 테니까.

지영은 캡슐 너머로 보이는 동물의 얼굴을 마주 보았다. 동물의 까만 눈은 양쪽 윗눈꺼풀이 바깥쪽으로 조금씩 처져 있어 순하면서도 어딘가 모르게 슬퍼 보였다. 상황이 이래서인지 간청을 하는 것도 같았다. 그 눈길을 느낀 지영은 캡슐을 열기로 했다. 우주복의 산소가 다 떨어지기 전에 결정을 내려야만 했다. 우주 공간에서도 맨몸으로 살아남은 동물의 생명력을 믿어 볼 수밖에 없었다.

6.

막상 캡슐이 열리자 동물은 빠져나오지 않고 누운 채로 가만히 있었다. 동물은 천천히 고개를 돌려 지영을 바라보았다. 놀라우리만큼 까만 두 눈에 지영의 헬멧 쓴 머리가 비쳤다. 동그란 얼굴 양쪽으로는 작은 귀가 돋아나 있었고, 코와 입은 각각 하나였다. 코 주위로도 털과 수염이 많이 돌았는데, 코 양쪽으로 각기 길이가 다른 검고 가느다란 무늬가 몇 가닥씩 나 있었다. 동물은 인간에게 유독한 이곳의 대기에도 즉각적인 영향을 받는 것 같지 않았다.

하지만 동물은 매우 쇠약해 보였다. 몸을 뒤집기 위해 몇 번을 시도했지만 머리와 양팔을 버둥거리며 캡슐의 내벽을 긁어 댈 뿐이었다. 지영이 다가가서 두 팔을 천천히 내밀자, 동물은 동작을 멈추고 지영을 잠시 바라보았다. 지영이 동물의 양쪽 앞발 아래쪽으로 조심스럽게 손을 대자 늑골이 만져졌다. 빽빽한 털 밑의 살은 매우 얇아 털 다음에 바로 뼈가 있는 듯한 감각이었다. 지영은 살짝 힘을 주어 동물을 들어 올렸다. 크기와 몸집에 비해 이상하리만치 가볍게 느껴졌다. 들어 올려진 동물은 두 앞발을 구부려 지영의 팔을 꾸욱 붙들었다.

지영은 동물의 다리가 아래로 가도록 하여 천천히 캡슐 안에 내려놓은 뒤 손을 떼었다. 이내 캡슐 바닥에 엎어진 동물은 몸의 중심을 잡으면서 다시 바닥을 디뎠다. 이윽고 앞발로 캡슐 옆면을 짚고 상반신을 일으켜 세웠다. 그러고는 사방으로 고개를 돌리며 냄새를 맡았다. 이 모든 동작은 느리고 조심스러웠다. 지영은 자신이 지구의 보호시설에서 본 해달의 동작과 이 동물의 동작을 겹쳐 보려 한다는 것을 깨달았다. 끊임없이 민첩하고 분주하게 움직이는 해달과 비교했을 때 동물은 움직이지 않는 거나 마찬가지였다. 오랫동안 우주 공간에 표류하느라 굶주렸거나, 나이가 많아 쇠약해졌으리라 추측할 수밖에 없었다. 동물의 앞날은 지영과 크게 다르지 않아 보였다.

지영은 남은 산소량을 확인했다. 7분이었다. 가슴이 옥죄는 감각을 견디면서 허리춤에 있는 소형 전파 발신기를 떼어 냈다. 한참 전에 자동으로 켜진 전파 발신기는 빨간색으로 점멸하고 있었다. 그러나 지영은 자신이 7분 안에 구조되리라 믿지 않았다. 어딘지도 모를 곳에 있는 데다가 매듭과의 통신도 끊겨 버렸다. 라정 선장과 인식은 지금 뭘 하고 있을까?

그때 들려온 '덜그럭' 소리가 걷잡을 수 없이 달리던 지영의 생각을 붙들어 세웠다. 뒤를 돌아보니 캡슐은 옆으로 기울어졌고, 바깥으로 나동그라진 동물이 등을 바닥에 대고 누워 버둥거리고 있었다. 지영은 얼른 다가가서 동물의 몸을 뒤집어 주었다. 동물은 네발로 몸을 간신히 지탱하면서 모래 위를 천천히 기어가기 시작했다.

지영은 자신도 모르게 눈물을 왈칵 쏟았다. 동물의 굼뜬 뒷모습이 암과 싸우던 어느 날 정원을 산책하면서 느릿느릿 걷던 여름이의 여윈 뒷모습과 겹쳐져서였다. 두 눈을 질끈 감았지만 터져 나오는 눈물을 막지 못했다. 다시는 여름이를 위해 울지 않으려 했는데. 지영은 눈물이 씻어 준 두 눈으로 7분이 채 남지 않은 삶을 어디로 이끌어야 할지를 그 어느 때보다도 선명히 응시했다.

7.

조종실 패널 한쪽이 주황색으로 점멸하자, 인식은 미간을 찌푸렸다.

"선장님, 아래에서 또 호출인데요. 계속 씹을까요?"

"응."

라정이 대답했다. 그는 헬멧만 벗었을 뿐 화물실에서 입었던 선외우주복 차림 그대로 선장석 팔걸이에 걸터앉아 있었다. 패널의 점멸하는 주황 빛이 옆얼굴과 어깨로 반사되었다.

"내려가면 얼마나 들들 볶일지 짐작도 안 되네요."

인식이 두 눈을 손가락으로 문지르며 말을 이었다. 내뱉는 숨에서 피로가 묻어났다. 라정이 퉁명스럽게 대답했다.

"한두 번이니? 1차 때 출발 전부터 볶이기 시작한 게 열두 번째니 이제는 뭐 역사가 됐는걸. 지구에서 볶이고, 모운에 도착하면 또 볶이고. 중간에 잘 때가 제일 편해."

"선장님, 전 이번이 두 번째라서요."

"이 일 계속할 거면 일상으로 만들어야지."

인식이 픽 웃었다.

"계속할지 말지 심각한 회의가 드네요."

라정이 패널 쪽으로 몸을 돌렸다. 점멸하는 주황 빛이 딱딱하게 굳어 표정이 사라진 얼굴을 물들였다.

"실은 나도 그 생각이 막 들려던 참이야. 출발 때만 빼면 이번처럼 아무 일 없이 매끄럽게 온 적이 없었는데…… 하필이면 다 와서 착륙하기 직전에 연속으로 일이 터지네."

인식이 잠시 사이를 두었다가 조심스럽게 입을 열었다.

"저기, 아까…… '어르신'하고 싸우셨을 때 말인데요. 막판에 수의사가 필요하다길래 도착이 늦어진 거라고 말씀하셨을 때…… 그러니까, 그…… 저라면 지영이를 굳이 깨우지 않았을 거란 생각이 들었거든요. 지영이한테 책임이 있는 건 아니지만, 우리가 어르신들한테 시달릴 걸 생각하면 말이죠. 정착민들한테 미안한 건 말할 것도 없고요."

라정이 나직하게 한숨을 쉬며 대답했다.

"나도 처음에는 아주 잠깐이나마 그렇게 생각했어."

"선장님도요?"

"응. 금세 생각을 바꿨지. 너나 나나 지영이하고 많은 얘기를 나눠 보진 못했잖아? 출발하고 바로 잠에 드느라 그럴 만한 시간도 없었고. 그런데 그…… 동물을 처음 확인했을 때 내가 규정부터 찾아봤잖아. 모든 게 내 재량에 달렸다는. 그걸 알자마자 나는 지영이한테 맡겨야 한다고 마음을 먹었어."

"왜요?"

"잘 설명하진 못하겠어. 아마 지영이를 만나지 않았다면, 나는 조사하지 않겠다는 데 재량을 썼을 것 같아."

두 사람은 다시 침묵했다. 인식은 라정의 주황빛 얼굴에 떠오른 표정을 바라보면서 가볍게 두어 번 고개를 끄덕였다. 라정이 의자 팔걸이에서 몸을 일으키며 말했다.

"그러니까…… 커피 한 잔씩 마시고 다시 한번 찾을 방법을 생각해 보자고. 지영이는 물론이고, 가능하다면 그 우주 해달까지."

"네."

미소를 지으면서 대답하던 인식의 표정이 갑자기 굳어졌다. 그는 몇 번 가볍게 들숨을 쉬더니 라정을 돌아보았다.

"선장님."

"왜?"

"저, 지금 커피 냄새를 맡고 있는 것 같거든요."

"그렇게 카페인이 부족했어?"

"아뇨, 그게 아니라……."

인식이 다시 숨을 들이마셨다.

"진짜 커피 냄새가 나요."

그때, 라정이 한 손을 인식의 어깨 위에 '탁' 얹었다. 깜짝 놀란 인식은 라정의 얼굴을 올려다보았고, 이내 라정의 시선이 닿은 곳을 보았다. 인식의 자리로부터 1미터쯤 떨어진 패널 위에 동그랗게 말린 빈 커피 튜브가 놓여 있었다. 튜브 입구 바로 밑의 패널 표면에는 새어 나온 듯한 커피 두어 방울이 말라붙어 있었다. 자리에서 급히 일어난 인식이 튜브를 집어 들었다.

"이거, 아까 지영이가 마신 것 같은데요."

"그러고 보니 아까 선외 나갈 준비한다면서 라커룸으로 갈 때 거기 놓는 걸 봤어. 좀 있다 내가 치워야지 했다가 깜빡 잊었네."

"커피 냄새…… 아직 남아 있다……."

뭔가를 골똘히 생각하며 중얼거리던 인식이 패널로 재빨리 돌아와 앉았다. 그는 메인 스크린에 그래프를 하나 띄워 올리며 라정에게 물었다.

"선장님, 지금도 지영이와 그 생물이 없어진 게 소멸이 아닌 이동이라고 믿으세요?"

라정이 고개를 끄덕였다.

"좋아요. 실은 저도 그렇거든요. 아마 이게 그 단서가 될지도 몰라요."

라정은 말없이 인식에게 귀를 기울이고 있었다.

"만일 둘이 여기를 떠나 어딘가로 간 거라면, 원인을 특정하는 건 어렵겠지만 둘을 옮긴 주체가 뭔지를 상정해 볼 순 있겠죠. 하나는 우연히 화물실에서 일어난, 순간이동을 일으키는 어떤 현상이에요. 또 다른 하나는 우리가 모르는 존재가 그런 순간이동 능력을 갖고 있어 둘을 데려가거나 옮겨 놓은 거예요. 그리고 세 번째, 그 존재가 바로 지영이가 데려온 동물일지도 모른다는 거죠. 뭐가 주체인지는 아직 몰라요. 하지만 그게 뭐건 간에 순간이동이라는 현상을 일으키려면 역시 에너지가 필요할 거란 말이죠. 그 에너지가 어느 순간, 참으로 고맙게도 이 매듭호를 산산조각 내지 않으면서 화물실에서 작용했다면, 어쩌면 사건이 일어난 시점 전후로 시스템에 기록이 되었을지도 몰라요. 그리고 이게 그 결과고요."

인식이 라정에게 스크린 속 그래프를 가리켰다. 인식이 말을 이었다.

"사건이 일어난 시각은 14시 53분이었는데, 5분 전부터…… 여기 보이시죠? 미상의 에너지가 나타나기 시작하더니 급격히 증가해서 14시 53분에 정점을 찍었어요. 그리고 직후부터 감소해 왔는데……."

라정이 끼어들었다.

"지금도 남아 있어. 양은 많이 줄어들었지만."

"네, 잔류 입자예요. 통신이 회복되었는데도 계속 노이즈가 껴서 원인을 찾다 보니 이거였어요."

"반감기가 30분이네. 두 시간 반 뒤에는 완전히 사라져."

라정이 자신의 좌석 등받이 뒤편에 걸려 있던 선외우주복 헬멧을 뒤집어쓰며 말했다.

"얼마나 멀리까지 탐색할 수 있어?"

인식이 당황한 듯이 대답했다.

"아마 여기 태양계 범위 정도는 가능할 거예요. 태양계 안 어딘가에 있다면 잔류 입자가 사라지기 전에 탐지할 수 있겠죠…… 근데, 착륙선을 직접 타시게요?"

"당연하잖아?"

인식은 라정의 대답과 함께 헬멧이 선외우주복과 완전히 결합될 때 나는 '철컥' 소리를 들었다.

8.

한동안 모래 위를 기어가던 동물이 멈춰 서서 뒤를 돌아보았다. 동물은 지영이 빈 캡슐과 구급상자를 들고 천천히 걸어오는 모습을 확인이라도 하듯이 말끄러미 눈길을 던지고 있었다.

마침내 지영이 동물이 서 있는 곳에 다다르자, 동물은 왼쪽 가장자리로 옮겨 간 다음 고개를 들고 다시 한번 지영을 쳐다보았다. 마치 자리를 비켜 줬으니 거기 앉으라는 듯했다. 동물은 지영이 자신의 오른편에 조심스럽게 앉아서 캡슐과 구급상자를 옆에 놓을 때까지 고개를 돌리지 않았다. 그러고는 끝없이 너른 평지를 바라보았다. 냄새를 맡는 듯 코를 계속 벌름거리다가 이따금 고개를 이리저리 짧게 움직이기도 했다. 그 모습을 보던 지영은 아주 어렸을 때, 자신의 얼굴을 향해 코를 들이밀던 여름이를 떠올렸다. 지영의 가장 오래된 기억 속 여름이는 광각렌즈에 포착된 것처럼 코끝만 둥그렇게 부풀어 올라 있었다.

동물은 불현듯 뒷다리만으로 몸을 벌떡 일으켜 세우다가 앞쪽으로 엎어지고 말았다. 상반신을 몇 번이나 위쪽으로 구부리며 튕겨 올리려 했지만 기력이 모자라 연신 엎어졌다. 동물은 깨어난 이후로 아무것도 먹거나 마시지 않았다. 동물의 생태를 모르는 지영은 비상식량이나 영양제 같은 것이 있어도 함부로 줄 수 없었다. 반면 동물의 놀라운 생명력을 생각하면 먹이에 대해 광범위한 적응력이 있으리라 여겨졌다. 물이라면 어떨까? 가만히 두고만 보기에는 시간이 없었다. 지영은 틀림없이 자신이 먼저 죽을 것이므로, 어쩌면 동물이 자신의 주검으로 얼마간이나마 더 살 수 있을지도 모른다고 생각했다. 아직 살아 있는 동안 동물에게 도움이 될 만한 일이라면 뭐든 해야만 했다. 설령 자기만족만을 위한 행동이라 할지라도.

지영은 구급상자에서 비상용 식수 튜브를 하나 꺼내어 동물의 코앞에 내려놓았다. 동물은 킁킁 냄새를 맡고는 지영을 올려다보았다. 지영은 튜브를 집어 들어 캡슐의 한쪽 끝에 꽂았다. 튜브를 꽂은 곳의 안쪽으로 오목한 받침접시 같은 것이 튀어나왔다. 지영이 그것을 손가락으로 몇 번 두드리자, 동물이 고개를 빳빳하게 들고 잠시 바라본 뒤 느릿느릿 캡슐을 향해 다가왔다. 동물이 캡슐에 들어가자, 지영은 입구를 밀폐하고 작업복 산소통에서 케이블을 빼내어 캡슐에 연결한 뒤 산소를 주입하여 기압을 조정했다.

이내 헬멧 안에서 산소 부족 경고음이 울렸지만 지영은 굳이 남은 시간을 확인하지 않았다. 기압 조정이 끝나자, 지영은 튜브를 개방하여 캡슐 안 받침접시에 소량의 물을 따랐다. 동물이 물을 다 마시자 자동으로 접시에 물이 고였다. 동물은 지영과 눈길을 맞췄다. 바깥으로 살짝 처져서 약간 슬퍼 보이는 눈매가 조금은 기뻐진 듯했다. 지영은 가볍게 한숨을 쉬면서 웃음 지었다.

마침내 산소가 고갈되었다는 경고음이 울렸을 때, 지영은 동물이 튜브에 담긴 물을 다 마시고 혀를 내밀어 입맛을 다시듯 입 주위를 연신 핥는 모습을 지켜보고 있었다. 지영은 갑자기 온몸이 덜덜 떨리는 것을 느끼면서 바닥에 털썩 주저앉았다. 동물이 깜짝 놀란 듯이 지영에게 눈길을 던졌다. 지영은 진정하려고 급히 심호흡을 몇 차례 했지만 소용이 없었다. 자신도 모르게, 지영은 하늘로 고개를 돌렸다. 보이는 것은 엷은 회색뿐이었다.

지영은 작업복 안에 남은 산소마저 다 써 버리기 전에 서둘러 움직였다. 구급상자에서 새 식수 튜브를 꺼내어 캡슐에 갈아 끼우고, 고형 비상식량을 몽땅 꺼내어 캡슐 옆에 쌓아 두었다. 그중 하나를 뜯어 잘게 부순 뒤 식수처럼 캡슐의 다른 주입구를 통해 넣어 주었다. 캡슐은 약 일곱 시간 뒤 전력이 고갈되면 자동으로 열리거나, 동물이 내벽을 아무 데나 건드려도 열리도록 설정했다. 동물은 캡슐 안에서 이 모든 과정을 지켜보았다.

일을 마친 지영은 캡슐 옆에 다시 앉아 한숨을 쉬었다. 벌써 호흡이 힘들어졌고 정신도 서서히 흐려지고 있었다. 지영은 캡슐 안에 엎드려 있는 동물을 바라보았다. 동물도 고개를 들어 지영과 눈을 맞추고 있었다. 손을 뻗어 동물의 얼굴 위 강화유리를 쓰다듬으면서, 지영이 말했다.

"끝까지 있어 주지 못해 미안해. 여기 있는 것들이 도움이 될지 모르겠네."

지영은 캡슐 옆에 천천히 누웠다. 정신이 급격히 혼곤해지는 가운데, 여름이를 떠올렸다. 사춘기에 접어들 무렵까지, 지영은 어두운 방을 싫어해서 곧잘 여름이와 함께 잠들곤 했다. 그런 날은 불을 다 *끄고서도* 편안히 잘 수 있었다. 여름이는 지영의 일부였지만 그런 여름이를 지영은 지키지 못했다. 자신에게 오는 동물을 다시는 여름이처럼 허망하게 보내지 않겠다는 결심으로, 지영은 수의사라는 길을 선택했다. 하지만 수의사가 되어 처음으로 만난 동물은 지영의 이해를 넘어서는 존재였고, 인간이라는 또 다른 동물의 한계에 부딪쳐 놓치게 되었다. 지영은 곧 재회할 여름이에게 뭐라고 말해야 할지 몰라 스스로가 원망스럽고 부끄러웠다.

탁 탁.

수학여행을 떠나는 지영과 함께 가고 싶다며 아픈 몸을 일으키려던 여름이.

탁 탁.

바닥에 힘없이 떨구던 여름이의 발.

탁 탁.

지영은 눈물을 흘리면서 마지막으로 여름이의 얼굴을 떠올렸다. 여름이는 지영을 마주 보다가 두 번 크게 짖었다.

탁! 탁!

눈을 뜨자, 지영의 눈앞에 여름이가 있었다. '탁! 탁!' 소리가 한 번 더 들리면서 여름이는 사라지고 바이저 너머로 해달을 닮은 동물의 둥그런 머리와 그 옆으로 삐죽삐죽 솟아난 듯한 두 앞발이 보였다. 지영은 힘겹게 말을 뱉어 내려 했지만 목소리가 나오지 않았다.

동물이 바이저에서 사라졌다. 지영은 다시 눈을 감았다.

'딱!'

커다란 타격음과 강한 진동에 지영이 깜짝 놀라 눈을 떴다. 동물이 다시 바이저를 두드리고 있었다. 아니, 이번에는 양 앞발을 모아서 때리고 있었다. 시야가 흐릿해서 정확히 볼 수 없었지만, 동물은 앞발에 뭔가를 쥐고 있는 것 같았다. 타격이 거듭될수록 강도가 급격히 커져 갔고, 이 내 바이저에 금이 가기 시작했다. 동물이 일곱 번을 더 내려치자 마침내 바이저가 쪼개졌다. 정신을 잃기 직전, 지영은 동물이 앞발로 바이저를 뜯어내는 모습을 곁눈으로 본 것도 같았다.

9.

캡슐 옆에 앉은 지영은 조금 전까지 있었던 일을 이해해 보려고 애썼다.

정신을 잃었던 시간은 아주 짧았다. 바이저가 쪼개져 곧 질식사하리라는 극도의 공포 때문이었을까. 그렇지만 지영은 금세 깨어났고 몇 초 뒤에는 상반신을 일으켜 세웠다.

지영은 숨을 쉬고 있었다.

동물은 지영의 가슴 위에 올라왔던 듯, 지영이 일어나 앉았을 때는 앞발로 헬멧의 턱 부분을 붙들고 얼굴을 바이저의 쪼개진 부분에 댄 채 그를 말똥말똥 쳐다보았다. 지영은 어떤 일이 있었는지 복기하면서 현 상황을 파악해 보려고 했지만 마땅한 결론을 낼 수 없었다. 동물은 지영에게 숨을 불어넣어 주거나 하는 특정한 동작을 취하고 있지 않았다. 그저 헬멧 가까이에 매달려 있을 뿐이었다. 따지고 보면 어딘지도 모를 곳으로 화물실째 와 버린 것도 받아들이기 힘든 건 마찬가지였다. 분명한 것은 지영이 이곳의 유독한 대기 속에서 맨얼굴로 숨을 쉬면서 살아 있다는 사실, 그뿐이었다.

지영은 헬멧을 벗었다. 그러자 동물은 지영의 어깨 위로 기어올라 몸통으로 조심스럽게 지영의 목덜미 주위를 감쌌다. 앞발로는 지영의 오른쪽 어깨를, 뒷발로는 왼쪽 어깨를 각각 붙들었다. 동물의 얼굴이 지영의 오른쪽 뺨에 닿자, 지영은 자신도 모르게 미소를 지었다. 동물의 털은 부드럽고 포근했다. 지영이 오른손을 어깨 너머로 뻗어 동물의 목덜미를 살살 긁어 주자, 동물은 '쿰 쿰' 하고 작은 소리를 내며 얼굴을 지영의 뺨에 비벼 댔다. 여름이와 이별한 뒤로 동물의 온기와 부드러움을 이렇게 가까이서 느껴 본 것은 처음이었다. 눈물이 걷잡을 수 없이 흘러내렸다.

얼마 동안인가 울고 난 지영은 헬멧을 캡슐 옆에 내려놓다가 못 보던 물체를 발견했다. 아기 주먹 크기의 갸름한 돌조각처럼 보였는데, 한쪽 끝이 얇고 예리한 날처럼 되어 있었다. 엷은 적갈색 무늬가 대리석처럼 감싸고 있어 분홍색에 가까운 주변 바위 사이에서 두드러져 보였다. 지영이 왼손으로 그것을 집어 들자, 동물이 뒷발로 왼쪽 어깨를 톡톡 건드렸다.

"이거?"

지영이 돌조각을 동물의 얼굴이 있는 오른쪽 어깨 가까이 들이대었다. 동물은 그것을 앞발로 집어 자기 몸 쪽으로 가져갔다. 동물이 목덜미에 달라붙은 채 꿈틀거려 지영은 무슨 일이 벌어지는지 확인할 수 없었지만, 조개껍데기를 깨는 돌멩이를 몸에 달린 주머니에 집어넣는 해달처럼 행동하는 것이 아닐까 추측했다. 과연 돌조각은 그 뒤로 다시 나타나지 않았다.

지영은 문득 배가 몹시 고파졌다. 냉동 수면에서 강제로 깨워진 뒤로 커피 한 잔 말고는 아무것도 몸에 넣지 않았던 것이다. 캡슐 옆에 쌓아 둔 고형 비상식량을 뜯어 씹기 시작했다. 일부를 작은 조각으로 잘라 동물에게 줘 봤더니 잘 먹었다. 정말 적응력이 뛰어났다. 그러나 지영 자신은 이곳에 적응할 수 있을지 의심스러웠다. 대기 문제에서 막 벗어나긴 했지만 언제까지나 지속되리라는 보장은 없었다. 비상식량과 물의 양도 한정되어 있었다. 그것마저 다 떨어진다면 구조되지 않는 이상 살길은 없는 거나 마찬가지였다.

지영은 오른손을 어깨 쪽으로 올려 동물의 얼굴로 조심스럽게 가져갔다. 동물은 지영의 손끝에 코를 대고 잠시 냄새를 맡고는 가만히 있었다. 지영은 손을 몸 바깥쪽으로 돌려서 동물의 턱 밑을 가만히 긁어 주었다. 동물은 '쿰쿰' 소리를 내면서 기분 좋은 듯 한숨을 쉬었다.

"고마워."

지영은 굳이 소리 내어 말했다. 왠지 동물이 그의 말을 알아들을 거란 기분이 제멋대로 들어서였다. 동물은 대답이라도 하듯이 왼쪽 앞다리를 들어 지영의 오른쪽 뺨을 꾹 눌렀다. 지영은 자신도 모르게 깔깔 웃었다. 동물의 발바닥 감촉과 온도가 꼭 여름이 같았다. 지영은 눈물을 흘리며 웃어 댔다.

동물이 지영의 오른팔을 타고 천천히 내려오기 시작했다. 지영은 양팔을 둥그렇게 모아 동물을 받쳐 주었다. 동물은 지영의 맞은편인 동쪽으로 끝도 없이 펼쳐져 있는 평지를 향해 몸을 길게 내뻗었다. 지영은 동물이 앞으로 고꾸라지지 않도록 양팔에 힘을 주었다. 동물은 코끝을 벌름거리며 냄새를 맡고 있었다. 한참을 그러던 동물이 지영을 한 번 뒤돌아보았다. 지영은 무심코 동물이 바라보던 방향으로 눈길을 던졌고, 이내 '헉' 하고 숨을 들이마셨다.

직선거리로 수 킬로미터 떨어진 공중에 작고 검은 반점 같은 물체가 떠 있었다. 지영은 그것을 한동안 바라보았다. 제자리에 가만히 떠 있는 것 같았던 검은 반점은 어느 순간 눈에 띄게 커지면서 어떤 모양을 갖춰 갔다. 지영이 그 모양을 인식하자마자, 헬멧 속에서 잡음이 흘러나오기 시작했다. 잡음은 곧이어 누군가의 목소리와 간헐적으로 뒤섞이다가 마침내 알아들을 수 있는 말이 되었다.

"왜 억지로 깨워서 이 고생을 하게 됐나 몰라!"

라정의 목소리에 웃음기가 가득 배어 있었다.

10.

착륙선이 모운의 첫 번째 달의 대기권을 벗어나자, 라정이 옆에 앉아 있는 지영에게 흘끗 눈길을 던졌다. 지영의 얼굴은 여전히 어두웠다.

라정은 인식이 잔류 입자의 행방을 확인하자마자 미리 탑승해 있던 매듭의 착륙선을 몰고 첫 번째 달로 향했다. 착륙선은 위성의 대기권을 통과한 지 얼마 지나지 않아 지영이 자신의 우주복에서 떼어 버렸던 발신기의 전파를 탐지했고, 라정은 곧장 그곳으로 날아가 지영을 발견했다.

라정은 착륙선 앞에 서 있는 지영의 모습이 반가워 활짝 웃었고, 지영도 지친 얼굴로 마주 웃었다. 지영은 어깨에 동물을 얹은 채 캡슐을 들고 착륙선에 올라탔다. 착륙선이 비상하자, 동물을 캡슐 안에 앉힌 뒤 라정과 반가움을 나누었다. 이윽고 라정에게 동물 이야기를 해 주려고 캡슐 쪽을 돌아보았다. 하지만 더 이상 이야기를 이어 갈 수 없었다. 동물은 마치 캡슐의 내벽으로 빨려 들어가 버린 것처럼 사라져 있었다.

두 사람은 매듭에 도착할 때까지 아무 말도 하지 않았다.

11.

지영은 골조가 다 드러난 화물실 벽에 기대앉아 있었다.
옷차림은 가벼운 선내작업복이었고, 왼손에 쥔 커피 튜브
는 차갑게 식어 있었다. 한참 전에 인식이 건네준 것이었다.
"오한은 좀 사라졌어?"

화물실로 들어온 라정이 지영에게 다가오며 물었다. 지
영이 오른손으로 목덜미를 몇 번 긁으면서 힘없이 웃었다.
"거의 가셨어요. 근데 지금은 기운이 없네요."
"인식이가 커피 갖다 줬…… 아직 안 마셨어?"

라정은 지영의 커피 튜브를 만져 보고 조금 놀라서 물었다.
"한 모금 마셨어요."
"차갑잖아. 새로 하나 갖다 줘?"
"괜찮아요."

지영이 힘겹게 몸을 일으켜 세우며 대답했다. 라정이 재
빨리 다가와 손을 붙잡아 주었다.
"짐 내리는 동안 여기서 며칠 쉬어. 작업 끝나고 당장 출
발하지 않아도 되니까 힘들면 얘기해."
"아니에요. 오느라 얼마나 고생했는데. 착륙까지 얼마나

남았어요?"

지영이 목덜미를 또 긁으면서 물었다.

"20분쯤. 그동안이라도 좀 쉬어…… 잠깐만."

라정은 지영의 뒤편으로 돌아가 그의 목덜미를 살폈다. 지영이 말했다.

"조금 더 아래인 것 같아요."

라정은 지영의 작업복 목덜미를 조금 젖히고 안쪽을 잠시 살피더니 등 위쪽에 붙은 무언가를 떼어 냈다.

"여기 있네."

길이는 어른 엄지손가락만 하고 빳빳한 털 한 올이었다. 라정이 지영에게서 물러나 털을 버리려고 손을 내리는 순간.

"아뇨, 아뇨! 그거 저 좀 보여 주세요."

라정은 궁금하다는 표정으로 지영에게 털을 건네주었다. 지영은 그것을 조명에 잠시 비춰 본 다음, 도구 가방을 열어 작은 표본병을 꺼냈다.

"이건 그 아이가 남긴 거예요."

털을 넣은 표본병을 밀봉하는 지영의 눈에 생기가 돌아와 있었다.

"그 아이……?"

"한동안 제 목 뒤로 올라와 어깨를 감싸고 있었거든요. 그때 빠졌나 봐요."

지영은 표본병을 바라보며 미소를 지었다.

"여름이라고…… 같이 살던 강아지 생각이 나요. 어렸을 때 친척집에 며칠 있었는데, 첫날 밤 자기 전에 잠옷으로 갈아입었거든요. 근데 잠옷을 입고 나서 등이 계속 가려운 거예요. 한참을 막 긁다가 사촌언니한테 봐 달랬는데, 그게 여름이 털이었어요. 저는 그날 사촌언니랑 다른 친척들이랑 하루 종일 노느라고 여름이를 잠깐 잊고 있었나 봐요. 잠옷에 붙어 날 따라온 여름이의 흔적을 보고 그제야 생각이 나서, 여름이 보고 싶다고 밤늦게까지 울고불고 그랬죠."

라정의 얼굴에도 미소가 번지기 시작했다.

"나중에 엄마한테 물어보니까, 전날 여름이가 세탁기에서 막 꺼낸 옷 더미에 팡 뛰어들어서 노는 걸 쫓아냈대요. 그때 묻은 게 어떻게 남았던 거겠죠. 어쨌든 전 여름이 털이라도 본 게 너무 반가워서 친척집에 있는 동안 침대 머리맡에 테이프로 붙여 뒀어요. 근데 집에 올 때 그걸 깜빡 잊고 두고 와 버렸어요. 하지만 괜찮았어요. 집에서 진짜 여름이를 다시 만났으니까."

지영의 얼굴에 다시 그늘이 들었다.

"하지만…… 이 아이는 언제…… 아니, 다시 만날 수나 있을지 모르겠어요."

"어쩜 그렇게 처음 만났을 때처럼…… 착륙선에 태우자마자 멋대로 사라져 버리니."

라정이 지영의 어깨를 토닥이며 말했다.

"걱정돼?"

"쇠약했거든요. 뼈가 딱딱하게 만져질 만큼 말라서 몸도 간신히 가눴어요. 그 상태로도 절 깨워 줬죠. 모운에 내려가면 제대로 봐 줄 생각이었는데."

"잠깐 봐도 괜찮아?"

지영이 라정에게 표본병을 건넸다. 라정은 그 안에 담긴 한 올의 털을 잠시 바라보았다.

"다시 만날 거야. 멋대로 사라진 녀석은 또 멋대로 돌아오게 돼 있어. 왠지 그럴 것 같잖아?"

라정은 표본병을 지영에게 돌려주었다. 지영은 조금 홀가분해진 듯한 얼굴로 말했다.

"그렇게 믿고 싶어요. 어쩌면 이게 제 편에서 출발점이 될지도 몰라요."

지영은 표본병을 들어 보였다.

"이젠 진짜로 옷 갈아입어야지. 그 전에 따뜻한 커피부터 마시고 싶어졌어요. 같이 하실래요?"

라정이 웃으면서 대답했다.

"나야 좋지."

매듭이 싣고 온 장비와 보급품은 라정과 인식이 감독하는 가운데 작업용 로봇들이 각각 정해진 장소에 부렸다. 지영은 짐을 모두 챙겨 하선할 준비를 마치고 좌현 화물실로 갔다. 라정이 작별을 하러 화물실에 왔을 때, 지영은 불규칙한 원 모양으로 도려내어져 사라진 검수용 테이블 자리를 조용히 바라보고 있었다.

"이제 작별이네."

라정이 다가오며 오른손을 내밀었다. 지영이 그 손을 맞잡았다.

"아쉬워요. 좀 더 친해지고 싶었는데."

"잘 있어. 난 다시 못 만나더라도, 그 아이는 꼭 보길 바라."

"네. 그럴 거예요."

지영이 잠시 사이를 두었다가 말을 이었다.

"정말 고마워요."

"응?"

"날 깨워 준 거. 그 아이와 만날 기회를 준 거요."

"난 또……."

라정이 별일 아니라는 투로 대답했다. 지영은 고개를 저었다.

"아니에요. 두고 갈 수도 있었잖아요. 나 때문에 일정도 많이 늦어졌을 텐데."

"그거 알아? 너 한참 찾아다니다가 네 말 들은 게 생각나서 해달 사진을 찾아봤는데 정말 닮았더라니까. 어떻게 거길 떠돌게 됐는지는 모르겠지만, 그냥 내버려 두지 못하겠더라고. 네가 선장이라면 더 그랬을걸?"

지영이 픽 웃으며 대답했다.

"불청객 일까지 신경 써 주시네요?"

라정도 마주 웃었다.

"훌륭한 선장의 기본 소양이지."

두 사람은 누가 먼저랄 것도 없이 서로를 끌어안았다. 하지만 포옹은 느닷없이 들려온 헛기침 소리에 상대방의 체온을 느낄 새도 없이 끝나 버렸다. 화물실 입구에 한 중년 남성이 서 있었다. 얼굴이 민숭민숭한 그를 본 라정이 지영 쪽으로 고개를 돌리고 있는 대로 인상을 찌푸렸다.

"나 좀 혼나고 올게. 아니, 무슨 소리야. 기다리지 말고 얼른 내려. 건강해야 돼!"

라정은 멀어지면서 지영을 몇 번이나 돌아보았다. 지영은 웃으면서 가볍게 손을 흔들었다.

이윽고 인식이 다가와서 지영과 악수했다.

"몇 마디 못 나눴는데 벌써 이별이네. 그래도 동갑내기라 반가웠어."

"너처럼 커피 튜브를 잘 데우는 항해사는 어디에도 없을 거야."

그 말에 인식은 장난스럽게 웃었다. 지영이 덤덤하게 덧붙였다.

"너 아니었으면 못 돌아왔을 거야. 고마워."

인식은 어깨를 으쓱하며 더 크게 웃었다.

"실은 널 부르러 왔어. 첫 손님이 온 것 같아."

인식은 지영을 승강구로 안내한 뒤 인사를 나누고, 하역 작업이 진행 중인 곳으로 바삐 달려갔다. 지영은 인식의 뒷모습에서 시선을 거두며 무심코 하늘을 쳐다보았다. 그러고는 숨을 한 모금 크게 들이켰다. 저물기 시작한 태양의 자줏빛을 흠뻑 머금은 거대한 구름의 무리가 지영의 시야를 빈틈없이 채우고 있었다. 그는 누군가가 근처에 다가온 것조차 알아채지 못하고 한동안 구름을 바라보고 있었다.

마침내 인기척을 느낀 지영이 소년을 보았다. 10대 초반쯤 되어 보이는 소년은 눈이 마주치자 얼굴을 밝히며 달려왔다.

"'주희'가 새끼를 낳으려고 해요."

"주희?"

"사모예드인데 제 동생이에요. 제가 '주현'이거든요."

"그렇구나. 음…… 보호자는 어디 계셔?"

"주희요? 제가 보호잔데요."

"그럼 주현이 보호자는?"

"지금은 온실에 계셔서 못 오세요. 식물연구원이거든요."

지영은 주현이 운전하는 소형 지프에 올라탔다. 주현은 시동을 걸어 지프를 출발시키는 동안 주희의 상태를 열심히 설명했고, 지영은 곰곰이 아이의 말을 들었다. 아이는 긴장한 태가 역력했지만 차를 급히 몰지 않을 만큼 차분

하기도 했다. 지영은 이 주현이라는 아이가 마음에 들기 시작해서, 긴장을 조금 풀어 주고 싶었다.

"혹시 아기들 이름 생각해 둔 것 있어? 첫째한테도 '주' 자 돌림으로 지어 줄 거니?"

"첫째요?"

주현이 두 눈을 반짝이며 지영 쪽으로 고개를 돌렸다.

"사모예드 같은 대형견은 최소한 네댓 마리 이상 낳거든. 그러니까 이름을 몇 개 더 생각해 두는 게 좋아. 집까지 얼마나 걸릴까?"

주현이 대답했다.

"15분 정도요."

지영은 주현에게 든든한 웃음을 나눠 주었다.

"주희는 괜찮을 거야. 집까지 가는 동안 나랑 같이 아기 들에게 이름을 지어 주는 거야. 어때?"

주현도 한결 마음이 놓인 듯 얼굴을 풀었다. 지영은 자 줏빛 구름을 향해 달려가며 여름이와 그 이름 모를 동물과 곧 만나게 될 주희와 이름을 지어 줄 아이들을 생각했다.

협탐(俠探)
―고양이는 없다

브릿G에서 2022년 2월 발표

진산

무협소설 『청산녹수』, 『홍엽만리』, 『대사형』, 『사천당문』, 『더 이상 칼은 날지 않는다』, 로맨스 『가스라기』, 『커튼콜』, 판타지 『바리전쟁』, 『테라의 전쟁』, 소설집 『애견무사와 고양이 눈』, 에세이집인 『마님 되는 법』 등을 썼다.

모모와 산책을 하다 주운 햄스터 키키(RIP), 크리스마스 이브에 구조한 리트리버 주주 등의 이력으로 혹시 진짜 직업은 드루이드가 아니냐는 의혹을 받고 있다.

구조했던 길고양이 새끼가 세상을 떠난 일을 계기로 『고양이 꼬리』를 발표하면서 동물무협을 쓰게 됐다.

검의 시대는 끝난 지 오래다.

정확히는 검으로 적을 타파하고 강산을 피로 물들이던 시대가 숨을 거뒀다.

10대 고수와 아홉 문파와 열두 방파 간의 오랜 싸움이 종지부를 찍으면서, 100년의 숙적이 서로 화해를 하고 영원한 적수가 당파를 넘어 손을 잡았다.

천하는 태평성대라는 꿀 항아리에 몸을 담그고, 강호는 유혈의 옷을 벗어 버렸다.

그런 시대라, 나는 협탐이 되었다.

협탐(俠探)은 협을 찾는 사람, 즉 탐정이다.

기묘한 일의 진상을 밝혀내고, 억울한 일을 순리대로 풀어내며, 혼란스러운 일의 시시비비를 가린다.

꽤 큰 도성의 유흥가 뒷골목이 나의 점포로, '협탐'이라는 글자가 적힌 때 묻은 깃발 하나를 꽂아 놓고 종일 손님을 기다린다.

벌이는 그리 좋지 못하다.

다소는 시절 탓이었다. 요새는 기묘한 일도 억울한 일도 혼란스러운 일도 흔치 않다.

하지만 벌이가 시원치 않은 대부분의 이유는, 나 자신에게 있다.

나이 들고 못생긴 데다 내담자를 홀릴 만한 신묘한 지혜는커녕 하다못해 싹싹한 접객 솜씨도 없으니 잘될 리 만무하다. 그게 이유의 전부도 아니다.

이런 사정이라 나는 일을 가릴 형편이 못 됐다. 그러니 그 일이 내게로 온 것은 어찌 보면 필연이다.

*

1.

"아줌마가 협탐인가요?"

한 열 살쯤 되어 보이는 소녀였다. 입성은 나쁘지 않았고, 머리도 곱게 땋아 비단 댕기를 드리웠다. 좀 사는 집 애다.

"그래. 맞다."

귀찮은 표정을 숨기지도 않고 대답했다. 몇 달째 손님은 없고, 딱 이런 꼬맹이들이 찾아와서 짓궂은 질문이나 하는 게 다였다.

"협탐도 무림인이죠? 아줌마도 무림인이에요?"

"아녀영웅전의 십삼매, 자객 섭은낭, 월녀검 이야기도 못 들어 봤니? 원래 여자도 무술 한다."

"헤에, 그래도 아줌마는 너무 늙었는데."

이게 확. 에효 참자.

한 대 쥐어박으려고 팔을 들어 올리다 도로 내렸다. 솔직히 말하자면 배가 고파서 어린애 쫓을 힘도 없었다.

"아직 마흔 살밖에 안 먹었다. 그리고 결혼도 안 했다. 됐지? 다 물어봤으면 가라."

하지만 소녀의 용건은 아직 끝나지 않았다.

"협탐은 무슨 일을 해요?"

이번에야말로 내쫓으려다가 한 번 더 참기로 했다. 혹시 이 꼬맹이가 어른들한테 말이라도 잘해 주면 일거리가 들어올지도 모른다.

"돈만 주면 뭐든 한다. 잃어버린 물건도 찾아 주고, 사람도 찾아 주고."

"사람을 대신 해쳐 주기도 하나요?"

소녀가 벽에 기대어 둔 내 검을 힐끔 보며 물었다. 이 아이를 내쫓으려면 겁을 좀 줘야겠다는 생각이 들었다. 나는 일부러 씩 웃으면서 검집을 툭툭 두드렸다.

"원래 그게 주업이지."

소녀는 움찔했지만, 쉽게 물러나지 않았다. 당돌한 녀석.

"내가 사람 죽일 일이 있으면 좀 더 젊고 힘 잘 쓸 것 같은 자객을 고용할 거예요. 아줌마는 싸움을 잘할 것 같진 않아요."

"그럼 자객 찾아가든가."

"무공으로 치면 저기 무당파 도사님들이 훨씬 뛰어날걸요. 그분들은 신선처럼 수행이 깊어서 더러운 일은 절대 안 한다니까 사람을 죽여 주진 않겠지만."

"아, 그러세요."

나는 팔짱을 끼고 더러운 담벼락에 등을 기댄 채 눈을 감았다. 저 꼬맹이랑 입씨름을 하느니 낮잠이라도 자는 게 배가 덜 고플 것 같았다.

"근데 시간은 아줌마가 더 많을 것 같네요."

안 들려, 안 들려.

"그래서 말인데, 아줌마한테 맡겨야겠어요."

짤랑. 동전 소리가 들렸다. 내 눈이 저절로 번쩍 뜨였다. 소녀, 아니 손님께서 작은 염낭을 흔들며 말했다.

"내 고양이를 찾아 주세요."

2.

사람을 해치는 게 주업이었다는 말이 말짱 거짓은 아니었다.

협탐은 억울한 일을 대신 해결해 주는 것이 본업이다. 그러다 보면 피도 보기 마련이다. 하지만 요즘 영 벌이가 시원치 않아 그런 피비린내 나는 일 말고 자질구레한 일도 기꺼이 떠맡을 각오가 되어 있었다.

아무리 그래도 그렇지. 고양이 찾아 주는 일까지 해야 하다니. 어쩐지 처량한 기분이 들었다. 그러나 그 기분보다 더 처량한 것은 아랫배에서 들려오는 꼬르륵 소리다.

"제대로 이야기해 봐라."

나는 구슬픈 목소리로 그렇게 말했다. 뭐, 오늘 저녁 끼니를 해결할 돈만 얻을 수 있다면 나쁘지 않은 일이다.

"어떤 고양이냐? 이름은? 나이는? 털 색깔은?"

"우리 고양이는 아주 대단한 고양이예요."

소녀가 자랑스러운 표정으로 대답할 때부터 예감이 좋지 않았다.

"이름은 금동이고요."

얼씨구.

"나이는…… 아마 다섯 살 넘었을 거예요."

소녀가 손가락을 하나하나 꼽아 보더니 애매한 대답을

했다.

"털 색깔은요, 아주 고운 황금색인데요, 진한 금색 줄무늬가 있어요. 왕후장상들이 입는 능라처럼 고귀한 기상을 풍기는 그런 털색을 가졌죠."

"노란 고양이구나."

그냥 뒀다가는 언제까지 찬사가 이어질지 몰라 거기서 끊었다.

"언제부터 보이지 않았지?"

"어제요."

실종이라기엔 너무 시간이 짧다. 어디 눈에 안 띄는 곳에서 낮잠이라도 자고 있는 것 아닐까? 뭐, 상관없다. 설령 고양이가 잠깐 마실 나간 거라 해도 찾아 주기만 하면 저 당돌한 손님 녀석의 돈은 내 거다. 이건 손안의 떡을 먹는 것만큼 쉬운 일이다.

"식구들한테 물어는 봤니?"

되바라지게 잘도 대답하던 소녀가 어쩐지 그 순간에는 좀 머뭇거렸다.

"……아무도 못 봤다고 했어요."

요것 봐라? 좀 이상한 생각이 들었지만 일단 넘어가기로 했다.

"동네 주변은 찾아봤고?"

"갈 만한 곳은 다 찾아봤는데 없어요."

"정말 다 찾아본 건지는 모를 일이지."

나는 일어나 깃발과 검과 등짐을 주섬주섬 챙겼다.

"뭘 하는 거예요?"

"직접 가서 찾아야지. 협탐의 일은 원래 발로 뛰는 거다."

내가 성큼성큼 앞장서 걷자 소녀가 종종걸음으로 따라 붙으며 신기하다는 듯 물었다.

"우리 집이 어딘지 알고 그렇게 가요? 나 아직 말 안 해 줬는데."

"알고 있다."

"어떻게요?"

"네 옷을 보면 가난한 집 아이는 절대 아니지. 점잖은 집 아이라기에는 말투가 되바라졌구나. 장사하는 집 아이라고 보는 게 제일 맞겠지."

소녀가 "오오!" 하며 눈을 동그랗게 떴다.

"몸에서 기름 냄새가 풍기는 걸로 봐서는 음식 파는 노점일까? 아니, 코끝을 간질이는 이 향기는 술 냄새가 분명하구나. 술과 음식을 같이 파는 곳일 거다. 객잔이나 반점, 아니면 기루겠지. 그중에서도 이 독특한 향기는 30년 묵은 노주(老酒)의 향기라고 볼 수밖에 없다. 그런 명주를 직접 빚어 파는 곳은 내가 알기로 한 곳밖에 없지. 금전루 말이다."

성안에서 가장 유명한 객잔의 이름을 대자, 소녀가 비로소 존경이라고 부를 만한 눈빛으로 나를 우러러봤다.

사실은 다 뻥이다. 나는 이 애가 금전루의 딸이라는 걸 원래 알고 있었다. 오며 가며 언뜻 봤거든.

휴, 세상의 모든 손님이 이 아이만큼 속여 넘기기 쉽다면 나도 제법 이름을 날릴 수 있을 텐데.

3.

금전루는 오늘도 변함없이 성업 중이었다. 근본은 숙박업소지만, 안 파는 것이 없다. 차도 팔고 술도 팔고 음식도 팔고 사람도 판다. 물론 그만큼의 금전을 낼 수 있는 사람에게만.

이 가게에서 파는 차 반 잔의 값도 내게는 일주일 치의 생활비라 엄두도 낼 수 없는 곳이다. 그러니 금전노주의 명성이 아무리 높다 해도 언제나 먼 발치에서 침이나 삼키고 지나갈 수밖에 없었는데.

"어서 옵……쇼?"

정문 앞에 나와 있던 호객 점소이가 기세 좋게 외치다가 내 행색을 보고는 눈알을 아래위로 굴렸다.

"손님으로 온 건 아닐세. 여기 이 꼬마 아가씨가."

나는 내 등 뒤에 숨은 소녀를 잘 볼 수 있게 옆으로 한 걸음 옮겼다. 점소이는 아아, 하고 표정을 풀었다.

"아가씨, 언제 나가셨더랬어요? 마님이 아까부터 찾으시
던데. 이분은 왜 모시고 왔습니까? 혹시 나가서 무슨 말썽
이라도 부리셨나요?"

점소이가 물었지만 금전루의 작은 아가씨, 소녀는 콧방
귀를 뀌며 외면했다. 둘이 사이가 안 좋은 모양이다.

"고양이를 잃어버렸으니 찾아 달라고 의뢰를 해서."

내가 대신 정황을 설명했다. 그러자 점소이의 눈이 커졌
다가, 눈동자를 불안하게 좌우로 굴렸다.

"어…… 고양이……요? 아, 그……."

뭐지, 이 반응은? 마치 전혀 예상 못 한, 혹은 예상하고
싶지 않았던 일을 들은 표정인데.

"어, 예! 이, 일단 안으로 드시죠!"

금전루 내부는 복층으로, 맛있는 냄새와 현란한 등불,
그리고 무엇이건 기꺼이 지불할 용의와 능력이 있는 손님
들로 가득했다.

그런 곳에 들어가니 나는 붉은 자수를 놓은 금색 비단
에 묻은 더러운 회색 얼룩 같았다. 다행히 점소이는 나를
외진 방으로 얼른 데려갔다. 손님이라기엔 애매한 나 같은
경우를 위한 장소인 듯, 금전루의 명성에 어울리지 않게
초라하고 좁은 단칸방이었다.

"여기 잠깐 앉아 계시죠. 곧 마님을 모시고 오겠습니다."

얇은 벽 너머로 바깥의 흥청망청하는 소음과 음식 냄새

가 풍겨 와 기다리는 시간은 고역이었다. 그나저나 이렇게 상시 사람의 눈이 많은 곳이라면 고양이가 어디 숨어 있기 도 쉽지 않을 텐데. 가게 밖으로 나간 건가? 아니면 어딘 가 눈에 안 띄는 구석에 숨어 있을까? 건물이 이거 하나도 아닐 테니 찾으려면 꽤 공이 들겠군.

생각보다는 좀 시간이 걸려 금전루의 마님이 나를 만나 러 왔다. 나보다 서너 살 젊은 여인이었는데 넉넉한 옷자락 아래 부른 배를 보니 임신부였다. 댁의 따님이 고양이를 찾아 달라고 하여 왔습니다, 사정을 설명했더니 황망한 표 정이다.

"어린 여식의 치기로 귀찮게 해 드려 송구할 따름입니다."

"아닙니다."

덕분에 오늘 저녁은 밥을 먹을 수 있을 것 같으니 제가 다행이지요. 그런 뜻으로 마주 머리를 숙였는데.

"우리 아이가 어려서부터 길가의 가련한 동물들에게 관 심이 많았습니다. 아무리 그래도 세상 모든 길 잃은 동물 을 네가 거둘 수는 없다고 잘 타일렀지만 아직 어려서 통 고집을 꺾지 않는군요. 지금까지 상대해 주신 것만으로도 충분히 폐를 끼쳤으니 부디 귀한 시간을 아끼십시오."

……이것 봐라?

"지금 말씀하신 뜻은?"

금전루 마님은 숙였던 고개를 들며 차분한 투로 말했다.

"고양이는 없습니다."

4.

머리가 띵했다. 나한테 굴러들어 온 일이니 시시껄렁할 거라고 예상이야 했지만, 그래도 그렇지 애초에 고양이가 없다니?

"저희 금전루에서는 고양이를 키우지 않습니다. 행여 손님들 드실 음식에 고양이 털이라도 섞이게 할 수는 없으니까요."

아, 예.

금전루 마님은 몸가짐이 우아하고 말투도 차분했다. 아무리 어이없는 말을 해도 믿을 수밖에 없는 그런 인상을 주는 사람이다. 그 딸과는 여러모로 대조적이다.

"고양이 있어요!"

아니나 다를까. 어머니가 들어온 순간부터 내 뒤에 숨어 눈치 보던 소녀가 더는 참을 수 없다는 듯이 빽 고함을 질렀다.

"내 고양이는 있다고요! 금동이는 분명히 있었어요! 근데 온데간데없이 사라졌다고요!"

세상 억울하다는 표정이다. 그러고 보니 처음 이야기하

면서 저 소녀가 식구들이 고양이를 '아무도 못 봤다고 했다'고 할 때 표정이 애매했지.

"얘야, 손님 앞에서 그러면 안 돼."

금전루의 마님은 버르장머리 없는 딸내미 때문에 곤란해하면서도 품위를 잃지 않고 좋은 말로 타일렀다. 나 같으면 꿀밤부터 내지를 텐데.

"다들 바보야. 거짓말쟁이야. 금동이는 있었어! 분명히 있었어!"

소녀는 눈물을 흘리고 발을 굴러 가며 고집을 부렸고, 금전루 마님은 하는 수 없이 점소이를 불러 떼쓰는 딸아이를 내보냈다. 소녀가 물러가고 나니 방 안이 급격히 조용해졌다.

"송구합니다. 우리 아이가 허언증이 좀 있어서."

어색한 침묵을 부수며 금전루 마님이 부끄러운 듯 말했다.

"허언증이요?"

"원래부터 그런 아이는 아니었습니다. 동생이 곧 태어날 거라 마음이 불안했던 모양입니다."

근심 어린 표정으로 금전루 마님이 탄식을 뱉었다.

"객점과 주루가 많은 곳입니다. 남은 음식을 먹으려고 모여든 도둑고양이들이 아주 많지요. 그런 짐승들에게 종종 밥을 주곤 했습니다. 고양이를 키우고 싶어 하기도 했지요. 하지만 아까 말씀드린 이유로 허락해 줄 수가 없었답니다.

계속 조르기만 하다가 결국 망상까지 하게 된 모양입니다."

그런 이야기인가. 하긴 동생이 태어나면 쏟아지던 관심과 애정도 잃을 것이고, 그게 불안하다 보니 허언증까지 생겨 강짜를 부렸을 수는 있다. 뭣보다, 이토록 멀쩡한 부인이 고양이가 없다는데 딱히 따질 도리도 없다.

"알겠습니다. 홑몸도 아니신데 근심이 많으시겠군요."

금전루 마님은 배를 쓰다듬으며 수줍으면서도 자랑스러워하는 미소를 지었다.

"이번에는 분명히 아들일 거라고 산파도 말했답니다. 드디어 대를 이을 수 있어 조상을 뵐 면목이 생기는군요. 보는 것도 조심, 듣는 것도 조심하고 있습니다."

"부디 몸조리 잘하십시오. 그럼 저는 이만……."

"저런, 차라도 한잔 드시지 않고요."

기분 탓일까. 금전루 마님의 입가에 떠오른 미소가 접객용이 아니라 진심으로 안심한 것처럼 보인다.

"아, 그럴까요?"

예의상 건넸을 수도 있는 말을 나는 덥석 붙잡았다. 내가 도로 의자에 엉덩이를 붙이자, 금전루 마님은 잠시 어색한 미소를 짓더니 아까 그 점소이를 불러다 차를 시켜 주었다.

좋은 차이긴 한 것 같지만 텅 빈 배에 쓸데없는 사치라 배만 더 고파졌다. 기왕 대접할 거면 차가 아니라 밥이었으면 더 좋았을 텐데. 억지로 반 잔쯤 마신 다음, 그동안 머릿속에서 굴린 생각을 입 밖에 꺼냈다.

"괜찮으시다면, 그래도 주변을 좀 찾아보고 갔으면 합니다."

"어째서인가요?"

이유를 묻는 금전루 마님의 말끝이 살짝 날카롭다.

"어린 아가씨가 아직 고집을 꺾지 않고 있으니, 이대로 제가 돌아가면 납득 못 할 것입니다. 다른 곳에 가서 똑같은 이야기를 할지도 모르지요. 관청이라도 찾아가든가요. 무엇보다 어린아이가 허언증이라 해도 마음의 병을 앓고 있다는 점이 걱정됩니다. 마음의 병은 억누르는 거보다 잘 달래서 고쳐 주는 편이 좋습니다. 그러니 제가 고양이를 함께 찾아 주며 실제로 고양이가 없다는 걸 잘 알아듣게 해 주면 오히려 마음의 병이 가라앉을 수도 있습니다."

내 답을 듣고 금전루 마님은 잠시 생각하더니 누그러진 표정으로 고개를 끄덕였다. 뭐가 저 고상한 부인의 마음을 바꾸게 했을까? 딸아이의 마음의 병을 억누를 게 아니라 고쳐 주는 게 좋다는 말? 아니면 관청에 찾아갈지도 모른다는 말?

"그도 옳은 말씀입니다. 그럼 사람을 불러 안을 둘러볼 수 있도록 안내해 드리겠습니다."

막 몸을 일으키는 금전루 마님에게, 나는 얼른 말했다.

"그건 그렇고, 안내받기 전에 식사를 먼저 좀 할 수 있을까요?"

고양이가 애초에 없다면 내가 사례금을 받을 가능성은 날아가 버린다. 대신 밥이라도 챙겨 먹어야겠다. 내 머릿속에는 오직 그 생각밖에 없었다.

5.

금전루의 음식과 노주는 과연 명불허전이다. 오랜만에 좋은 음식으로 배를 채우자 세상이 내 것 같고 자신감도 솟구쳤다. 고양이야 있건 없건 무슨 상관인가. 나는 내 밥값만 해내면 된다.

"한 가지 물어볼 게 있는데."

나는 음식 그릇을 치우러 온 점소이에게 말을 걸었다.

"아, 예, 예. 하문하십시오."

"마님께서 이미 그렇게 말씀하시긴 했지만, 정말 금전루에는 고양이가 없는 건가?"

"그럼요. 고양이는 절대 키우지 않습니다."

점소이는 '절대'라는 말을 굵은 붓으로 쓴 것처럼 단호히 말했다. 망설이는 기미조차 없었다. 좀 지나칠 정도로.

"그렇군. 그럼 댁의 작은 아가씨를 불러다 주게."

"예? 그냥 한번 둘러보고 가시는 것 아니었습니까? 아가씨는 또 왜요?"

"나 혼자 둘러봐서 무슨 소용이 있겠나. 그 아가씨가 나
와 함께 둘러보며 고양이가 없다는 걸 납득해야 허언증이
고쳐질 거야."

점소이는 못마땅한 표정이었지만 마님에게 미리 들은 바
가 있었는지 군소리는 하지 않고 금전루 작은 아가씨를 불
러왔다.

소녀는 아까 엉엉 울어서 퉁퉁 부은 눈으로 달려와 나
를 보고 눈을 반짝거렸다. 어머니의 말에도 불구하고 내가
굳이 남아 고양이를 찾아 주려 한다고 믿는 모양이다.

"자, 우선 네 고양이가 살던 곳을 보여 다오."

점소이와 함께 우리는 금전루 뒤뜰을 지나 주인장 가족
이 사는 살림집으로 갔다. 손님들로 시끌벅적한 앞쪽과 달
리 안채는 절간처럼 조용했다. 물을 뿌려 깨끗하게 비질해
놓은 마당은 금전루 마님의 성품처럼 깔끔해 보였다.

"여기예요."

소녀가 마당 한쪽을 가리키며 말했다. 나는 주변을 둘러
보았다. 아무것도 없었다.

"고양이 밥그릇이랑 물그릇은 어디 있지?"

고양이가 이슬만 먹고 사는 짐승도 아니고, 가출하면서
물그릇 밥그릇을 챙겨 갔을 리도 없다. 그러니 반드시 남
아 있어야 할 텐데.

"그게…… 원래 있었는데, 없어졌어요."

소녀가 울상을 지으며 말했다. 내가 아무 말 없이 물끄러미 쳐다보자 소녀는 주먹을 불끈 쥐고 외쳤다.

"진짜예요! 분명히 있었다고요."

"그래, 그래."

고양이는 살아 있는 짐승이다. 이곳에 살았다면 분명히 흔적을 남겼을 거다. 게다가 고양이는, 특히 흔적을 많이 남기는 짐승이다.

나는 안내를 받아 소녀의 방을 포함해 안채의 몇몇 방을 둘러봤다. 고양이는 없었다. 고양이의 흔적도 없었다.

"고양이는 털이 잘 빠지는 법이지."

문지방을 손으로 한번 쓸어 본 뒤, 내 손바닥을 소녀에게 보여 주었다.

"그런데 고양이 털이 전혀 없구나."

"그건 엄마가 대청소를 해서 그래요. 어제 밤새도록 했다구요."

"고양이 털은 아무리 치워도 완전히 없앨 수 없어."

"어젯밤만 아니라, 아까 아줌마 온 뒤에도 일꾼들 불러다 청소시켰을걸요. 분명해요."

왜? 나 같은 협탐에게 고양이 털투성이인 집을 보이기 싫어서? 아무리 깔끔한 성격의 부인이라고 해도 그렇게까지 한다는 말이 믿을 만할까? 아니면 네가 허언증이 있다는 말이 더 믿을 만할까?

나는 그 말을 굳이 입 밖에 내진 않았는데, 표정만으로 누설이 됐는지 소녀가 매우 억울한 표정을 지었다.

"저 담 너머는 어딘가?"

나는 소녀가 또 빼액 울기 전에 얼른 점소이에게 마당 한쪽을 가리키며 물었다. 담벼락 너머에 한층 화려하게 꾸며진 정원이 보였다.

"저쪽은 특별한 손님들이 묵는 별채의 후원입니다."

"혹시 고양이가 저쪽으로 넘어갔을 가능성은 없나?"

"어휴, 설마요. 저렇게 담벼락이 높은걸요."

손사래를 치던 점소이가 표정을 바꾸더니 단호하게 말했다.

"일단 애초에 고양이가 없기도 하고요."

그렇지. 애초에 고양이가 없다면 담을 넘어갈 수도 없겠지. 하지만 만약 고양이가 있다면, 담벼락이 아무리 높아도 문제는 되지 않을 것이다. 고양이의 길은 수평이 아니라 수직으로 뻗는 법이니까.

"여기 봐요! 털 있잖아요!"

혼자 마당 여기저기를 뛰어다니던 소녀가 환호를 내지르며 나를 불렀다. 가 보니 담벼락 돌들 사이를 가리킨다. 거기에 확실히 고양이 털로 보이는 것이 끼여 있었다. 이런, 고양이는 있었나?

"아아, 그건 가끔 이 근처를 어슬렁거리는 도둑고양이의 것입니다. 보십시오. 털이 까맣지요?"

어깨 너머로 넘겨다보던 점소이가 끼어들었다. 확실히 그 말도 맞았다. 고양이 '금동이'는 금빛 털에 고귀한 능라 같은 갈색 줄무늬…… 하여튼 노란 고양이라고 했으니까.

"도둑고양이 아니거든요. 까망이는 금동이 친구예요."

소녀는 여전히 포기하지 않았다.

"금동이가 가끔 까망이한테 밥을 나눠 주곤 했기 때문에 이 안에까지 들어왔던 거라고요. 도둑질도 안 하는데 왜 도둑고양이예요?"

고양이의 명예를 위한 항의에, 점소이는 난감하다는 표정으로 웃으며 나를 쳐다봤다. 마치 이렇게 말하는 것 같았다. 우리 작은 아가씨 허언증, 정말 못 말리죠?

양쪽이 시선으로 압박하며 나를 쳐다보니 골치가 아팠다.

"고양이는 영역을 지키는 동물이라 어딜 갔어도 멀리 가진 않았을 거다. 일단 집부터 시작해서 근처를 찾아보지."

나는 얼른 움직였다. 고양이는 어둡고 좁은 장소를 좋아한다. 그럴 만한 모든 곳을 뒤져 봤다. 마루 밑, 지붕 아래, 장롱 밑, 나무의 옹이 속. 어디에도 고양이는 없었다. 어디서도 고양이 소리는 들리지 않았다. 여러 가지 색의 고양이 털과 고양이 똥이 간혹 발견되기도 했지만 털색이 여러 종류라 '금동이'의 것인지는 확실치 않다.

"그건 노랑이 털이에요."

개중 비슷해 보이는 노란 털을 골라 이게 금동이 털이냐고 물어봤지만 소녀는 고개를 저었다.

"까망이만큼은 아니지만 걔도 가끔 밥을 얻어먹으러 와요."

소녀가 시무룩하게 말한 것과 반대로 점소이는 그것 보라는 표정이다.

"고양이는 없다니까요."

이젠 인정할 수밖에 없나. 이렇게까지 뒤졌는데 고양이의 흔적이 없다면 애초에 고양이가 없다는 걸 인정하는 게 더 낫다. 나라면 그럴 텐데, 소녀는 아직 그럴 기세가 안 보인다.

"여긴 다 봤다. 아무래도 금전루 쪽을 봐야겠는데."

손님들도 계시는데 뒤지고 다니는 건 곤란하다며 점소이가 난색을 표했지만 아랑곳하지 않고 왔던 길을 밟아 흥청망청하는 그 별천지로 돌아갔다. 하지만 난 고양이를 바로 찾아다니지 못했다.

"이게 누구야?"

가장 고급 손님을 모시는 3층으로 올라가는 계단에서, 짙은 남색 장포를 입은 사내가 나를 보고 걸음을 멈췄다.

아, 젠장. 하필 여기서 저 작자를 만나다니. 있는지 없는지 모를 고양이처럼, 나는 어디론가 사라지고 싶었다.

6.

"오랜만이오, 사저."

"아, 그래."

"그간 통 소식을 못 들었는데 여기 있었구려."

"사제야말로 아직 사부님 곁에 있을 줄 알았는데."

"하산한 지 몇 년 됐소. 지금은 유랑 중이지."

유랑 좋지. 돈 많은 유랑은 더 좋고.

"여기 금전루의 별채에 묵고 있소. 사저는?"

있는지 없는지 모를 고양이나 찾아다니는 나보다는 훨씬 너답구나. 몸에 걸친 옷도, 잘 먹어서 좋은 혈색도 나와는 생판 다른 사제가 나를 의미심장한 눈으로 훑어보더니 혀를 찼다.

"그런데 장사가 신통치 않은 모양이오. 신색이 안 좋구려."

"너도 알다시피 내가 재주가 신통치 않잖냐."

그래, 너 잘났다. 그러니까 괜히 알은척하지 말고 그냥 갈 길 가지 그러냐.

"사저의 무재가 뛰어나서 사부님의 총애를 독차지하더니, 역시 세상살이가 단순하지 않구려. 이렇게 만난 것도 인연인데 내 술이나 한잔 사리다."

"아, 말은 고맙지만 지금 일하는 중이라서 말이지."

내가 사양하자 사제는 의외라는 표정이었다. 호기심에

찬 표정으로 우리 둘을 쳐다보던 소녀가 냉큼 대답했다.

"내 고양이를 찾아 주고 계세요."

사제의 표정이 묘하게 뒤틀렸다. 웃음을 참는 모양이다.

"이런, 협탐의 일로 바쁘구려. 하는 수 없지. 그럼 다음 기회로 합시다. 여기 별채로 오시오."

사제는 매우 흡족한 얼굴로 거들먹거리며 가던 길을 갔다. 소녀가 냉큼 물었다.

"아는 사이였어요?"

"그래."

"와, 아줌마 저런 사람도 알고 있었어요? 우리 천룡 손님인데."

"천룡 손님?"

"특실도 급이 여럿 있거든요. 제일 좋은 별채를 쓰는 손님을 천룡 손님이라고 해요."

아까 본 담 너머 별채가 사제의 거처인가. 별로 알고 싶지 않은 사실이다.

"그렇구나."

시큰둥하게 흘렸는데 소녀는 눈치 없이 집요하다.

"사저라고 하는 걸 보니 같은 사부님 아래 배웠나 봐요."

"맞다."

"그런데 저 사람은 왜 저렇게 잘나가고 아줌마는 이 모양이에요?"

나는 걸음을 멈추고 지그시 째려보았다. 소녀는 기죽기는커녕 눈을 빛냈다.

"내 사제는 원래 있는 집안 출신이다. 수련할 때야 내가 항렬이 위였지만, 수련 끝나면 뭐 출신대로 가는 거지."

한숨을 쉬고 나는 말을 이었다.

"원래 누가 잘나가고 누가 못 나갈지 어릴 때는 모르는 법이야. 얼른 고양이나 찾자."

그때부터 객장과 주방 구석구석을 뒤져 보았다. 고양이가 들어갈 만한 어둡고 침침한 곳을 찾아보는 건 물론이고, 단골손님들에게 고양이를 본 적 없느냐고 탐문도 했다. 아무도 고양이를 본 적은 없다고 했다. 금전루 같은 고급 객점이라면 손님들 계신 곳에 짐승이 드나들지 않도록 철저히 관리할 법도 하다. 혹은, 애초에 고양이가 없거나.

그러는 사이에 슬슬 해가 저물고, 술을 마시러 오는 손님들의 숫자가 늘기 시작했다. 우리 뒤를 졸졸 쫓아다니던 점소이도 여기저기서 부르는 손님들 때문에 결국 그쪽으로 떠났다. 하지만 이젠 더 살펴볼 곳도 없었다.

"금동이는 갸륵한 고양이였어요."

감시 역을 겸한 점소이가 사라지자 소녀가 작은 소리로 중얼거렸다.

"원래 길에서 태어난 아인데, 병들어서 죽어 가는 걸 내가 데려왔어요. 집에서 편하게 먹고살면서 오동통 살이 쪘지만, 어릴 적 같이 길에서 고생한 고양이 친구들을 잊지 않았어요. 그래서 종종 불러다가 제 먹이를 나눠 줬어요. 금동이는 잘돼야 해요. 다시 고생하면 안 돼요. 꼭 찾아야 해요."

소녀의 말이 사실이라면, 그 고양이는 고양이 중의 협객이라고 할 만하다. 거짓이라면? 열 살 소녀의 상상력에 경의를 표할 수밖에.

"그래, 꼭 찾자."

나는 입바른 말을 해 주고 얼른 덧붙였다.

"그런데 벌써 해가 졌구나. 아무래도 금전루에는 네 고양이가 없는 모양이다."

"집을 나간 걸까요? 어디 거리에 있을까요?"

"글쎄다. 그래도 아마 멀리는 있지 않을 거다. 고양이는 원래 제 구역을 멀리 떠나지 않아. 난 지금부터 이 근처를 찾아볼 셈이다."

"저도 같이 가요."

"너무 늦어서 안 돼. 이제부턴 나 혼자 찾아보마."

소녀가 항의하기 전에 나는 얼른 못을 박았다.

"고양이를 찾아 달라고 날 찾아왔지? 일을 맡기면 그 사람을 믿어 줘야 하는 법이다. 난 협탐이다. 반드시 사실을 알아낼 테니 걱정 말고 기다려라."

그러자 소녀는 알아들었다는 듯이 고개를 끄덕이더니

그대로 돌아서려다 문득 떠오른 듯 내 손에 제 돈주머니를 덥석 쥐어 주었다. 아마 용돈을 모은 것이겠지.

"아줌마는 나한테 이미 선금을 받았어요. 금동이를 찾아내면 이만큼 더 드릴게요. 절대 안 자고 기다릴 거니까, 아무리 늦더라도 꼭 와서 이야기해 주세요."

소녀를 안채로 들여보내고, 계산대에서 접객을 하느라 바쁜 금전루 마님을 향해 고개를 숙여 인사했다. 내가 떠나는 모습을 보고 금전루 마님이 안도의 한숨을 내쉬는 게 똑똑히 보였다.

나는 금전루를 떠났다. 하지만 소녀에게 말한 것과 달리, 주변을 찾아보진 않았다.

7.

이슥한 밤.

나는 금전루 앞의 또 다른 고급 객잔 호화루 3층에서 소녀가 준 선금으로 술을 마시고 있었다. 크, 이 맛에 사람은 돈을 버는 거지.

협탐의 일은 신의를 지키고 발품을 팔아야 하는 거지만, 이번 일은 그럴 만한 가치가 없다. 교양 있는 부인과 열 살 소녀의 말 중에 누구 말이 더 믿을 만할까. 점소이도, 금전루의 손님들도 고양이는 없다고, 보지 못했다고 했다. 허상 같은 고양이를 쫓아 밤의 거리를 헤매고 다니는 건 헛수고가 될 공산이 크다.

그러니 나는 그보다는 영양가 있는 일을 해야 했다. 지금 시간 정도면 적당하다. 선금 주머니에서 돈을 꺼내 술값을 치르고 나는 뒷문으로 호화루를 나왔다.

그리고 샛길을 통해 금전루 뒤쪽으로 돌아가, 아직도 술손님들이 떠드는 소리가 들리는 전각이 아니라 조용한 별채의 담을 넘었다.

내 사제, 금전루의 천룡 손님이 묵는 바로 그 별채다. 나는 별채의 객방 쪽으로는 되도록 접근하지 않았다. 사제가 벌써 잠이 들었을지도 불확실하고, 설령 잠들었다고 해도 그 녀석은 수련 시절에도 잠귀가 유달리 밝았다.

최대한 건물에서 멀리 떨어져 별채의 뜰을 뒤졌다. 밤이라 조금 고생은 했지만, 결국 찾아냈다. 여기도 고양이의 흔적이 없기는 마찬가지였다. 대신 사람의 흔적이 있었다. 사람이 무언가를 파묻은 흔적.

나는 손으로 땅을 파냈다. 다행히 오래 걸리진 않았다. 당연하지. 급히 파묻었을 테니까.

모든 사람이 입을 모아 존재하지 않는다고 말한 고양이가 거기 있었다. 달빛 때문에 그렇게 보였는지도 모르지만, 소녀가 말한 대로, 황금빛 털에 진한 금색 줄무늬를 가진 고양이였다. 네 말대로, 아주 곱구나.

*

차라리 그대로 돌아가는 편이 나았을지도 모른다. 금동이라는 고양이가 존재했다는 사실을 알아내긴 했지만, 그게 무슨 소용일까. 어차피 금동이는 이제 제 주인에게로 돌아갈 수 없는데.

그래도 나는 선금을 받은 의리를 다해야 했다. 그게 협탐의 도리다.

"자니?"

나는 다시 담을 넘어 소녀의 방문을 두드렸다. 미리 장담한 대로, 소녀는 아직도 자지 않고 나를 기다리고 있었다.

"금동이 찾았어요?"

눈이 마주치기 무섭게 다그쳐 물었다.

"얘야."

무엇부터 이야기해야 할지 몰라 나는 숨을 좀 골라야 했다.

"혹시 말이다. 고양이가 잘못됐으면……."

"무슨 뜻이에요?"

소녀가 날카롭게 물었다. 나는 한숨을 내쉬었다. 그냥 거짓말을 할걸 그랬나. 이렇게 요령이 없어서 난 안 된다니까. 사제 말이 맞아.

"그냥 혹시 만약 그러면 말이다."

"알아냈어요? 누가 내 고양이 해쳤어요? 누구예요?"

"진정하고."

말려 보려고 애썼지만 이미 때가 늦은 것 같다.

"얘야. 어차피 고양이는 일찍 죽는다. 오만 가지 이유로
도 죽을 수 있어. 그 고양이도 네가 다치는 건 원치 않을
거다. 이만하면 넌 최선을 다했어."

"안 했어요!"

소녀가 내 손을 힘껏 뿌리쳤다.

"어디서 찾았어요?"

뭐라고 둘러대나 잠시 말을 고르는데.

"천룡 손님의 별채죠?"

소녀가 먼저 말했다. 이런.

"알고 있었구나."

내 눈이 가늘어지자, 소녀가 잠시 멈칫했다. 그랬구나, 그
랬어. 주변의 어른들이 모두 입을 다물기로 약속하고, 아
무도 제 고양이의 억울함을 풀어 줄 기미가 안 보이자, 제
말을 들어 줄 어른을 찾아온 거였어.

어린 소견에, 제 편이 되어 줄 어른 한 명만 있어도 천룡
손님에게 따질 수 있을 거라 생각했던 게지. 왜 제 어미가,
금전루의 일꾼들이 입을 모아 그런 고양이는 못 봤다고 입

을 다물어야 했는지 그 불합리를 이해하기엔 열 살은 너무 어리다.

"어떤 진실은, 알아도 소용없다. 하지만 네가 정 원하면 선금도 받았으니 말해 주마. 그래, 네 고양이는 죽었다. 아마 천룡 손님으로 묵는 내 사제가 범인이겠지. 그 녀석, 원래부터도 종종 잘 그랬다."

"원래요?"

"동물을 싫어했다. 특히 고양이를. 게다가 타고난 성정이 잔인했지. 검의 예리함을 시험한다고 작은 동물들을 베어 죽인 일이 많다. 별채 뜰에 쥐오줌풀이 잔뜩 피어 있더구나. 고양이를 끌어들이는 풀이지. 네 고양이가 그 냄새를 맡고 거기 갔던 게 분명해. 그리고……."

소녀가 몸을 떨었다. 끔찍한 상상의 칼에 찔린 것처럼.

"네 어머니랑 금전루 사람들은 사실을 알았을 거다. 아마 금동이를 땅에 묻어 준 것도 그 사람들일 거야. 내 사제는 그런 적이 없거든. 동물을 죽이고도 보란 듯이 그 시체를 훤한 데 버리고, 사람들이 질린 표정으로 쳐다보면 그 공포를 즐겼지. 하지만 네 어머니 생각에, 그 일로 따졌다가 잔인한 무림인인 천룡 손님이 무슨 행패를 부릴지 두려웠겠지. 차라리 없던 일로 하기를 원했던 거야. 네가 다치지 않기를 바라서 어쩔 수 없이 널 거짓말쟁이로 만든 거란다. 그 마음을 이해해야 해."

나는 소녀의 어깨를 두드려 준 뒤 물러났다. 이 정도면 충분히 이야기했다.

"아줌마는 바보예요."

넋을 잃은 소녀를 두고 돌아서려는 찰나에 목소리가 들렸다.

"진실을 아는 게 왜 소용없어요? 내 고양이가, 나 모르는 곳에서 혼자 죽었는데, 그걸 아는 게 왜 아무 소용없어요? 알아서 다행이죠. 천룡 손님이 의심스럽긴 했지만 아무도 확인해 주지 않았어요. 그게 날 더 다치게 했어요. 내 말을 아무도 안 들어 주고, 날 거짓말쟁이로 만든 게 더 아팠다고요."

"그럼 이제 알았으니까 만족하렴. 넌 거짓말쟁이가 아니었다는 걸 내가 입증했으니 만족해. 그리고 이걸로 끝내라."

"아뇨, 만족 못 해요!"

돌아보자, 소녀가 눈물을 흘리며 일어섰다. 애도의 눈물이 아니라 분노의 눈물이었다.

"내 고양이를 죽인 놈이 저기 살아 있는데 어떻게 만족해요? 어떻게 발을 뻗고 자요? 그놈이 죽기 전까진 어림없어요."

내 이럴 줄 알았지. 이 앙큼한 어린 소녀가 왜 하필 날 찾아왔을까. 그렇게 억울하면 차라리 관청에 고발을 하지. 어려 보여도, 세상 돌아가는 이치를 모르는 게 아니었던 거다.

"이 녀석아. 너한테야 가슴 아픈 일일지 몰라도, 세상 이치로 보면 그냥 고양이 한 마리다. 설령 사제의 죄상이 만천하에 드러나도 고양이 한 마리 값 물어 주면 끝나는 거야. 돈과 힘을 가진 자는 사람을 죽여도 그 죄가 덜어진다. 하물며 고양이 한 마리가 대수이겠느냐? 그만 만족해라."

"세상 이치로는 그냥 고양이 한 마리라도, 나한테는 금동이예요!"

소녀가 울부짖었다. 더 참아 주기 힘들었다.

"마음대로 하렴. 난 할 만큼 했다. 고양이를 찾아 준다고 했지, 고양이 복수를 해 준다고는 안 했어."

나는 다시 돌아섰다. 정말이지, 나는 할 만큼 했다.

"그럼 왜 협탐이에요?"

소녀의 말이 등 뒤에서 들려왔다.

"협을 찾는다는 뜻 아니에요? 그냥 누가 죽였는지만 알아낼 거면, 왜 협탐이라고 해요?"

그게 아마도 저 어리고 되바라진 아이가 믿는 마지막 패였을 거다. 내 양심을 찔러, 제 힘으로는 풀 수 없는 원한을 푸는 것.

하지만 난 속지 않았다. 난 세상을 아는 어른이다. 협탐은 그저 부르는 말일 뿐. 고양이 한 마리의 죽음에서 무슨 협을 찾는단 말인가.

나는 돌아보지 않고 떠났다. 뒤에서 무너진 소녀의 울음
소리가 들렸다.

8.

소녀는 그 뒤로도 한참을 울다가 마침내 일어섰다. 비록
대신 억울함을 풀어 주도록 협탑을 설득하진 못했지만, 그
렇다고 이대로 포기할 수는 없었다.

소녀는 심야의 술손님들 때문에 한창 분주한 금전루 주
방으로 들어가, 몰래 과도 하나를 훔쳐 왔다. 그 길로 별채
의 뜰에 숨어들었다.

뭘 어떻게 해 보겠다는 생각 같은 건 뚜렷이 없었다. 가
만히 있으면 심장이 터질 것 같아서 이렇게라도 해야 할
것 같았다. 눈을 감아도, 눈을 떠도, 목을 긁어 주면 골골
대던 금동이의 소리가, 그 부드럽던 털이, 살아 있는 버들
강아지처럼 춤추던 꼬리가 떠올랐다. 이대로는 제 명에 못
죽을 것만 같았다.

그게 얼마나 어리석은 일이었는지를 깨달은 것은, 금동
이의 시체가 묻힌 곳을 찾아 별채의 뜰을 찾아다니다가
천룡 손님과 마주쳤을 때였다.

"너는 여기 주인장의 딸내미가 아니냐?"

야밤에 혼자 연무라도 하고 있었던 건지, 손님의 손에는 검집에서 빼낸 서슬 퍼런 검이 쥐여 있었다. 그 검의 날 앞에서, 뒤로 숨긴 과도가 얼마나 보잘것없는지.

"내……."

하지만 소녀는 생각했다. 생각했을 것이다. 저 검이 금동이를 죽인 검이라고. 저 검 앞에서 약해질 순 없다고.

"내 고양이, 금동이를 죽인 게 아, 아저씨죠?"

"흐음?"

천룡 손님은 고개를 갸웃하더니 이내 웃음을 터뜨렸다.

"그게 네 고양이였나?"

"그래요. 아, 아저씨가 죽였죠?"

"그렇다면 어쩔 건데?"

천룡 손님은 아무런 가책 없는 표정으로 씩 웃었다.

"아무 소리 없이 치웠길래 알아서 기나 했더니. 왜. 따지기라도 하려고?"

그가 위협적으로 한 걸음 앞으로 나서자, 소녀는 자신도 모르게 움찔 뒤로 물러났다. 등 뒤로 숨긴 과도는 내밀 생각도 못 했다.

아무리 사제라도, 그냥 고양이라면 모를까 멀쩡한 남의 집 딸까지 죽일 생각은 없었다. 분명히 그랬을 거다.

하지만 구경은 거기까지다. 더 지켜보는 건 차마 못 할 짓이었다. 나는 앞으로 나섰다.

"사제."

"어라."

의아한 표정으로 사제가 나를 쳐다봤다. 물론 그 옆의
소녀도, 귀신이라도 본 것 같은 표정이었다.

"사저가 이 시간에 웬일이오? 아, 술 생각이 났소?"

"아니, 일하러 왔다."

나는 검을 뽑았다. 기묘한 일의 진상을 밝혀내고, 억울
한 일을 순리대로 풀어내며, 혼란스러운 일의 시시비비를
가린다. 그게 내 일이다.

어처구니가 없다는 표정으로 나를 쳐다보던 사제가 그
야말로 파안대소했다.

"고양이 찾아 준다더니 여기까지? 사저. 정말 돈이 궁한
가 보군."

그러나 그도 이 기회를 놓치긴 싫었을 것이다.

"뭐, 나도 바라던 바요. 예전에는 동문이었던지라 진검으
로 승부는 못 내 봤지. 한 수 배우겠소. 그래도 내가 사제
된 처지니 사저에 대한 예의로 3초식을 양보하지."

"오냐. 잘 받으마."

나는 기다리지 않고 소녀를 밀치며 앞으로 달려들었다.

약한 걸 괴롭히기 좋아하는 내 사제 녀석은 알고 보면
머리가 나쁘다. 사부님이 너보다 내가 더 검 잘 쓴다고 했
던 걸 까먹은 걸 보면. 이 자식아. 내가 처세는 못해도 싸

움은 잘한다.

3초식의 덤까지 양보받았으니 승부는 이미 끝났다.

*

그 녀석은 끝까지 비겁했다. 호기롭게 3초식을 양보한다더니 첫 합을 겨뤄 보고는 어 뜨거라 싶었는지 암수를 썼다. 하지만 그래도 승부는 달라지지 않았다.

"이제 눈 떠도 된다."

아이에게 보여 주기에 좋은 꼴은 아니었기에, 나는 녀석의 시신을 다 묻을 때까지 소녀에게 눈을 감고 있으라고 해 두었더랬다. 돌아보니 소녀는 한 번도 눈을 감은 적 없는 듯 똘망똘망 쳐다보고 있었다. 아이고, 난 모르겠다.

"……왜 돌아왔어요?"

뻔한 걸 물어보길래 대답하지 않았다. 이 녀석아. 내가 갈 수 있었겠냐. 어휴, 모른 척 갔어야 하는데. 나도 참 인생 피곤하게 산다.

피 묻은 손을 흙에 문질러 닦아 내고 떠나려는데, 소녀가 얼른 쫓아왔다.

"아줌마, 이제 어쩌실 거예요?"

"당장 짐 싸서 떠나야지. 파묻어 놨어도 어차피 곧 들통난다. 살인죄로 투옥되면 관절염 도진다. 얼른 멀리 가야지."

"저 사람이 먼저 공격했다고, 나, 날 죽이려고 해서 막아 준 거라고 하면 되잖아요?"

"혹시 검문에 걸려서 잡혀 오면 꼭 그렇게 변명해 다오. 그런데 어차피 그러다 보면 고양이 이야기 나온다. 고양이 때문에 사람 잡았다고 하면 아무도 내 죄를 가볍게 봐 주 지 않을걸?"

나부터도 알 수가 없다. 아무리 비열했어도, 사제는 인 간이었다. 인간의 목숨과 고양이의 목숨. 저울에 올릴 수가 있을까. 내가 제정신이었을까? 내가 한 일이, 정말 의롭다 고 할 수 있을까?

모르겠다. 나는 원래 이런 생각에 약하다. 그저, 저 소녀 가 그랬던 것처럼 모른 척 참아 넘기기가 힘들었던 것뿐이 다. 그럴 때 휘두를 수 없다면, 검이 영원히 검집에 들어가 있기만 하다면 무슨 의미인가. 검이 뽑히지 않는다면, 진실 을 아는 게 무슨 의미가 있을까. 그래서 돌아올 수밖에 없 었다. 덕분에 야반도주를 할 수밖에 없게 되었고.

고개를 젓고 다시 걸음을 옮기려 할 때, 등 뒤로부터 무 언가 짤랑하는 소리를 울리며 날아왔다. 얼른 손을 뻗어 잡았다. 두둑한 돈주머니였다.

"잔금이에요!"

아직도 부기가 빠지지 않은 얼굴로 소녀가 외쳤다.

"멀리 도망치세요. 아줌마가 절대 안 잡히길 기원할게요.

한 20년쯤 지나면 꼭 다시 돌아와서 금전루에 들르세요. 그땐 제가 여기 주인이 되어 있을 거예요."

어이없는 녀석.

헛웃음이 나왔지만 나는 기꺼이 돈주머니를 챙겼다.

그나저나 어디로 가야 할까?

검의 시대가 끝나고 있는데, 나이 들고 못생기고 혈혈단 신인 나 같은 협탐이 자리 잡을 곳이 있을까? 부옇게 터 오는 동녘 하늘을 보며 나는 걸었다.

뭐, 어딘가는 있을지도 모르지. 모두가 없다고 하는 고양 이를 찾으려는 사람 하나쯤은.

성리학 펑크 2077

1판 1쇄 찍음 2023년 1월 19일
1판 1쇄 펴냄 2023년 2월 2일

지은이 | 김현재, 민경하, 오경우, 유파랑, 이준, 전삼혜, 진산, 하늘느타리, 호인
발행인 | 박근섭
편집인 | 김준혁
펴낸곳 | 황금가지

출판등록 | 2009. 10. 8 (제2009-000273호)
주소 | 135-887 서울 강남구 신사동 506 강남출판문화센터 5층
전화 | 영업부 515-2000 **편집부** 3446-8774 **팩시밀리** 515-2007
홈페이지 | www.goldenbough.co.kr

도서 파본 등의 이유로 반송이 필요할 경우에는 구매처에서 교환하시고
출판사 교환이 필요할 경우에는 아래 주소로 반송 사유를 적어 도서와 함께 보내주세요.
06027 서울 강남구 도산대로 1길 62 강남출판문화센터 6층 민음인 마케팅부

㈜민음인은 민음사 출판 그룹의 자회사입니다.
황금가지는 ㈜민음인의 픽션 전문 출간 브랜드입니다.